中國小說發展史

U0075440

文字獄下 小說轉向 人性的開掘

從《儒林外史》到《紅樓夢》，從時事政治的諷刺到禮教世俗的批判

作者

石昌渝

目錄

目錄

自序

　　自魯迅《中國小說史略》問世以來，近百年間，這類作品可以說林林總總，其中小說斷代史、類型史居多，小說全史也有，然全史鮮有個人編撰者。集體編撰，集眾人之力，能在短時間裡成書，且能發揮撰稿者各自所長，其優勢是明顯的，但它也有一個與生俱來的弱點：脈絡難以貫通。即便有主編者訂定體例，確定框架，編次章節，各章撰稿人卻都是秉持著自己的觀點和書寫風格，各自立足本章而不大能夠照應前後，全書拼接痕跡在所難免。因此，多年以前我就萌發了一個心願：以一己之力撰寫一部小說全史。

　　古代小說研究，在古代文學研究領域中，比詩文研究要年輕得太多，作為一門學科，從「五四」新文學運動算起，也只有百年的歷史，學術在不斷開拓，未知的空間還很大。就小說文獻而言，今天發現和開發挖掘的就遠非魯迅那個時代可以相比的了。對於小說發展的許多問題和對於小說具體作品的思想藝術，一代人有一代人的看法。史貴實、貴盡，而史實正在不斷產生，每過一秒就多了一秒的歷史，「修史」的工作也會一代接續一代地繼續下去。

　　小說史重寫，並不意味著將舊的推翻重來，而應當是在舊的基礎上修訂、補充，在想法上能夠與時俱進。我認為小說史

不應該是小說作家、作品論的編年，它當然應該論作家、論作品，但它更應該描敘小說歷史發展的進程，揭示小說演變的前因後果，呈現接近歷史真相的立體和動態的圖景。小說是文學的一部分，文學是文化的一部分，文化是社會生活的一部分，小說創作和小說形態的生存及演變，與政治、經濟、思想、宗教等有著千絲萬縷的關係，揭示這種複雜關係洵非易事，但它卻是小說史著作必須承擔的學術使命。小說史既為史，那它的描敘必須求實。經過時間過濾篩選，今天我們尊為經典的作品固然應該放在史敘的顯要地位，然而對那些在今天看來已經黯然失色，可是當年在民間盛傳一時，甚至傳至域外，對漢文化圈產生了較大影響的作品，也不能忽視。史著對歷史的描述大多不可能與當時發生的事實吻合，但我們卻應當努力使自己的描述接近歷史的真相。

以一己之力撰寫小說全史，也許有點自不量力，壓力之大自不必說。從動筆到今天完稿，經歷了二十多個年頭，撰寫工作時斷時續，但從不敢有絲毫懈怠。我堅信獨自撰述，雖然受到個人條件的諸多局限，但至少可以做到個人的小說觀念能夠貫通全書，各章節能夠前後照應，敘事風格能夠統一，全書也許會有疏漏和錯誤，但總歸是一部血脈貫通的作品。現在書稿已成，對此自己也不能完全滿意，但限於自己的學識，再加上年邁力衰，也就只能如此交卷了。

導論

一、小說界說

　　為小說撰史，首先要弄清楚「小說」指的是什麼。「小說」概念，歷來糾纏不清。糾纏不清的原因，是我們總在文字上打轉。「小」和「說」的連用，最早見於《莊子·外物》：「飾小說以干縣令，其於大達亦遠矣。」意思是說裝飾淺識小語以謀取高名，那與明達大智的距離就遙遠了。這裡「小說」還不是文體概念。首先指「小說」為一種文類的是東漢的桓譚和班固。桓譚說：「若其小說家，合叢殘小語，近取譬論，以作短書，治身理家，有可觀之辭。」[01]

　　班固說：「小說家者流，蓋出於稗官。街談巷語，道聽塗說者之所造也。孔子曰：『雖小道，必有可觀者焉，致遠恐泥。』是以君子弗為也，然亦弗滅也。閭里小知者之所及，亦使綴而不忘，如或一言可采，此亦芻蕘狂夫之議也。」[02]

　　兩人說法相近，皆指一種「叢殘小語」，記錄的是街談巷語，「芻蕘狂夫之議」，其中或者含有一些治身理家的小道理。班固說這些「叢殘小語」是由專門收集庶人之言的「稗官」所編撰，意在向天子反映民情。這種文類與後世文學類中散文敘事

01　《昭明文選》卷三十一江淹雜體詩〈李都尉陵從軍〉注。
02　《漢書·藝文志》。

的小說絕不是一回事，但「小說」作為一種文體概念卻成立了，而且影響深遠。後來歷代史傳典志著錄藝文類都有「小說家」，正如清代《四庫全書總目》所說，「其來已久」，並將「小說」分為三派，「敘述雜事」，「記錄異聞」，「綴輯瑣語」。如《西京雜記》、《世說新語》、《唐國史補》、《開元天寶遺事》、《癸辛雜識》、《輟耕錄》等歸在「雜事」類，《山海經》、《穆天子傳》、《漢武故事》、《搜神記》、《夷堅志》等歸在「異聞」類，《博物志》、《述異記》、《酉陽雜俎》等歸在「瑣語」類。《四庫全書總目》認為「小說」應承擔「寓勸戒、廣見聞、資考證」的功能，所謂「猥鄙荒誕，徒亂耳目者」，不合古制，有失雅馴，一概排斥。《四庫全書總目》的「小說」概念，代表了傳統目錄學的觀點，與文學類的「小說」含義相差甚遠。

按照《四庫全書總目》的小說概念，不但白話短篇小說如「三言二拍」之類算不上小說，就連文言的唐代傳奇、《聊齋志異》之類也算不上小說，於是有人認為今天稱之為文學敘事散文的「小說」概念來自於西方。這種看法是知其一，不知其二。殊不知古代，至遲在明代已存在文學敘事散文「小說」的概念，它與傳統目錄學的小說概念並存。明代產生了《三國志演義》、《水滸傳》、《西遊記》、《金瓶梅》四大奇書，產生了「三言」、「二拍」，這些作品，當時人已經稱它們為小說了。清康熙年間，劉廷璣《在園雜誌》就說：

蓋小說之名雖同，而古今之別則相去天淵。自漢、魏、晉、唐、宋、元、明以來不下數百家，皆文辭典雅，有紀其各代之帝略官制，朝政宮幃，上而天文，下而輿土，人物歲時，禽魚花卉，邊塞外國，釋道神鬼，仙妖怪異，或合或分，或詳或略，或列傳，或行紀，或舉大綱，或陳瑣細，或短章數語，或連篇成帙，用佐正史之未備，統曰歷朝小說。讀之可以索幽隱，考正誤，助詞藻之麗華，資談鋒之銳利，更可以暢行文之奇正，而得敘事之法焉。降而至於「四大奇書」，則專事稗官，取一人一事為主宰，旁及支引，累百卷或數十卷者……近日之小說若《平山冷燕》、《情夢柝》、《風流配》、《春柳鶯》、《玉嬌梨》等類，佳人才子，慕色慕才，已出之非正，猶不至於大傷風俗。若《玉樓春》、《宮花報》，稍近淫佚，與《平妖傳》之野、《封神傳》之幻、《破夢史》之僻，皆堪捧腹，至《燈月圓》、《肉蒲團》、《野史》、《浪史》、《快史》、《媚史》、《河間傳》、《癡婆子傳》，則流毒無盡。更甚而下者，《宜春香質》、《弁而釵》、《龍陽逸史》，悉當斧碎棗梨，遍取已印行世者，盡付祖龍一炬，庶快人心。[03]

　　文中所說「歷朝小說」就是傳統目錄學的「小說」，它與文學範疇的小說「相去天淵」，足證今天我們要為之撰史的「小說」的概念，是與「四大奇書」等作品伴生的，絕非舶自西洋。

　　理論源於實踐，有了「四大奇書」宏偉絢麗的巨著，自然就

03　劉廷璣：《在園雜誌》卷二，中華書局 2005 年版，第 82—85 頁。

會有相應的小說理論。在明清兩代有關小說的理論文字中，我們大致可歸納出明清時代對於小說的概念大致有三個要點：

第一，小說以愉悅為第一訴求。明代綠天館主人《古今小說敘》云：「按，按南宋供奉局，有說話人，如今說書之流，其文必通俗，其作者莫可考。泥馬倦勤，以太上享天下之養，仁壽清暇，喜閱話本，命內璫日進一帙，當意，則以金錢厚酬。於是內璫輩廣求先代奇蹟及閭里新聞，倩人敷演進御，以怡天顏。」且不論太監進御話本一事之有無，重點是在話本供人消遣這個事實上。凌濛初說他創作《拍案驚奇》是「取古今來雜碎事可新聽睹、佐談諧者」[04]，後來又作《二刻拍案驚奇》同樣是「偶戲取古今所聞一二奇局可紀者，演而成說，聊舒胸中磊塊。非日行之可遠，姑以遊戲為快意耳。」[05]。所謂「新聽睹、佐談諧」、「以遊戲為快意」，都是強調小說是以娛心為第一要義。明代戲劇家湯顯祖談到文言的傳奇小說也持同樣觀點，他為傳奇小說選集《虞初志》作序時說，該書所收作品「以奇僻荒誕，若滅若沒，可喜可愕之事，讀之使人心開神釋，骨飛眉舞。雖雄高不如《史》、《漢》，簡澹《世說》，而婉縟流麗，洵小說家之珍珠船也」[06]。

04　即空觀主人（凌濛初）：《拍案驚奇·自序》。

05　即空觀主人：《二刻拍案驚奇·小引》。

06　湯顯祖：《點校虞初志序》，《湯顯祖詩文集》卷五十，上海古籍出版社 1982 年版，第 1482 頁。

第二，出於愉悅的訴求，為滿足讀者的好奇和快心，小說不能不虛構。明代「無礙居士」《警世通言敘》稱，小說「人不必有其事，事不必麗其人」；明代謝肇淛[07]說：「凡為小說及雜劇戲文，須是虛實相半，方為遊戲三昧之筆。亦要情景造極而止，不必問其有無也……近來作小說，稍涉怪誕，人便笑其不經，而新出雜劇，若《浣紗》、《青衫》、《義乳》、《孤兒》等作，必事事考之正史，年月不合，姓字不同，不敢作也，如此則看史傳足矣，何名為戲？」

清代乾隆年間陶家鶴《綠野仙蹤序》則說得更徹底：「世之讀說部者，動曰『謊耳謊耳』。彼所謂謊者，固謊矣；彼所謂真者，果能盡書而讀之否？……夫文至於謊到家，雖謊亦不可不讀矣。願善讀說部者，宜急取《水滸》、《金瓶梅》、《綠野仙蹤》三書讀之。彼皆謊到家之文字也。」[08]

小說雖為杜撰，但並非沒有真實性，它的真實性不表現為所寫人和事為生活中實有，而是表現為所虛構的人和事反映著生活邏輯的真實。

第三，既然小說為娛心而虛構，就必須如謝肇淛所說，「亦要情景造極而止」，也就是說，要把假的寫成像是真的，把虛擬的世界描繪得像生活中真實發生的那樣，使人相信，令人感

07　謝肇淛：《五雜組》卷十五「事部三」，上海書店出版社 2001 年版，第 313 頁。

08　陶家鶴：《綠野仙蹤序》，《綠野仙蹤》，人民文學出版社 1987 年排印本「附錄」，第 815 頁。

動。這樣，就必須調動筆墨，該渲染處要渲染，該描摹處要描摹，總之要達到繪聲繪色、惟妙惟肖的境界。如此，一般來說「尺寸短書」便容納不了，且不說長篇章回小說，就是話本小說和文言的傳奇小說，也都不是《搜神記》、《世說新語》式篇幅所能容納得了的。

如果上述概念基本符合歷史事實的話，那麼可以說古代小說的誕生在唐代，以傳奇文為主體的文言敘事作品是小說的最初形態。宋元俗文學興起，由說唱技藝的「說話」書面化而形成的話本和平話，漸漸成長為長篇的章回小說和短篇的話本小說，以「四大奇書」和「三言」為代表，構成小說的主體，並登上文壇與傳統詩文並肩而立。唐前的志怪、志人以及雜史雜傳雖然與小說有歷史淵源，但它們只是小說的孕育形態，還不具有小說文體的內涵。不能依據歷代史志的「小說」概念，把「小說家類」所著錄的作品都視為文學範疇的小說，從而把小說文體的誕生上溯到漢魏甚至先秦。

二、娛樂與教化

小說的產生，遠在詩歌和散文之後。如果說因情感抒發的需要而創造了詩，因資政宣教的需要而創造了文，那麼因娛樂消遣的需要則創造了小說。魯迅說詩歌起源於勞動，小說起源於休息，「人在勞動時，既用歌吟以自娛，借它忘卻勞苦了，

則到休息時，亦必要尋一種事情以消遣閒暇。這種事情，就是彼此談論故事，而這談論故事，正就是小說的起源」[09]。這推測大概距事實不遠。但說故事是口頭的文學，不是書面文學的小說，從口頭到書面的轉化，究竟是怎樣實現的？講故事的傳統可以追溯到上古時代，像清初小說《豆棚閒話》所描寫的鄉村豆棚下講說故事的情形，大概沿演了數千年。口頭故事和書面故事儘管只有一紙之隔，可是從口頭到書面的轉化卻經歷了漫長的歷史歲月。轉化必須條件具備。物質的條件是造紙和印刷，早期的甲骨、絹帛、竹簡不可能去承載供消遣的故事；精神的條件是人們在觀念上接受書面故事也是文的一個部分，傳統觀念認為文章是經國之大業，《文心雕龍》第一篇即為〈原道〉，「聖因文以明道」，「文之為德也大矣」[10]，用文字記錄娛樂性故事，豈不是對經國大業的褻瀆？民間下士或許可以這樣做，但一般看重聲譽的文人卻不屑或者不敢這樣做。而故事要提升到情節的藝術層面，必須要有具備文化修養和文學功底的文人參與。

誠然，唐代以前也有一些文字記錄了口傳故事，但它們絕不是為娛樂而記錄。先秦諸子散文如《莊子》、《孟子》、《荀子》、《韓非子》等都或多或少採擷了口傳故事，這些故事只是被先秦思想家們用來闡明某些哲理。魏晉南北朝有志怪的《搜神

09　魯迅：《中國小說的歷史的變遷》。

10　劉勰：《文心雕龍‧原道》。引自周振甫《文心雕龍注釋》，人民文學出版社 1981 年版，第 1 頁。

記》之類的許多作品，這些作品的宗旨主要在宣揚神道，多為佛教、道教的輔教之書[11]；志人的《世說新語》之類的許多作品是當時為舉薦需要創作的作品，是人倫鑒識的產物，它們所記錄超邁常人的異操獨行，是供士人學習和仿效的，《世說新語》也就成為士人的枕邊書；雜史雜傳中有許多故事，但它們是史傳的支脈，是為補正史之不足而存在的，絕非供人娛樂消遣。

不可否認，唐前的志怪、志人和雜史雜傳都程度不同地含有文學的因素，從敘事傳統來說，它們孕育了小說，或者可以說是「古小說」、「前小說」。從唐前的「古小說」轉化為唐傳奇這個小說的最初形態，其驅動力量就是娛樂。文人遊戲筆墨，拿文字作為遊戲消遣工具，並且成為一種潮流，始於唐代。這並非偶然，唐代是一個開放的、思想多元的時代，儒家的文道觀不再是文壇的主宰力量。詩言志，文以載道，已不是不可違背的金科玉律。白居易的〈江南喜逢蕭九徹，因話長安舊遊，戲贈五十韻〉、白行簡的《天地陰陽交歡大樂賦》等，描寫豔情，其筆墨之放肆，並不下於張鷟的傳奇小說〈遊仙窟〉。就是以重振儒家道統文統為己任的韓愈，受世風薰染，也免不了涉足小說的撰作，因而遭到張籍的批評，引發了一場關於小說是否為「駁雜之說」的爭論。唐代文人用文學消遣已無甚顧忌，是小說誕生的精神條件。

11　詳見湯用彤《漢魏兩晉南北朝佛教史》第十五章，中華書局 1983 年版。

事實上，唐傳奇大多就是士大夫貴族閒談的產物。韋絢說他的《嘉話錄敘》是劉禹錫客廳上閒聊的記錄，「卿相新語，異常夢話，若諧謔、卜祝、童謠、佳句，即席聽之，退而默記，或染翰竹簡，或簪筆書紳」，記錄之目的，「傳之好事以為談柄也」[12]。陳鴻談到他的〈長恨歌傳〉的寫作緣起時說：「元和元年冬十二月，太原白樂天自校書郎尉於盩厔，鴻與琅琊王質夫家於是邑。暇日相攜游仙遊寺，話及此事（指唐玄宗與楊貴妃事），相與感嘆。質夫舉酒於樂天前曰：『夫希代之事，非遇出世之才潤色之，則與時消沒，不聞於世。樂天深於詩，多於情者也，試為歌之，如何？』樂天因為〈長恨歌〉。意者不但感其事，亦欲懲尤物，窒亂階，垂於將來者也。歌既成，使鴻傳焉。」[13]〈長恨歌傳〉得之於遊宴，而〈任氏傳〉則聞之於旅途，「建中二年，既濟自左拾遺於金吳。將軍裴冀，京兆少尹孫成，戶部郎中崔需，右拾遺陸淳皆適居東南，自秦徂吳，水陸同道。時前拾遺朱放因旅遊而隨焉。浮潁涉淮，方舟沿流，晝宴夜話，各征其異說。眾君子聞任氏之事，共深嘆駭，因請既濟傳之，以志異云」[14]。李公佐的〈古岳瀆經〉也聞之於旅途，

12　韋絢：《嘉話錄敘》。轉引自侯忠義編《中國文言小說參考資料》，北京大學出版社 1985 年版，第 254 頁。

13　陳鴻：〈長恨歌傳〉。引自汪辟疆校錄《唐人小說》，上海古籍出版社 1978 年版，第 141 頁。

14　沈既濟：〈任氏傳〉。引自汪辟疆校錄《唐人小說》，上海古籍出版社 1978 年版，第 58 頁。

導論

「貞元丁丑歲，隴西李公佐泛瀟湘、蒼梧。偶遇征南從事弘農楊衡，泊舟古岸，淹留佛寺，江空月浮，征異話奇」，楊衡講述無支祁的故事，幾年以後，李公佐訪太湖包山，於石穴間得古《岳瀆經》殘卷，所記無支祁事蹟與楊衡所述相符，由此寫成〈古岳瀆經〉。[15] 李公佐煞有介事，似乎確有水神無支祁，其實學者一看即知其為虛誇以娛目而已，明代宋濂指它是「造以玩世」[16]，胡應麟也稱之為「唐文士滑稽玩世之文」[17]。唐傳奇得之於閒談，這樣的例子不勝枚舉。

曾有一說認為唐傳奇可作行卷，有博取功名之用，傳奇小說由是而興，系根據宋代趙彥衛《雲麓漫鈔》卷八的一段話：「唐之舉人，先藉當世顯人以姓名達之主司，然後以所業投獻。逾數日又投，謂之溫卷。如《幽怪錄》、《傳奇》等皆是也。蓋此等文備眾體，可以見史才、詩筆、議論。」今人程千帆指出趙彥衛的話與現存的關於唐代納卷、行卷制度的文獻所提供的事實不合[18]，不足為據。倒是有證據證明，傳奇小說因其內容虛妄，作為納卷呈獻禮部後反倒壞了科舉的前程。錢易《南部新書》甲卷：「李景讓典貢年，有李復言者，納省卷，有《纂異》

15　李公佐：〈古岳瀆經〉。引自張友鶴選注《唐宋傳奇選》，人民文學出版社 1964 年版，第 55 頁。

16　宋濂：《宋學士全集》卷三十八〈刪〈古岳瀆經〉〉。

17　胡應麟：《少室山房筆叢》卷三十二〈四部正訛下〉，上海書店出版社 2001 年版，第 316 頁。

18　程千帆：《唐代進士行卷與文學》，上海古籍出版社 1980 年版。

一部十卷。榜出日：『事非經濟，動涉虛妄，其所納仰貢院驅使官卻還。』復言因此罷舉。」《纂異》即今傳《續玄怪錄》，李景讓知貢舉為唐文宗開成五年（西元八四〇年）。可見，納卷、行卷的內容應當有關「經濟」（經時濟世），是明道的文字，絕非遊戲筆墨如傳奇小說之類[19]。白話小說晚於文言小說，它是由口頭技藝「說話」轉變而成。「說話」是宋元勾欄瓦肆供娛樂的技藝，從口頭技藝轉變為書面文學的話本和平話，娛樂的宗旨一以貫之。

但是，單純娛樂的文字是行之不遠的，現存的早期話本如〈柳耆卿詩酒玩江樓記〉、〈西湖三塔記〉、〈洛陽三怪記〉、〈西山一窟鬼〉、〈孔淑芳雙魚扇墜傳〉等，故事之離奇，足以聳人聽聞，然而僅止於感官而已。馮夢龍就曾批評〈玩江樓〉、〈雙魚墜記〉之類為「鄙俚淺薄，齒牙弗馨焉」[20]。娛樂是小說的原生性功能，娛樂的動力如果失去審美和教化的導向，就會陷於低級惡謔的泥淖。唐傳奇雖然產生於徵奇話異的閒聊之中，但畢竟是在文人圈子裡講傳，灌注著文人的情志，多少蘊含有審美、道德、政治、哲理、宗教等意蘊。唐前志怪寫狐精的很多，唐傳奇〈任氏傳〉也寫狐精，但它卻能化腐朽為神奇，在狐精任氏身上賦予了美好的人情。作者寫任氏對愛情的執著，為

19　詳見傅璇琮《唐代科舉與文學》第十章「進士行卷與納卷」，陝西人民出版社 1986 年版。

20　綠天館主人（馮夢龍）：〈古今小說敘〉。

愛而甘冒生命的風險，是寄託著對現實庸俗習氣的批判的。李公佐寫〈謝小娥傳〉是要傳揚謝小娥這樣一位弱女子身上秉承的貞節俠義的美德，「君子曰：『誓志不舍，復父夫之仇，節也；傭保雜處，不知女人，貞也。女子之行，唯貞與節，能終始全之而已，如小娥，足以儆天下逆道亂常之心，足以觀天下貞夫孝婦之節。』餘備詳前事，發明隱文，暗與冥會，符於人心。知善不錄，非《春秋》之義也，故作傳以旌美之」。

　　白話小說植根於市井娛樂市場，初期的作品大多是「說話」節目的文字化故事而已。從一些僥倖留存下來的作品看，如《紅白蜘蛛》[21]（後被改寫為〈鄭節使立功神臂弓〉，收在《醒世恒言》）、〈攔路虎〉（收在《清平山堂話本》，改作〈楊溫攔路虎傳〉）等，都還是沒有情節的故事。關於故事與情節的區別，英國小說家兼理論家 E・M・福斯特（Edward Morgan Forster）說：「故事是敘述按時間順序安排的事情。情節也是敘述事情，不過重點是放在因果關係上。『國王死了，後來王后死了』，這是一個故事。『國王死了，後來王后由於悲傷也死了』，這是一段情節。時間順序保持不變，但是因果關係的意識使時間順序意識顯得暗淡了。」[22] 凸顯因果關係，就是作者把故事提升為情節，而情節是蘊含著道德的、審美的、政治的評價的。白話小

21　《紅白蜘蛛》僅存殘頁，詳見黃永年《記元刻〈新編紅白蜘蛛小說〉殘頁》，載《中華文史論叢》1982 年第 1 輯。

22　《小說美學經典三種》，上海文藝出版社 1990 年版，第 271 頁。

說從初期的單一娛樂進步到寓教於樂，經歷了漫長的歲月，直到一批重視通俗文學的文人的參與，才達到娛樂與教化統一的境界。

《三國志通俗演義》嘉靖本〈庸愚子序〉講到由三國故事提升為情節的過程時說：「前代嘗以野史作為評話，令瞽者演說，其間言辭鄙謬，又失之於野。士君子多厭之。」羅貫中考諸國史，留心損益，作《三國志通俗演義》，「文不甚深，言不甚俗，事紀其實，亦庶幾乎史，蓋欲讀誦者，人人得而知之，若《詩》所謂里巷歌謠之義也」。題名「演義」，就是宣示通過歷史故事演述世間的大道理。傳統社會輿論總是視小說為小道，鄙俗敗壞人心，主張嚴禁，清康熙間劉獻廷卻說，看小說、聽說書是人的天性，六經之教也原本人情，關鍵在於「因其勢而利導之」[23]，也就是寓教於小說，同樣可以擔負起治俗的使命。

娛樂是小說的原生性功能，教化是小說的第二種功能，是建立在娛樂之上的、比娛樂更高級的功能。教化不只是道德的，還包括審美的、智識的等多種元素。沒有教化的娛樂只是一種感官享受，算不上藝術；沒有娛樂功能的教化，那就只是教化，算不上文學。小說中的娛樂和教化是對立統一的，二者相容並蓄，方能達到成熟的藝術境界。

23　劉獻廷：《廣陽雜記》卷二，中華書局 1957 年版，第 107 頁。

三、史家傳統與「說話」傳統

縱觀小說的歷史，不只是娛樂與教化的矛盾制約著小說的運動，同時還有別的矛盾，這其中就有史家傳統和「說話」傳統的矛盾。史家傳統體現在歷朝歷代的豐富的史傳文本中，同時又表現為由史家不斷積累經驗所形成的一種修史的觀念體系。「說話」傳統則是千百年民間徵奇話異、講說故事的文化習俗，這個傳承不斷的習俗也形成自己的一套觀念體系。史傳與「說話」同是敘事，「說話」發生得更早，史傳在文字出現後才逐漸形成。殷商記錄卜祭以及與之相關事情的甲骨文便是史傳的萌芽。在中國古代史官文化的價值觀念中，官修的正史甚至具有法典的權威。「說話」雖然根深蒂固，千百年來牢不可破，頑固地在草根間生長，並發展成文學敘事的小說，但在史傳面前總是自慚形穢，抬不起頭來。史家傳統，簡而言之就是「據事蹟實錄」，他們認為真理就寓居在事實中，王陽明說「以事言，謂之史；以道言，謂之經。事即道，道即事」[24]。《春秋》就被儒家列為「五經」之一。「說話」恰恰輕視事實，只要好聽，怎麼杜撰編造都可以。劉勰談到修史時說：「然俗皆愛奇，莫顧實理。傳聞而欲偉其事，錄遠而欲詳其跡。於是棄同即異，穿鑿傍說，舊史所無，我書則傳。此訛濫之本源，而述遠之巨蠹

24　王陽明：《傳習錄集評》卷上，《王陽明全集》，上海古籍出版社 1992 年版，第 10 頁。

也。」[25] 在史家眼裡，不顧事實的虛構是修史的巨蠹。

小說文體恰恰又是從史傳中孕育出來的，志怪、志人、雜史雜傳，都被傳統目錄學家看成是史傳的支流和附庸，事實上唐傳奇作品多以「傳」「記」題名，如〈任氏傳〉、〈柳氏傳〉、〈霍小玉傳〉、〈東城老父傳〉、〈長恨歌傳〉以及〈古鏡記〉、〈枕中記〉、〈三夢記〉、〈離魂記〉等，作家們是用史家敘事筆法來創作的。早期話本來源於「說話」，帶有濃重的說唱痕跡，與史傳敘事距離較遠，可一旦文人參與，史家傳統便滲透進來。

小說的本性是虛構，本與史傳不搭界，但史家傳統實在太強大了，小說不得不謙恭地說自己是「正史之餘」[26]，由是也不得不掩飾自己的虛構。小說開頭一定要交代故事發生的確切時間和地點，一定要交代人物的來歷，說明小說敘述的故事是千真萬確發生過的事情。

史家傳統對白話小說的牽制，突出地表現在歷史演義小說的創作過程中。宋元「說話」四大家數中有「講史」一家，專門講說前代書史文傳興廢爭戰之事，從現存的元刊《三國志平話》來看，虛的多，實的少，情節中充滿了於史無稽的民間傳說，與歷史相去十萬八千里。但它是小說，不是史傳，市井草民喜聞樂見，故坊賈願意刊刻印行。但君子卻認為它言辭鄙謬，又

---

25 劉勰：《文心雕龍・史傳》。引自周振甫《文心雕龍注釋》，人民文學出版社 1981年版，第 171—172 頁。
26 笑花主人：〈今古奇觀序〉。

失之於野，於是就有羅貫中據《通鑒綱目》等正史予以匡正，寫成《三國志通俗演義》。羅貫中稔熟三國歷史，又有深邃的識見和文學的功底，使得《三國志通俗演義》虛實莫辨，清代史學家章學誠仔細考辨，結論是「七分實事，三分虛構」。這是歷史演義小說最成功的範例。繼之而起的林林總總的「按鑒演義」，大都是抄錄史書，摻雜少許民間傳說作為調味作料，正如今人孫楷第所言，「小儒沾沾，則頗泥史實，自矜博雅，恥為市言。然所閱者至多不過朱子《綱目》，鉤稽史書，既無其學力；演義生發，又愧此槃才。其結果為非史抄，非小說，非文學，非考定」[27]。包括《三國志通俗演義》在內的歷史演義小說，本質是小說，不能動輒以史實來挑剔它，「按鑒演義」的編撰者正是受史家傳統的制約，才造成它如此曖昧的面孔。

　　小說家從史家傳統中掙扎出來很不容易，明代中期以來，就有不少小說作者和批評者進行抗爭，謝肇淛說小說「須是虛實相半，方為遊戲三昧之筆」，《說岳全傳》的作者金豐也主張小說「虛實相半」，「從來創說者不宜盡出於虛，而亦不必盡由於實。苟事事皆虛則過於誕妄，而無以服考古之心；事事皆實則失於平庸，而無以動一時之聽」[28]。如果說「虛實相半」還是在史家傳統面前遮遮掩掩，猶抱琵琶半遮面，那麼清代乾隆年

27　孫楷第：《日本東京所見小說書目》卷三〈明清部二〉，人民文學出版社 1958 年版，第 38 頁。

28　金豐：〈新鐫精忠演義說本岳王全傳序〉。

間為《綠野仙蹤》作序的陶家鶴就乾脆直白得多了，說《綠野仙蹤》與《水滸傳》、《金瓶梅》都是「謊到家之文字」。曹雪芹徑直稱自己的《紅樓夢》是「真事隱去」、「假語村言」，所敘述的故事無朝代可考，「滿紙荒唐言」而已。「史統散而小說興。」[29]當小說完全克服了對史家傳統的敬畏和依附時，小說才得到創作的解放，才真正找回了自我。

四、雅與俗

雅和俗是一種文化現象。雅文化是社會上層文化，孔子《論語·述而》說：「《詩》、《書》執禮，皆雅言也。」雅言，既指文化內容，又指語言外殼。古代合於經義的叫雅，雅馴篤實的叫雅；語言和風格方面，含蓄穩重的叫雅，語言精緻，也就是有別於地方方言的士大夫的標準語，或可稱當時的國語叫雅。與雅相對，俗文化是屬於下層民眾的文化，其內容不盡符合《詩》、《書》禮教的規矩繩墨，語言和風格方面，詭譎輕佻的為俗，方言俚語為俗。雅和俗既對立，又統一在一個民族文化中。中華文化中雅俗文化沒有斷然的分界，雅既從俗中提煉出來，又承擔著正俗化俗的使命。

任何一個民族的文學形式都有雅俗的分野，中國文學中的傳統詩文屬於雅文學，小說、戲曲、民歌、彈詞寶卷屬於俗文

29　綠天館主人（馮夢龍）：〈古今小說敘〉。

學。文學的雅俗是相對而存在的，一種文學形式的內部也有雅俗之分。文言小說作為小說，相對傳統詩文是俗，這是由於它的駁雜荒誕；但在小說內部，它相對白話小說卻又是雅。小說內部的雅和俗的對立統一，是小說發展的又一個重要的因素。

　　唐代傳奇小說是士人寫給士人讀的文學，它產生和活躍在雅文化圈內。在儒家道統鬆弛的年代，它可以汪洋恣肆、百無禁忌，創造出一大批想像豐富、情感動人的作品。道統一旦得以重振，它就要受到「不雅」的指責。張籍批評韓愈的〈毛穎傳〉「駁雜無實」，而「駁雜無實」就是俗的代名詞。司馬遷《史記·五帝本紀》中說「百家言黃帝，其言不雅馴」，不雅馴即指荒誕無稽。張籍的批評代表了唐代中後期的主流思潮的觀點，這種觀點占了社會輿論的上風，唐傳奇就要衰退了。事實也是單篇的傳奇小說銳減，小說又復古到魏晉南北朝，尚質黜華，出現了像《酉陽雜俎》這樣的作品集，其中不少文章已失去傳奇小說的風味。傳奇小說蒙上不雅的俗名，士人便疏遠它，它便漸漸走出雅文化圈子，下移到「俚儒野老」的社會層級。明代胡應麟說：「小說，唐人以前，紀述多虛，而藻繪可觀。宋人以後，論次多實，而彩豔殊乏。蓋唐以前出文人才士之手，而宋以後率俚儒野老之談故也。」[30]

30　胡應麟：《少室山房筆叢》卷二十九〈九流緒論下〉，上海書店出版社 2001 年版，第 283 頁。

胡應麟所謂的「小說」，包括一志怪、二傳奇、三雜錄、四叢談、五辨訂、六箴規，他這段文字所指「小說」，是「志怪」「傳奇」兩類記述事蹟文字，說宋以後小說作者大多出自「俚儒野老之談」，反映了歷史事實，但說宋人小說「多實」則不盡貼切。宋人志怪模仿晉宋，據傳聞實錄，文字趨於簡古是客觀存在，但宋人傳奇多以歷史故事為題，如〈綠珠傳〉、〈迷樓記〉之類，虛構多多，文字亦鋪張，只是藻繪確實遠遠不及唐傳奇。元以降，至明代中後期，出現了一大批如《嬌紅記》、《尋芳雅集》、《鍾情麗集》之類的作品，高儒《百川書志》卷六著錄它們的時候，特加評語說：「皆本〈鶯鶯傳〉而作，語帶煙花，氣含脂粉，鑿穴穿牆之期，越禮傷身之事，不為莊人所取，但備一體，為解睡之具耳。」[31]

　　「越禮」當然是不雅，「不為莊人所取」則是口頭上的，拿它做「解睡之具」透露著「莊人」之所真好。還是胡應麟說得直白：「大雅君子，心知其妄，而口競傳之，且斥其非而暮引用之，猶之淫聲麗色，惡之而弗能弗好也。夫好者彌多，傳者彌眾；傳者日眾，則作者日繁。夫何怪焉？」[32]

　　這類半文半白、篇幅已拉得很長的傳奇小說繼續走著俗化的道路，到清初它們乾脆放棄文言，使用白話，並且採取章回

---

31 高儒：《百川書志》，上海古籍出版社 2005 年版，第 90 頁。

32　胡應麟：《少室山房筆叢》卷二十九〈九流緒論下〉，上海書店出版社 2001 年版，第 282 頁。

的形式，便成為才子佳人小說。若不是《聊齋志異》重振唐傳奇雄風，傳奇小說果真要壽終正寢了。

如果說傳奇小說是從雅到俗，那麼白話小說的運動路向恰好相反，是從俗到雅。白話小說從「說話」脫胎而來，長期處於稚拙俚俗的狀態，它們帶著濃厚的草根氣息，粗拙卻又鮮活，不論是「講史」如《三國志平話》，還是「小說」如《六十家小說》（現名《清平山堂話本》），都難以登上大雅之堂。

由俗到雅的變化的發生，與王陽明「心學」的崛起有著直接的關係。王陽明認為人人皆可成聖賢，他的布道講學是面向民眾的，要讓不多識字或根本不識字的草民懂得他的道理，就不能不用通俗的方式講說。他說：「你們拿一個聖人去與人講學，人見聖人來，都怕走了，如何講得行？須做得個愚夫愚婦，方可與人講學。」[33] 他雖沒有談到通俗小說，但講到戲曲就可以用來化民善俗，他說：「今要民俗反樸還淳，取今之戲子，將妖淫詞調俱去了，只取忠臣孝子故事，使愚俗百姓人人易曉，無意中感激他良知起來，卻於風化有益。」[34]

從來的莊人雅士對於俗文學都是鄙夷不屑的，至少在口頭上如此。王陽明如此說而且如此做，目的當然是要把儒學從書本章句中推向民間的人倫日用，與佛、道爭奪廣大的信徒，但他利用通俗的形式來傳道，卻為文士參與小說創作開了綠燈。

---

33 《王陽明全集》，上海古籍出版社 1992 年版，第 116 頁。

34 《王陽明全集》，上海古籍出版社 1992 年版，第 113 頁。

白話小說的作者在很長時間裡都是不見經傳的無名氏，從這時開始出現有姓名可考的大文人，如吳承恩、馮夢龍、凌濛初、李漁、吳敬梓、曹雪芹等。

文人的參與，使俗而又俗的白話小說有可能改變娛樂唯一的宗旨，從而具有了雅的品質。李漁認為俗可寓雅，「能於淺處見才，方是文章高手」[35]。煙水散人說：「論者猶謂俚談瑣語，文不雅馴，鑿空架奇，事無確據。嗚呼，則亦未知斯編實有針世砭俗之意矣。」[36] 小說既然可以肩負「針世砭俗」的使命，自然就不能用一個「俗」字罵倒它。羅浮居士〈蜃樓志序〉指出，小說雖有別於「大言」，但小說寫「家人父子日用飲食往來酬酢之細故」，卻可以「准乎天理國法人情以立言」，「說雖小乎，即謂之大言炎炎也可」。白話小說俗中有雅，是白話小說藝術成熟的重要標誌。

雅俗共存的典範作品莫過於《聊齋志異》和《紅樓夢》。馮鎮巒評《聊齋志異》說：「以傳記體敘小說之事，仿《史》、《漢》遺法，一書兼二體，弊實有之，然非此精神不出，所以通人愛之，俗人亦愛之，竟傳矣。」[37]

35　李漁：《閒情偶寄·詞曲部》。引自《中國古典戲曲論著集成》（七），中國戲劇出版社 1959 年版，第 28 頁。

36　煙水散人：〈珍珠舶序〉。轉引自大連圖書館參考部編《明清小說序跋選》，春風文藝出版社 1983 年版，第 45 頁。

37　張友鶴輯校：《聊齋志異》會校會注會評本，上海古籍出版社 1978 年新 1 版，第 15 頁。

　　諸聯評《紅樓夢》說：「自古言情者，無過《西廂》。然《西廂》只兩人事，組織歡愁，摛詞易工。若《石頭記》，則人甚多，事甚雜，乃以家常之說話，抒各種之性情，俾雅俗共賞，較《西廂》為更勝。」[38]《聊齋志異》和《紅樓夢》能夠成為小說的經典之作，除了蒲松齡和曹雪芹的主觀因素和他們所處的時代條件之外，雅與俗的碰撞與融合也是重要的一點。

38　一粟編：《紅樓夢卷》，中華書局 1963 年版，第 118 頁。

清代前期小說的變遷和藝術高峰

清初四十年，小說承襲明末風氣，時事政治小說活躍一時，世情小說和話本小說也有不俗的成績，才子佳人小說和豔情小說盛行，文言小說追步唐代，《聊齋志異》達到了空前絕後的藝術水準。清初是小說由明入清的過渡期，呈現出不同於明代的繁榮狀態。

收復臺灣之後的康熙二十三年（西元一六八四年）至乾隆六十年（西元一七九五年），號稱「康乾盛世」。由於朝廷的文化專制趨於嚴密和殘酷，深刻地制約了小說創作，小說面貌發生了明顯的變化。一百多年所創作的白話小說，今存作品數量僅及清初四十年作品的五分之三，然而卻又出現了《儒林外史》和《紅樓夢》這樣偉大的作品。這一百多年，在小說史上可稱之為「清代前期」。

第一章

康乾盛世與小說的變遷

第一章　康乾盛世與小說的變遷

　　康熙二十二年（西元一六八三年）收復臺灣，朝廷理國重心從軍事轉移到修齊治平。農業、手工業在幾十年恢復的基礎上有了長足的發展。據《清實錄》，全國耕地面積，雍正初已達八億九千萬畝，超過明朝的最高數值；乾隆六年（西元一七四一年）「會計天下民數」，達到一億四千萬之巨。城市的數量和規模也都創造了空前的記錄。文化方面，大力宣導程朱理學，獎掖所謂理學名臣。《古今圖書集成》、《四庫全書總目》等編纂告成，是其文化方面的巨大成果。這一百多年，史稱「康乾盛世」。

　　這一時期，朝廷推崇朱熹，將他對「四書五經」的詮釋作為科舉考試的標準答案。推崇朱熹，卻又閹割朱熹「以天下為己任」的行道精神，禁止士人結社和議論朝政，在拔擢理學名臣之時，接二連三地製造文字獄。朝廷文化政策之核心，就是禁錮天下人的頭腦，以維持自家的統治。這種政治文化專制之下，詩文創作的主流風格是醇雅，講求含蓄蘊藉、溫柔敦厚，凡與盛世氣象不相合，有「怨望譏訕」傾向的文詞，不止遭到責難，且有陷入文字獄而家破人亡的危險。肅殺之風，籠罩於士林。

第一節　文字獄對小說的禁錮

　　清初四十年曾發生慘絕人寰的《明史》案，但波及小說者甚微。儘管《續金瓶梅》和《無聲戲二集》也曾被刑事追究，可是

作者丁耀亢逃過一劫，李漁安然無恙。蒲松齡在他的《聊齋志異》中毫不遮掩地描寫清軍的暴行，並直言不諱地談論文字獄，代表當時的小說基本上還在統治者監視的範圍之外。

康熙二十三年（西元一六八四年）以後，情況開始發生變化。理學家和朝廷重臣高揚道學的旗幟，主張嚴禁「淫詞小說」。康熙二十五年（西元一六八六年）江寧巡撫湯斌有〈嚴禁私刻淫邪小說戲文告諭〉，康熙二十六年（西元一六八七年）有刑科給事中劉楷請除小說淫書的奏疏，至康熙五十三年（西元一七一四年）遂立法禁止「小說淫詞」。這是歷史上首次將禁毀小說淫詞法律化。爾後，雍正二年（西元一七二四年）、乾隆三年（西元一七三八年）一再重申此禁。何謂「小說淫詞」，朝廷並未給出一個定義，實際操作完全是主觀認定，各級官員在實施中寧願將它擴大化，以致影響到一般的小說創作。

乾隆十六年（西元一七五一年）八月發生了所謂的孫嘉淦「奏稿案」。孫嘉淦（西元一六八三至西元一七五三年），歷官刑部、吏部尚書，直隸、湖廣總督，協辦大學士，以敢於直諫而聞名。盛傳朝野的奏稿乃是假託他的大名，指責乾隆皇帝種種失德。乾隆皇帝獲悉大為震怒，在全國展開持續一年七個月的大規模追查。由是，文字獄進入高潮時期。對於小說的查禁，已不再限於「淫詞」一類，凡被視為譏謗聖賢、編捏時事、不利當朝的作品，都在追究之列。

第一章　康乾盛世與小說的變遷

　　乾隆十八年（西元一七五三年）七月二十九日上諭內閣：「滿洲習俗純樸，忠義稟乎天性，原不識所謂書籍。自我朝一統以來，始學漢文。皇祖聖祖仁皇帝欲俾不識漢文之人通曉古事，於品行有益，曾將《五經》及《四子》、《通鑑》等書翻譯刊行。近有不肖之徒，並不翻譯正傳，反將《水滸》、《西廂記》等小說翻譯，使人閱看，誘以為惡。甚至以滿洲單字還音抄寫古詞者俱有。似此穢惡之書，非唯無益，而滿洲等習俗之偷，皆由於此。如愚民之惑於邪教，親近匪人者，概由看此惡書所致，於滿洲舊習，所關甚重，不可不嚴行禁止，將此交八旗大臣、東三省將軍、各駐防將軍大臣等，除官行刊刻舊有翻譯正書外，其私行翻寫並清字古詞，俱著查核嚴禁，將現有者查出燒毀，再交提督從嚴查禁，將原板盡行燒毀。如有私自存留者，一經查出，朕惟該管大臣是問。」[01]

　　乾隆皇帝此諭針對的是漢籍的滿文翻譯問題，但關鍵在他對小說的看法。他認為《水滸》、《西廂記》等小說是「穢惡之書」，敗壞習俗，誘人入邪教匪類，必須嚴查禁毀。

　　乾隆三十八年（西元一七七三年）二月，《四庫全書》纂修工程正式啟動。朝廷對全國各地公私所藏書籍開始進行大規模的全面調查，凡抵觸清朝的著作或被刪削修改，或被銷毀，小說概莫能外。次年乾隆皇帝就指出，「明季末造野史者甚多，其

01　《清高宗實錄》卷四四三，中華書局 1986 年影印本。

間毀譽任意，傳聞異詞，必有詆觸本朝之語，正當及此一番查辦，盡行銷毀，杜遏邪言，以正人心而厚風俗，斷不宜置之不辦。此等筆墨妄議之事，大率江浙兩省居多，其江西、閩粵、湖廣亦或不免，豈可不細加查核？」[02] 這條上諭點明了要清查銷毀題材涉及明末清初時政的小說，而且提示這些小說主要產自江浙兩省，江南諸省「亦或不免」。

聖旨一下，江南諸省地方官員聞風而動。江西巡撫郝碩、兩江總督薩載、湖南巡撫劉墉、浙江巡撫陳輝祖等紛紛踴躍上奏收繳書目，如《剿闖小說》、《樵史演義》、《鎮海春秋》、《英烈傳》、《精忠傳》、《說岳全傳》、《歸蓮夢》等 [03]。

而此前，乾隆皇帝在二十二年（西元一七五七年）就處死過私藏明末野史的彭家屏，彭家屏是在籍二品大員，乾隆皇帝偶然發現他家藏書中有明末野史，指斥說：「在定鼎之初，野史所記，好事之徒，荒誕不經之談，無足深怪。乃迄今食毛踐土，百有餘年，海內縉紳之家，自其祖父，世受國恩，何忍傳寫收藏？此實天地鬼神所不容，未有不終於敗露者。」[04]

乾隆四十六年（西元一七八一年）尹嘉銓為父求諡，其名利熏心之態令乾隆皇帝厭惡之極，著令查辦，搜出他的著作有《名臣言行錄》一書，顧名思義，此書是記錄本朝所謂「名臣」言行

02 《纂修四庫全書檔案》乾隆三十九年八月初五日諭。
03 詳見雷夢辰《清代各省禁書匯考》，北京圖書館出版社 1989 年版。
04 《清高宗實錄》卷五四〇，中華書局 1986 年影印本。

第一章　康乾盛世與小說的變遷

的志人小說。乾隆皇帝認為：「以本朝之人，標榜當代人物，將來伊等子孫，恩怨即從此起，門戶亦且漸開。所關朝常世教，均非淺鮮……今尹嘉銓乃欲於國家全盛之時，逞其私臆，妄生議論，變亂是非，實為莠言亂政。」[05] 尹嘉銓被處以死刑。志人小說自《世說新語》開創以來，歷朝歷代作品連綿不斷，是文言小說歷史悠久的一大流派，尹嘉銓《名臣言行錄》一案定讞，至少在相當長的時間裡斷絕了志人小說的編撰。

　　文字獄直接使時事政治小說和志人小說的創作頓時沉寂下來，然而對文學、對小說影響更深刻的是乾隆皇帝羅織罪名的索隱法。乾隆二十年（西元一七五五年），內閣大學士胡中藻因其《堅磨生詩鈔》獲罪問斬。《堅磨生詩鈔》刊行數年，讀者並未發現有譏謗、叛逆的問題，唯乾隆皇帝的感受異於常人，他說：「朕見其詩已經數年，意謂必有明於大義之人待其參奏，而在廷諸臣及言官中並無一人參奏，足見相習成風，牢不可破，朕更不得不申我國法，正爾囂風，效皇考之誅查嗣庭矣。」[06]

　　乾隆皇帝如何看出詩中的叛道之意的呢？他用的是索隱法：「如其集內所云『一世無日月』，又曰『又降一世夏秋冬』，三代而下享國之久莫如漢、唐、宋、明，皆一再傳而多故，本朝定鼎以來承平熙皥蓋遠過之，乃曰『又降一世』，是尚有人心者

05　《清高宗實錄》卷一一二九，中華書局 1986 年影印本。
06　《清代文學獄檔》，上海書店出版社 2007 年版，第 38 頁。

乎？又曰『一把心腸論濁清』，加『濁』字於國號之上，是何肺腑？」[07]

　　乾隆皇帝不厭其詳地挑出詩中句子，斷章取義，在個別字句刻意引申，強作解釋，從而定下其大逆之罪。從文字中索隱以羅織罪名，這種無中生有的方法，使天下握筆寫作的人無不提心吊膽。龔自珍詩曰：「避席畏聞文字獄，著書都為稻粱謀」，就反映該時代的文人心態。

第二節　時事政治小說和志人小說的沉寂

　　清初時事政治小說，現知最晚的一部是《樵史通俗演義》，成書在順治八年（西元一六五一年）或稍後。康熙二年（西元一六六三年）發生的《明史》案，受牽連者約七百家，被戮者不止一千人。編撰野史、時事成為一大禁忌。康熙三年（西元一六六四年）《續金瓶梅》被立案查處，小說有諷喻清朝之嫌，作者亦有被處死的可能。時事政治小說創作之熱度，很快便冷卻下來。

　　清代前期的時事政治，今存唯一的一部是《臺灣外志》。此書三十卷，以章回小說的體例，敘述自天啟元年（西元一六二一年）鄭芝龍海盜發跡，到康熙二十二年（西元一六八三年）鄭克塽降清，前後六十三年的歷史。此書作者江日升，字東旭，

07　《清代文學獄檔》，上海書店出版社 2007 年版，第 36 頁。

福建珠浦人。其父江美鼇曾是鄭氏部屬，跟隨鄭氏征戰多年，於康熙十六年（西元一六七七年）歸附清朝。江日升撰寫此書，主要得自其父「口授耳傳」以及某些當事人的回憶。江日升〈自序〉署時為康熙四十三年（西元一七〇四年），成書應當不晚於此年。

　　有《明史》案之前車，江日升何以敢於撰寫這部野史？《臺灣外志》「凡例」曾有所說明。「鄭氏未奉正朔，事在化外，臺灣未入版圖，地屬荒外」，是為「外」志。又援引康熙帝命修《明史》，應「直書實事」和「從公論斷」的旨意 [08]，即「凡例」所謂「無避興朝忌諱，誅犯順不屈之人，存盡忠亡國之事」的聖世公論。再者，此書效《列國志》、《三國志演義》「體義」，跡近小說，而非真正意義的史籍。更重要的是，此書記臺灣開闢及收入版圖，頌揚康熙皇帝神功聖烈的宗旨十分鮮明，其間敘及忠臣義士、節婦烈女，亦在宣揚名教，於風化大有裨益。故而此書竟成為清朝前期時事政治小說之絕響。

　　此書用編年方式連綴史實，敘事用淺近文言。三十卷每卷有目，目用七字聯句，如章回小說。但敘事方式基本沿襲史傳，如「凡例」所說：「紀其一時之事，或戰或敗，書其實也；

不似《水滸》傳某人某甲狀若何、戰數十合、數百合之類，點寫模樣，炫耀人目，以作雅觀。」換句話說，他不描狀，不藻飾，不渲染，不以形象炫耀人目。其實就是史家筆法。陳祈永〈臺灣外志序〉就說：「是書以閩人說閩事，詳始末，廣搜輯，迥異於稗官小說，信足備國史採擇焉。」所謂「詳始末，廣搜輯」是作者追求對事件真實的完整的敘述，雖然不是作者親歷，但多半得到親歷者口傳。比如卷五記黃道周被俘及殉節經過頗為周詳，作者在「附記」中特別加以說明，此事得知於黃道周的密友陳駿音，作者康熙十七年（西元一六七八年）在廣東韓江訪問陳氏，八十多歲的陳氏敘及黃道周時，「涕泗沾襟」。

　　因此，《臺灣外志》的史料價值要高於文學價值。咸豐年間徐鼒編撰《小腆紀年附考》，其記載南明魯監國及鄭成功史實，就採用了《臺灣外志》的一些資料[09]。

　　仿《世說新語》，記當代名人言行的作品，僅見康熙年間的《今世說》，作者王晫（西元一六三六年生，卒年不詳）。此書八卷，體例悉按《世說新語》，以「容止」、「政事」、「言語」、「雅量」、「德行」、「文學」、「自新」、「儉嗇」、「任誕」標目，記敘了明末清初錢謙益、龔鼎孳、陳子龍、夏允彝、黃宗羲、侯方域、施閏章、陳維崧、朱彝尊、屈大均等四百人的言談舉止。嚴允肇〈今世說序〉稱此書「自清興以來，名臣碩輔，下

09　參見徐鼒《小腆紀年附考》作者〈自序〉，中華書局 1957 年版，第 2 頁。

第一章　康乾盛世與小說的變遷

逮岩穴之士、章句之儒，凡一言一行之可紀述者，靡不旁搜廣輯，因文析類，以成一家言」。

《今世說》學步《世說新語》，卻未得《世說新語》之精神。《今世說》只是記錄了自己幾十年中對這些人物的片段見聞，未能以形寫神，表現人物的神韻風采。如〈德行·王介人還妾〉：

> 王介人與郡司李嚴方公善。王無子，嚴贈之妾。妾故有夫，兵驅散後，訪至王所。王哀憐，立還妾，重妻其夫。

明清鼎革戰亂中夫妻離合的故事，白話小說多有描述，此篇記敘簡約，旨在表現王介人成人之美的德行，不失為當時社會實況的一點寫照，但並未畫出王介人的神貌。又如〈言語·沈稽中代父入獄〉：

> 沈稽中父君化，有怨家詣軍門，誣以大逆。遭吏捕。時方治反獄，誅殺日數十百人。吏到門，舉家惶懼，稽中挺身出曰：「我即君化也。」訊時顏狀不變，詞理條暢，竟得釋。君化嘆曰：「兒之身，我生之。自今日以往，我之身，乃兒生之。」

此段文字寫人亦平平，但它真實地反映了當時社會惡劣和恐怖的情勢。《世說新語》勾勒的人物形象，超越時空而至今不朽，《今世說》僅記事而已。

品鑑當代人的寫作沒有延續多久，乾隆四十六年（西元一七八一年）尹嘉銓因《名臣言行錄》被處絞立決，志人小說立

即成為寫作禁區。乾隆五十四年（西元一七八九年）定稿的《四庫全書總目》秉承乾隆皇帝旨意，將王晫《今世說》定性為「標榜聲氣之書，猶明代詩社餘習也」[10]。這也是朝廷對志人小說的判決。

第三節　小說不干涉時世，向人的心靈世界開掘

　　白話小說的寫作向來有一條不成文的約定，敘述故事必須首先交代故事發生的時間和地點，某朝某代某地，主人公的姓氏籍貫家世，都要一一坐實。這個傳統來自史傳，也迎合著來自史統所養成的讀者欣賞習慣。讀者閱讀一部小說，習慣地要探究人物情節的現實原型，甚至用索隱的方法尋找情節背後所隱藏的真人真事。李漁曾發誓說他的小說戲曲是虛構的，請不要對號入座，說明李漁面對這種根深蒂固的閱讀習慣之無可奈何[11]

　　到了文字獄巔峰時期，訕謗朝政，變亂是非，皆為大逆不道的不赦之罪。小說作者不能不趨利避害，其首選便是把故事的背景避開當朝。比如《聊齋志異》寫的明明是清初，《醒夢駢言》改寫成話本小說時一定要改為以往朝代。《儒林外史》寫的

10　《四庫全書總目》卷一四三〈小說家類存目一〉，中華書局 1965 年版，第 1226 頁。

11　李漁《閒情偶寄‧戒諷刺》曰：「予向梓傳奇，嘗埒誓詞於首……倘有一毫所指，甘為三世之喑，即瀉顯誅，難逭陰罰。」。

第一章　康乾盛世與小說的變遷

是當代生活，但楔子王冕的故事在元末，本體故事最初發生在明代成化末年。《野叟曝言》標明故事發生在明代弘治年間。《歧路燈》說它寫的是明代嘉靖年間的事情。《紅樓夢》更為玄乎，說「無朝代年紀可考」，甚至說故事地點也失落無考，曰「中京」，是「特避其東、南、西、北四字樣也」。不是作者狡獪，而是利劍懸在頭上，不得不爾。《歧路燈》作者自序就著重聲明：此書「空中樓閣，毫無依傍，至於姓氏，或與海內賢達偶爾雷同，絕非影射。若謂有心含沙，自應墜入拔舌地獄」。

　　故事時間避開當朝，這容易辦到，對於小說創作是一個淺層次的問題。深層次的問題是寫什麼、怎樣寫。非現實題材的小說類型，如按鑑演義的講史小說，明代此類作品幾乎將歷朝歷代寫盡，剩下的歷史空白有限，清代作者只能插空補缺，或者修訂明代的講史小說再版。但講史小說在清代前期卻有一變，它不再按鑑演義，而是選取某朝某代的所謂英雄人物加以演義，類似《水滸傳》，卻又與《水滸傳》的精神有根本的差異，它所描繪的英雄基本上出身世家貴冑，其行動在禮教規範之內，這類作品不受史實約束，極盡誇大之能事，甚至加入神魔小說元素，從而形成一種新的小說類型：英雄傳奇。非現實題材的小說類型之神魔小說，由於失去了明代道教盛行的現實土壤，它或者作為一種類型元素在小說創作中存在，或者演變成一種新的類型，如《斬鬼傳》、《平鬼傳》之類，這類作品寫

第三節　小說不干涉時世，向人的心靈世界開掘

鬼寫神，其意旨在於諷刺現實，實際上要歸屬在諷刺小說這一新的類型中。非現實題材的小說類型還有宗教小說，宗教小說在清代前期的發展最值得關注的是出現了天主教小說。這些非現實題材的小說類型所描述的人物故事，與現實有著明顯的距離，沾不上干涉時世的邊，作者執筆忌諱不多。

寫實的小說，不管你標榜所寫的故事發生在很久以前的年代，如《續金瓶梅》寫北宋末年，仍可以深文周納，指描寫囚禁宋徽宗之地寧古塔、魚皮國十分蠻野，乃諷謗清朝發祥之地亦即諷謗清朝之證據，罪該「絞決」。要堅持寫實風格，又要避開文禍，最佳的選擇是把描寫從政治時事轉向人的心靈世界，也就是超越具體朝代的政治社會層次，描寫千百年傳統宗法專制社會中的人性。政治的高壓並不能消滅人們對自由的渴望，這種渴望會驅使敘事文學的小說向人的精神領域開拓。《儒林外史》寫被科舉制度扭曲了的人性，《紅樓夢》寫禮教制度下美好人性的悲劇，使小說的批判精神達到了歷史空前的高度，實現了小說從講故事到寫心靈的歷史性轉變。

第二章

講史和英雄傳奇

第二章　講史和英雄傳奇

第一節　朝代講史系列的插空補缺

　　明代按鑑演義小說，自盤古開天地，經夏商、西周、東周列國、西晉、隋唐直至宋，歷朝各代大致均已講到，其系列幾乎可以與正史分籤並架，題材留給後來創作者的空間不大。清代講史小說或者是在已有的歷史系列中插空補缺，或者是選取某個歷史段落作別樣的敷衍，或者是貫通全史作通史演義，或者對明代舊作進行修訂補綴，從而形成了一個新的局面。

　　《後七國演義》四卷十八回（另有康熙五年嘯花軒刊本二十回），作者煙水散人（徐震）此作演述周慎靚王五年（西元前三一六年）至周赧王三十六年（西元前二七九年）燕、齊兩國的一段極富戲劇性的興衰史。它已不是「按鑑演義」的敘事模式，而是著力描寫樂毅、田單兩位歷史人物，展現的是他們如何扭轉乾坤、挽狂瀾於既倒的傳奇經歷。作者表達的中心思想是：英雄之所以能成為英雄，關鍵在明君的識人和用人。如該書〈序〉所云，「設燕昭王不築金臺，即墨人不察鐵籠，則樂毅不過魏國一庸臣，田單不過齊國一市吏耳」。作者徐震是在明清鼎革中被拋到社會邊緣的文人，他的懷才不遇的鬱悶正好借樂毅、田單的風雲際遇而得以宣洩。這部小說完全揚棄了「按鑑演義」雜湊史書的舊習，以人物為中心表現歷史。文學性要大於歷史知識性。

　　清初還有一部講史小說《梁武帝西來演義》，十卷四十回。

作者「天花藏主人」。此書演述南北朝南朝梁武帝蕭衍，滅齊東昏侯，破北魏，建立梁朝，以及皈依佛門，坐化歸西以致梁朝滅亡的歷史。這部作品也不同於「按鑑演義」，它把梁朝一代歷史放在佛教因果的框架中，說梁武帝和郗后本是在上界得道的菖蒲和水仙，玉帝見齊朝君主荒淫失德，令他二人降生下界，成其姻眷，代續齊朝。二花雖已得道，但水仙色念未能除盡，托身郗后貪淫嫉妒、破戒行僧、殺戮宮女，兇殘似毒蛇，死後下地獄遍受酷刑，變身為蟒，待到梁武帝受高僧指引，悉心鑽研佛教精義，著成十卷《寶懺》真經，方消除冤愆，返回上界。而梁武帝則在「侯景之亂」中困於淨居殿絕食而死。小說寫他是「證果西方」，認為史載他「餓死臺城」是「訛傳」。梁武帝在位四十八年，篤信佛教，精研佛典，大造佛寺，使佛教在南朝達到鼎盛。

《後七國演義》和《梁武帝西來演義》是清初作品，其品貌已大不同於明代的「按鑑演義」。移在本編「清代前期」加以追敘，是為了明辨清代講史的源流。

清代前期的講史作品有《二十一史通俗衍義》和《北史演義》、《南史演義》，他們都是插空補缺的作品。

《二十一史通俗衍義》二十六卷四十回，刊於雍正年間。作者呂撫，字安世，浙江新昌人。民國初所刊《新昌縣志》卷十二有傳，稱他十五歲補弟子員，乾隆元年（西元一七三六年）舉

第二章　講史和英雄傳奇

孝廉方正。學識淵博，藏書頗富，著述除本書外，還有《三才圖》、《四大圖》等。《二十一史通俗衍義》以《通鑑綱目》為依據，是講史小說中第一部通史演義。該書〈凡例〉曰：「是書悉遵綱鑑，半是綱鑑舊文。其鑑中因編年紀月不相聯屬，與字句難曉者，略加刪訂，所謂通俗衍義也。」此書宗旨不在文學，而在普及歷史知識。旨趣與清初的《後七國演義》、《梁武帝西來演義》頗異，也不像明代「按鑑演義」那樣食古不化，它從盤古開天地一直講到明末，第三十九、四十回敘及清朝，基本上聯絡貫穿、端緒井然，以章回小說的形式，概述了中國全史。這是繼明代楊慎《二十一史彈詞》之後的又一通史大眾讀物。

　　該書第四十一回講歷朝年號，第四十二回「說神鬼、錄格言、鑑斷翻新」，錄有《文公家訓》、《治家格言》之類蒙學讀物二十餘篇，第四十三回「廣見聞，博物志」，第四十四回「占天時，採風土」，更顯得是供初學觀史者的入門讀物。對於清朝歷史的演述，鑑於「文字獄」前車，作者十分謹慎，〈凡例〉說：「本朝未有《實錄》頒行，傳聞不無訛謬，並不敢以不識不知之民妄談本朝事蹟。雖另為二回，惟祝嵩呼以見本朝如日之方升，萬萬斯年。」

　　明代講史的斷代演義序列中，兩晉之後，隋唐之前，尚有南北朝之空白。乾隆年間編刊的《北史演義》、《南史演義》恰好作為填補。這兩部作品的著者為杜綱，字振三，號草亭，江

蘇崑山人。生於乾隆初年，卒於嘉慶初年。有學識，但老不得志，著書以自娛，除兩部講史小說之外，尚有話本小說《娛目醒心編》以及《近是集》等。杜綱與當地官紳許寶善頗有交誼，他的講史小說都由許寶善作序，許寶善的著作也有杜綱作序者。許寶善（西元一七三二至西元一八〇四年），江蘇青浦人，乾隆二十五年（西元一七六〇年）進士，累官浙江福建道監察御史，乞歸後歷主鯤池、玉峰、敬業書院，著有《穆堂詞曲》、《自怡軒詩草》等。許寶善褒獎《北史演義》「宗乎正史，旁及群書，搜羅纂輯，連絡分明」，稱它效法《三國演義》，「演史而不詭於史」，且寓勸懲於敘事之中。[01] 在許寶善看來，《北史演義》是繼《三國演義》之後最成功的講史小說。

　　《北史演義》較明代的「按鑑演義」確實略勝一籌，但對於《三國演義》來說，還是望塵莫及的。東晉之後的北朝，前後將近二百多年，《北史演義》從北魏末宣武帝景明元年（西元五〇〇年）講起，到隋文帝滅陳（西元五八九年）為止，主要講述北齊的歷史，實為北朝歷史的一半，北魏統一北方一大段歷史被略去了。魏太武帝消滅十六國割據殘餘，統一黃河流域，這一段歷史事件紛繁，頭緒甚多，小說駕馭起來實在不易，即使勉強成篇，也未必能博得讀者的喝彩，杜綱略去不敘，自有他的苦衷。《北史演義》與《二十一史通俗衍義》有所不同，它

01　許寶善：《北史演義敘》。

第二章　講史和英雄傳奇

比較講究文學性，在敘述治亂興替的軍國大事中不時穿插兒女情長瑣事，節奏有張有弛，色彩有濃有淡。作為小說，它缺少的是場面和細節描寫；它在意的是儒家興亡之道，而不在形象之感人。

《北史演義》梓行後頗得好評，許寶善勸杜綱復作《南史演義》，合之兩美。其實杜綱編撰《北史演義》時，《南史演義》已在他的寫作計畫之中。《南史演義》講述南朝二百七十七年歷史：東晉傳十一主，計一百零四年；劉宋受禪，凡八主，共六十年；蕭齊代興，凡七主，共二十四年；梁武繼統，凡四主，共五十六年；陳氏代梁，凡五主，共三十三年。南朝東晉及宋、齊、梁、陳皆以金陵為京都，最後南北統一於隋。杜綱演述南朝歷史，重在開國之君，宋高祖劉裕，齊高祖蕭道成，梁高祖蕭衍，陳高祖陳霸先，著墨最多的是劉宋興衰。劉裕為低級士族破落戶出身，種過地，砍過柴，賣過履，還是一個賭徒，卷一用較大篇幅描述他發跡之前的種種帝王之兆，而對於決定歷史格局的「淝水之戰」，卻僅僅用了不足一百個字加以講述，該書的詳略取捨，於此可見一斑。卷二十五寫梁武帝餓死在淨居殿，與《梁武帝西來演義》頗為相似，但《南史演義》敘述簡略得多，且持貶抑立場，認為他晚年迷信佛教，廢弛政務，乃是梁朝禍亂之階。天花藏主人肯定梁武帝虔心向佛，是拿歷史題材寫小說，而杜綱則是用小說形式講述歷史。

《北史演義》和《南史演義》都可視為歷史的普及讀物，他

們雖然比《二十一史通俗衍義》多一點文學性，但宗旨是相同的。《南史演義》的〈凡例〉曾說：「坊本敘戰，每於臨陣之際，必先敘明主將，若何披掛，若何威武。彼此出陣若何照面，若何交手，一番點綴，竟成印板廝殺。書中大小數十戰，此等語絕不一及，避俗筆也。」杜綱把小說的鋪陳描狀以及誇張渲染稱之為「俗筆」，可見他的宗旨是講歷史，重在講述朝代興替中的政令是非、風俗淳薄、禮樂舉廢、宮闈淑慝，揭示的是興亡治亂之道，絕不是徒供娛樂的小說閒書。

第二節　講史舊作新編

　　小說在傳播過程中被不斷地修訂增刪，是中國古代通俗小說史上的特有現象。這有兩種情況：一是書商單純追求利潤，並不顧及文學性，插增情節，刪節文字，以「古本」、「足本」為號召，製造了與原作差異極多的版本，總體上損害了原作的面貌和價值。另一種情況是書商較有見識，雖然也是為了促銷營利，但態度比較嚴肅，他約請有文學水準的高手對原作版本進行考訂校勘，加以評點，使原作變得更為可讀，往往造成原作的某一定本暢行不衰，而使原作早期版本退出讀者的視線。這種情況以毛綸、毛宗崗對《三國志演義》的編訂評點，褚人獲將《隋煬帝艷史》與《隋史遺文》合而編成《隋唐演義》，以及蔡元放修訂《新列國志》而成《東周列國志》為代表，謂之舊作新編。

第二章　講史和英雄傳奇

康熙十八年（西元一六七九年）毛綸、毛宗崗父子編訂評點的《三國志通俗演義》刊行。毛綸，字德音，號聲山，江蘇長洲人。生卒年不詳。毛宗崗（西元一六三二至西元一七〇九年後），字序始，號子庵，毛綸之子。毛綸評點《琵琶記》之「總論」有云：「羅貫中先生作《通俗三國志》，共一百二十卷，其紀事之妙，不讓史遷。卻被村學究改壞，予甚惜之。前歲得讀其原本，因為校正，復不揣愚陋，為之條分節解。而每卷之前，又各綴以總評數段，且許兒輩亦得參附末論，共贊其成。書即成，有白門快友，見而稱善，將取以付樣，不意忽遭背師之徒，欲竊冒此書為己有，遂使刻事中擱，殊為可恨。今特先以《琵琶》呈教，其《三國》一書，容當嗣出。」[02]

毛氏《琵琶行》評點本刊於康熙五年（西元一六六六年），當時毛氏評點《三國志演義》的工作已經完成。所謂「背師之徒」，疑為醉耕堂刊《四大奇書第一種古本三國志》正文所署「吳門杭永年資能氏評定」之杭永年，有可能杭永年也參加了毛綸主持的修訂評點工作。

小說評點是古代小說理論批評的一種重要形態，它附麗於小說文本，以眉批、行間旁批、行中小字夾批以及回前回後總評等形式與小說敘述文本同步共存。評點的淵源或可追溯到西漢的經注，先儒注經之書曰「傳」、「箋」、「解」、「學」，後儒

02　轉引自丁錫根編著《中國歷代小說序跋集》，人民文學出版社 1996 年版，第 1364、1365 頁。

辨釋之書名「正義」，今通稱為「疏」。經注不止釋詞釋句，更在詮釋其義理，注者亦有借注釋闡發自己思想的情況。此外，史傳著作篇末論贊之體例，也是小說評點形式來源之一。《史記》篇末「太史公曰」，《聊齋志異》篇末之「異史氏曰」顯為模仿之，白話小說之總評亦傳承下來。南宋評點《世說新語》的劉辰翁（西元一二三四至西元一二七九年）乃是小說評點的先行者。然而評點廣泛用於非經典的文章，則與科舉制藝有關。制藝取士，鄉試會試文卷，主司覽其佳者，則圈點其旁以為標識，又加評語以褒貶。濡染既久，明代中葉書肆所刻四書文皆有批評圈點，謂之評點之學。文人執此法讀古文，遂成一代風氣[03]。明季李卓吾、金聖歎評點《水滸傳》，構建了比較完備的小說評點規範，清代小說刊刻時附加評點，幾成通例。但平庸之論為多，在理論上有所貢獻、社會影響較大者，清初有汪象旭、黃周星修訂和評點的《西遊證道書》，毛氏父子評點的《三國志演義》，以及稍後張竹坡評點的《金瓶梅》、脂硯齋評點的《石頭記》、閒齋老人評點的《儒林外史》等。

　　《三國志演義》在明代嘉靖以後被書坊爭相刻印，各種版本情節大致相同，但文字的隨意增刪和錯訛卻大量存在，毛綸說「被村學究改壞」，一點也不冤枉。他「得讀其原本」的「原本」是何本子，不得而知，但他要整理出一個可讀性較強的本

03　參閱《續修四庫全書》第三五一冊，「史部傳記類」，第 530 頁，王定安《求闕齋弟子記》卷二十二引曾國藩論「評點之學」。

第二章　講史和英雄傳奇

子來，則是毫無疑義的。按他的〈凡例〉所說，他對流行的「俗本」，凡「詞語冗長」、「紀事多訛」之處，「悉依古本改正」。他對原來的回目作了統一的處理，增刪了一些情節，對引用詩文進行了篩選和調整，總之，統一了全書體例，改正了許多錯訛，使文字更加流暢。

　　毛氏父子修訂《三國志演義》著力之點，在於強調蜀漢的正統地位，因此，將劉備、諸葛亮的形象更加美化，將曹操的形象更加醜化。《三國志演義》原本就承襲朱熹《通鑑綱目》，奉劉備為正統，改變了陳壽《三國志》尊魏為正統的立場。但《三國志演義》的嘉靖本還沒有完全將史書中對曹操、劉備的客觀描述完全清洗乾淨，比如說形容曹操，「一個好英雄，身長七尺，細眼長髯，膽量過人，機謀出眾，笑齊桓、晉文無匡扶之才，論趙高、王莽少縱橫之策。用兵仿佛孫、吳，胸內熟諳韜略」。毛氏將這段話大部刪去，僅剩「身長七尺，細眼長髯」八個字。比如說劉備「喜犬馬，愛音樂，美衣服」，毛氏統統刪去，添加了原本沒有的「性寬和」、「素有大志，專好結交天下豪傑」之類的評語。經毛氏的修訂，劉備身上的疵點不復存在，而曹操原本就不多的英雄豪傑的描述也都被抹去了。

　　毛氏修訂評點本《三國志演義》版行後，迅速地淘汰了坊間的各種版本，成為最為通行的本子。明代接近原著的版本反倒鮮為人知了。

《隋唐演義》成書的情況與毛氏修訂《三國志演義》還有所不同。編撰者褚人獲（西元六三五年至西元？年），字學稼、稼軒，號石農、沒世農夫，長洲（今江蘇蘇州）人。他還修訂過《封神演義》，撰有文言筆記小說《堅瓠集》以及《讀史隨筆》、《退佳瑣錄》、《續蟹譜》等。《隋唐演義》成書在康熙三十四年（西元一六九五年），褚人獲〈隋唐演義自序〉說：「《隋唐志傳》創自羅氏，纂輯於林氏，可謂善矣。然始於隋宮剪綵，則前多闕略。厥後鋪綴唐季一二事，又零星不聯屬，觀者猶有議焉，昔籜庵袁先生曾示予所藏《逸史》，載隋煬帝、朱貴兒、唐明皇、楊玉環再世姻緣事，殊新異可喜，因與商酌，編入本傳，以為一部之始終關目。合之《遺文》、《豔史》而始廣其事，極之窮幽仙證，而已竟其局。其間闕略者補之，零星者刪之，更採當時奇趣雅韻之事點染之，匯成一集，頗改舊觀。」褚人獲〈自序〉說得很清楚，《隋唐演義》撇開了《隋唐兩朝志傳》「按鑑演義」的模式，將唐代盧肇《逸史》記述的隋煬帝、朱貴兒與唐明皇、楊玉環再世姻緣的傳說作為全書情節框架，合《隋史遺文》、《隋煬帝豔史》部分情節，糅合了一些民間傳說，撰作而成。可見《隋唐演義》含有一定的創作成分，非一般修訂成書。

　　《隋唐演義》一百回，起自隋文帝起兵伐陳，終於唐玄宗還都而死，首尾一百七十多年的歷史，其實唐朝玄宗以後的一半歷史未講，這也說明作者意不在講史。本書前十八回完全從《隋

第二章　講史和英雄傳奇

史遺文》移入，第二十回寫煬帝與楊素釣魚一節，採自《隋煬帝豔史》第六回，第二十一回至二十五回系《隋史遺文》第二十七回至三十三回。以下至第四十七回，大都可以從兩書中找到出處。唐太宗至唐玄宗與楊玉環的一段情節，多採自《逸史》之類的野史及傳說。

　　《隋唐演義》出來之後，取代了《唐書志傳通俗演義》、《隋唐兩朝志傳》以及《隋煬帝豔史》、《隋史遺文》，成為演述隋唐歷史的代表性作品。

　　乾隆元年（西元一七三六年），馮夢龍《新列國志》被修訂評點為《東周列國志》一百零八回，修訂評點者蔡元放，名昪，字元放，號野雲主人、七都夢夫，江寧人。生卒年不詳。他在〈東周列國志序〉講到修訂緣起，說稗官小說通俗易讀，但讀者未必能領略歷史之大義，「坊友周君，深慮於此。屬予者屢矣。寅卯之歲（甲寅、乙卯，即雍正十二、十三年），予家居多暇，稍為評騭，條其得失而抉其隱微。雖未必盡合於當日之指，而依理論斷，是非既頗不謬於聖人，而亦不致貽嗤於博識之士。聊以豁讀者之心目，於史學或亦不無小裨焉」。蔡元放的重點在評點，對《新列國志》的刪改是十分有限的，有改得對的，也有改錯了的，總體上保持了馮氏舊本面貌。蔡氏的評點水準遠不及毛宗崗父子，但他的評點本《東周列國志》一出，竟成了演述東周列國歷史的通行版本。

乾隆四十年（西元一七七五年）前後，江西豐城人楊庸又將《東周列國志》刪節成《東周列國志輯要》八卷一百九十節。刪繁就簡，擠去大量文學成分，流傳並不久遠。

　　東周列國歷史中，孫臏、龐涓的生死恩怨極具傳奇和戲劇色彩，康熙五年（西元一六六六年）序刊本《前後七國志》合《孫龐演義》、《樂田演義》為一書。其中的《孫龐演義》二十卷二十回，傳說成分居多。宋代羅燁《醉翁談錄》說「講史」一門中，「論機謀有《孫龐鬥志》」，《孫龐演義》二十回很可能據說書整理而成。乾隆末，華亭人楊景淐認為《東周列國志》載孫臏、龐涓事太略，而《孫龐演義》又失於虛妄，於是撰著《鬼谷四友志》（又名《孫龐演義七國志全傳》）三卷六回。楊景淐自序云：「余於經史而外，輒喜讀百家小傳、稗史野乘，雖小說淺率，尤必究其原，往往將古事與今事較略是非。一日讀《東周列國傳》，有鬼谷四弟子，曰孫臏、龐涓、蘇秦、張儀等輩。所載其行事舉止，大與昔日總角時讀坊刻所謂《孫龐鬥志》一書殊異。然傳獨載蘇秦、張儀，其與孫臏、龐涓何略而亡哉？太史公曰：『孫子臏腳，兵法以修。』則其人有定矣。而於龐涓何據乎？而於鬼谷又何據乎？然則經傳既已亡略，坊刻又不可式，惟《列國》一書稍為上正……」其〈凡例〉接著說，「今此書悉照《列國》評選，稍加增刪，去其謬妄穿鑿，獨存朴茂自然合理，言簡義盡，無掛漏不勝之苦。讀之惟覺古人可愛可慕，醒

諸戒諸。」[04] 可見《鬼谷四友志》是依據《東周列國志》的有關
情節生發而成，創作成分居多。

第三節　《女仙外史》與「說唐」系列作品

英雄傳奇小說的主人公史有其人，故而與講史小說常常混
淆不清。但是作為小說類型，它與講史小說還是可以區別的。
第一，英雄傳奇小說為某個或某些個歷史英雄人物立傳，類似
史書紀傳體的人物傳記，而講史小說類似史傳的編年體。第
二，英雄傳奇小說塑造英雄人物，不大受歷史事實約束，往往
加以誇張、拔高甚至神化，講史小說對人物的描述也有誇張的
成分，但總體上比較接近歷史事實。

明代永樂年間山東唐賽兒舉兵造反，使朝野大為震撼。《明
史》記永樂十八年（西元一四二〇年）二月，「蒲臺妖婦唐賽兒
作亂，安遠侯柳升帥師討之。三月辛巳，敗賊於卸石柵寨，都
指揮劉忠戰沒，賽兒逸去」[05]。嘉靖年間的《今言》一書記曰：
「當是時，索唐賽兒急，盡逮山東、北京尼。既又盡逮天下出家
婦女，先後幾萬人。民（段民，累官至刑部侍郎）撫定綏輯，曲
為解釋，人情始安。」[06]

---

04 《鬼谷四友志》自序、凡例，轉引自《古本小說叢刊》第五輯《鬼谷四友志》影印
　　本，中華書局 1991 年版。
05 《明史·成祖本紀》第一冊，中華書局 1974 年版，第 99 頁。
06 鄭曉：《今言》，中華書局 1984 年版，第 77 頁。

祝允明（字希哲，號枝山，長洲人，弘治五年舉人）所作《野記》敘唐賽兒事較詳。但民間傳說成分頗多：「永樂中，山東民婦唐賽兒夫死，唐祭墓回，經山麓，見石罅露出石匣角，唐發視之，中藏寶劍妖書。唐取書究習，遂通曉諸術。劍亦神物，唐能用之。因削髮為尼，以其教施於村裡，悉驗，細民翕然從之。欲衣食財貨百物，隨須以術運致。初亦無大志，事冗浩闊，妖徒轉盛至數萬，官捕之，唐遂稱反，官軍不能支。朝命集數路兵擊之，屢戰，殺傷甚眾，逾久不獲。三司皆以不覺察繫獄。既而，捕得之，將伏法，怡然不懼，裸而縛之詣市。臨刑，刃不得入，不得已，復下獄，三木被體，鐵鈕系足。俄皆自解脫，竟遁去，不知所終。三司、郡、縣將校等官，皆以失寇誅。」[07] 這記載突出了唐賽兒一個「妖」字。明季凌濛初《拍案驚奇》卷三十一〈何道士因術成奸，周經歷因奸破賊〉是用唐賽兒事寫成的第一篇小說，它把唐賽兒描寫成了既妖且淫的醜類。

　　成書於康熙四十三年（西元一七〇四年）左右的《女仙外史》一百回是為唐賽兒翻案之作。作者呂熊（約西元一六三四至西元一七一五年），字文兆，號逸田，別署古稀逸田叟，崑山人。一生以遊幕為業，康熙二十一年（西元一六八二年）游幕京師，後入直隸巡撫於成龍幕，康熙四十年（西元一七〇一年）入江西按察使劉廷璣幕。劉廷璣晚年憶及呂熊，說他「性情孤冷，舉止怪

07　鄧士龍輯：《國朝典故》，北京大學出版社 1993 年版，第 535、536 頁。

第二章　講史和英雄傳奇

僻」,「年近古稀,足跡半天下,卒無所遇」。[08] 呂熊寫唐賽兒,最大特點是把她與「靖難」聯繫起來,說她是反對燕王朱棣篡國的英雄,藉這位半人半仙的唐賽兒來為「靖難」歷史翻案。劉廷璣曾談及呂熊創作《女仙外史》的緣起和經過:「歲辛巳(康熙四十年,西元一七〇一年),余之任江西學使,八月望夜,維舟龍遊,而逸田叟從玉山來請見。杯酒道故,因問叟向者何為,叟對以將作《女仙外史》。余叩其大旨。曰:『嘗讀明史,至遜國靖難之際,不禁泫然流涕,故夫忠臣義士與孝子烈媛,湮滅無聞者,思所以表彰之,其奸邪叛逆者,思所以黜罰之,以自釋其胸懷之哽噎。』余聞之,矍然曰:『良有同心。叟書竣日,當為付諸梓。』壬午(康熙四十一年,西元一七〇二年),叟至洪都,余為適館授餐,俾得殫精於此書。癸未(康熙四十二年,西元一七〇三年)冬,余罣公事,削職北返,旅於清江浦。甲申(康熙四十三年,西元一七〇四年)秋,叟自南來,見余曰:『《外史》已成。』以稿本見示。余讀一過,曰:『叟之書,自貶為小說,意在賢愚共賞乎?然余意尚須男女並觀。中有淫褻語,曷不改諸?』叟以為然,不日改正。所憾余既落籍,不能有踐前言,乃品題廿行於簡端,以為此書之先聲而歸之。」[09] 顯然,呂熊寫《女仙外史》是為了表彰「靖難」中的忠臣義士與孝子烈媛,抨擊朱棣的篡國行為,以正禮教綱常。

08　劉廷璣:《在園雜誌》,中華書局 2005 年版,第 63 頁。

09　劉廷璣:《在園雜誌》,中華書局 2005 年版,第 191 頁。

第三節　《女仙外史》與「說唐」系列作品

　　《女仙外史》一百回。前十四回敘唐賽兒出身以及獲超人道術和奇人呂律之助的神異經歷，此全屬作者虛構；第十五回至第二十二回敘燕王朱棣起兵靖難，攻入南京並殺戮仁人義士，這段情節據谷應泰《明史紀事本末》相關時段記載加以演繹，是作品中寫實的部分；此後，唐賽兒在軍師呂律的輔佐下，討伐篡國的燕王，劍仙聶隱娘、紅線、公孫大娘，以及神仙鮑姑、曼陀尼、剎魔公主等都來助戰，燕王雖然也有妖道邪僧大施魔法殊死抵抗，但終不敵唐賽兒的正義之師。正當要攻克北京之時，鬼母天尊奉玉帝之命用飛劍斬殺燕王於榆木川，召唐賽兒返回廣寒宮。燕王世子朱高熾即位，是為洪熙皇帝，而建文帝則隱逸江湖，靖難忠臣義士亦萬古流芳。原來燕王前身為斗牛宮天狼星，曾調戲嫦娥，嫦娥訴諸天帝無果，遂下凡為唐賽兒，兩人在凡間苦鬥數年，了結了這段宿怨，重回天界。小說紀年不用「永樂」年號，建文四年「靖難」之後仍續用「建文」至二十六年，下接洪熙元年。歷史事實是朱棣革除了建文年號，以永樂元年接續在洪武之後。作者奉建文為正朔，革除永樂年號，以其人之道還治其人之身。

　　《女仙外史》把「靖難」放在因果報應框架內，充斥著神魔鬥法的描寫，故往往被視為神魔小說。不能否認小說中的神魔元素，但其要旨，還是藉唐賽兒為建文帝以及方孝孺等靖難諸臣翻案，英雄傳奇的成分居多。如時任江西學使的楊顥評論說：

第二章　講史和英雄傳奇

「遜國靖難之事，正史既定，三百餘年莫敢翻其案者。《外史》毅然執筆斷之，偉矣！……余素不喜小說，如世所稱才子奇書曰《水滸》、《金瓶梅》，可以悅人耳目，亦可以壞人心術，《水滸》倡亂，《金瓶》誨淫也。今《外史》亦多奇詭，與小說無異，然立言之旨，在於扶植綱常，顯揚忠烈，余故樂為論之如右。」[10]

《女仙外史》塑造的唐賽兒形象並不鮮明，文學上沒有什麼獨特之處，但卻獲得諸如劉廷璣、陳奕禧、楊顋、王士禎、洪昇等眾多名流品題，原因就在它翻了三百年前的歷史大案。

朱棣篡奪姪兒建文帝的皇位，本是禮法所不容的大逆。方孝孺等人堅持綱常倫理慘遭殺害，士人的脊梁從此被打斷，社會只有強權而無公理可言。朱棣的子孫坐在皇位上，未必不擔心被人所篡，未必不知道方孝孺是忠臣，但他們不能為建文帝翻案，此案一翻，他們皇位的合法性就要遭到質疑。士人未必不知道禮法的是非，但刀斧懸在頭上，也只能噤若寒蟬。《女仙外史》成書已距明亡六十年，清朝統治者要維持綱常，自然要指斥朱棣之篡奪，《女仙外史》恰好順應了朝野的主流意願，所以受到追捧。乾隆帝即位之元年六月初八日便下旨命大學士、九卿等議諡建文帝，追諡為「恭閔惠皇帝」。在修撰的《明史》

10　《女仙外史》卷首楊顋評論七則。參見《古本小說集成》上海古籍出版社 1992 年影印本。

中恢復了建文年號，並批評朱棣「革除之際，倒行逆施，慚德亦曷可掩哉！」[11]

「說唐」是清代英雄傳奇小說中影響較大的系列作品之一。這個系列作品以明代《隋唐兩朝志傳》為起點，不斷吸納戲曲和民間傳說的資源，在不同時期和不同地域的民間說書的基礎上編輯加工而成。有《說唐演義全傳》、《說唐演義後傳》、《征西說唐三傳》、《異說反唐全傳》等。

《說唐演義全傳》六十八回，有乾隆元年（西元一七三六年）序刊本。作者署「鴛湖漁叟」，鴛湖在浙江嘉興，則作者為嘉興人，真實姓名不詳。全書從秦叔寶出身寫起，至唐太宗登基為止。故事起訖相當於《隋唐演義》的第一回至第六十六回。重點是演述秦叔寶、程咬金、尉遲恭、羅成等英雄的事蹟。它並不直接依據《隋唐演義》，而是由民間說書整理修訂而成，敘式方式和語言保留著說書風格。在結構上各段自成局面，各段銜接不緊，甚至各段情節有前後矛盾的情況。它演述的故事與《隋唐演義》大致相同，但它更突出瓦崗寨的江湖英雄，尤其精心刻畫了程咬金、少年英雄羅成的形象。此書流傳歷久不衰，與民間說書相得益彰，直到一九六〇年代，有陳汝衡對它進行修訂，改題《說唐》，成六十六回。

---

11 《明史》第一冊，卷七《成祖本紀》，中華書局 1974 年版，第 105 頁。

第二章　講史和英雄傳奇

　　《說唐演義後傳》五十五回在《說唐演義全傳》刊行三年後出版，今存乾隆三年（西元一七三八年）姑蘇綠慎堂刊本。作者仍是「鴛湖漁叟」。如果說「全傳」是寫唐朝開國英雄，那麼「後傳」則是寫唐朝戍邊英雄。一個是征北的羅通，一個是征東的薛仁貴。羅成這位少年英雄本就於史無稽，羅成之子羅通當然是虛構無疑的。薛仁貴征遼東高麗，事見《舊唐書·薛仁貴傳》，《隋唐兩朝志傳》第八十三回至第九十回敘及此戰役，但略具梗概而已。《永樂大典》卷五二四四「遼」字部收有平話《薛仁貴征遼事略》，三萬多字，敘薛仁貴征遼屢建戰功，卻屢被總管張士貴冒領，且屢被張士貴謀害。明代成化年間刊有詞話《新刊全相唐薛仁貴跨海征遼故事》，乃據平話改編。戲曲方面，元雜劇有《薛仁貴衣錦還鄉》。出身寒微的薛仁貴是民間喜愛的英雄人物。《說唐演義後傳》在平話、戲曲的基礎上加以演繹，寫薛仁貴本是一個傭工，被東家柳氏的小姐慧眼看中，結為夫妻。薛仁貴從軍後，又娶樊小姐為妻，落入英雄一夫雙美的老套。小說還加入神魔元素，寫薛仁貴得九天玄女之助，而敵方蓋蘇文則有「木覺大仙」撐腰，兩軍之戰塗上神魔色彩。小說結尾有云：「還有薛丁山征西傳唐書，再講。」不過，《征西說唐三傳》並不出自「鴛湖漁叟」之手。

　　《征西說唐三傳》八十八回，作者署「中都逸叟」，真實姓名不詳。第一回接《說唐演義後傳》末回，且與末回文字有所

重複。此書寫了薛家三代。先寫薛仁貴戰功顯赫被封王，旋即被張士貴之女、身為皇叔李道宗的王妃陷害，打入天牢，此時西番挑起戰端，唐太宗赦他出獄掛帥西征。鎖陽城戰役，與唐太宗一起被西番大軍圍困，危難之際，薛家第二代薛丁山出場援救。薛丁山原本在山上習學道法，受師父王教老祖之命下山救駕。途中被山寇竇家兄妹擒拿，竟與竇家妹子竇仙童結為夫妻。在竇家兄妹幫助下，大敗番兵，解了鎖陽城之圍。西番元帥蘇寶同得到飛鈸和尚、鐵板道人援助，捲土重來，薛丁山力所不支，被女英雄陳金定所救，又與陳金定成親。薛丁山進軍寒江關，被女將樊梨花活捉三次，奉父命又與樊梨花成婚。樊梨花得神人傳授，有克敵制勝之術，一舉平定了西番，樊梨花生子名薛剛，是薛家第三代。薛剛性格剛烈，疾惡如仇，時武則天專寵擅權，張士貴的後人又在因緣際會下爬上高位，朝綱崩墜。薛剛在長安大鬧元宵花燈，打死張士貴重孫，武則天將薛丁山滿門抄斬，唯樊梨花、薛剛、薛蛟逃脫。薛剛於是興兵討伐武則天，終於復興李唐。

　　《征西說唐三傳》複製《說唐演義後傳》情節頗為明顯，女將陣前招親，神魔助戰，布陣鬥法等等，反覆上演遂成俗套。不過，這兩部小說在情節衝突設置方面也有值得稱道的地方，衝突不止簡單的雙方，在與番邦的衝突中還加入自己內部的奸邪勢力，薛家父子與番邦殊死搏殺時，須時時防備自己陣營中發出的

暗箭，如此使得情節更加豐滿和曲折，更接近現實生活的複雜性。

《征西說唐三傳》之後，又有專述薛剛反周興唐的小說《異說反唐全傳》，或稱《武則天改唐演義》、《薛剛三祭鐵丘墳全集》、《異說武則天反唐全傳》等。故事情節與《征西說唐三傳》略同，而敘述要繁複得多。

薛氏一門三代都曾在朝為官，新、舊《唐書》均有薛仁貴、薛訥父子的傳記。薛訥確有征西之役，因戰功拜左羽林軍大將軍，封平陽郡公。薛訥之子薛暢官拜朝散大夫，並非武將。描述薛家三代的小說情節基本上出於虛構，其構思頗受明代《楊家府演義》的影響。這些故事很受民眾青睞，成為說書和戲曲的重要題材，歷久不衰。

第四節　《說岳全傳》等

《說岳全傳》是乾隆年間又一部影響巨大的英雄傳奇。全書八十回，署「仁和錢彩錦文氏編次，永福金豐大有氏增訂」。作者錢彩，杭州仁和人，其生平不詳。卷首金豐〈序〉署時「甲子」。乾隆四十七年（西元一七八二年）江西巡撫郝碩奏繳書目有《說岳全傳》，稱「內有指斥金人語，且詞內多涉荒誕」[12]，據此，「甲子」當是乾隆九年（西元一七四四年）。

岳飛抗金的故事，自南宋就在民間廣為傳頌，「說話」有《中

12　雷夢辰：《清代各省禁書匯考》，北京圖書館出版社 1989 年版，第 110 頁。

興名將傳》，岳飛就在其中。元雜劇有《宋大將岳飛精忠》，明戲
曲有《精忠記》、《金牌記》，小說有《大宋中興通俗演義》、《岳
武穆精忠報國傳》等。清初戲曲《如是觀》，其中四出〈兀朮起
兵〉、〈草地大戰〉、〈戚方行刺〉、〈兀朮敗北〉曾在宮廷演出，
此劇今存內府抄本。

　　《說岳全傳》所涉歷史大事依從史傳，而基本情節卻來自
傳說、說唱和戲曲等，並且把整部情節安置在一個因果報應的
框架中，說岳飛是大鵬金翅鳥轉世，秦檜是鐵背虯龍轉世，前
世有仇，今世相報。對於情節的虛構，金本〈序〉說：「從來創
說者不宜盡出於虛，而亦不必盡由於實。苟事事皆虛則過於誕
妄，而無以服考古之心；事事皆實則失於平庸，而無以動一時
之聽。如宋徽宗朝有岳武穆之忠，秦檜之奸，兀朮之橫，其事
固實而詳焉。更有不聞於史冊，不著於紀載者，則自上帝降災
而始有赤鬚龍虯龍變幻之說也，有女土蝠化身之說，也有大鵬
鳥臨凡之說也，其間波瀾不測，枝節紛繁，冤仇並結，忠佞俱
亡，以及父喪子興、英雄復起，此誠忠臣之後，不失為忠，而
大奸之報，不恕其奸，良可慨矣……故以言乎實，則有忠有奸
有橫之可考；以言乎虛，則有起有復有變之足觀。實者虛之，
虛者實之，娓娓乎有令人聽之而忘倦矣。」這段文字不僅道出了
《說岳全傳》情節虛實相間的必要和原則，也概括了清代的歷史
英雄傳奇小說的藝術特徵。

第二章　講史和英雄傳奇

　　《說岳全傳》描述岳飛槍挑小梁王、岳母刺字、高寵挑滑車、牛皋扯旨、梁紅玉擊鼓戰金山、王佐斷臂等情節，都用了誇張的手法，著意塑造了岳飛、牛皋、高寵、楊再興等英雄形象。這些人物在歷史上真實存在，不過這些傳奇故事卻是由世世代代民間傳說編織而成的。

　　金是清之祖，對金人的誣衊就有藐視清朝的嫌疑，故而地方官吏奏請禁毀《說岳全傳》。不過乾隆時代清朝統治業已鞏固，民族矛盾已趨緩和，當權者認為岳飛的「忠」對於維護他們的統治是有用的，因而雖有官員奏請禁毀此書，但朝廷似未有完全採納。當時亦有人奏請禁演《如是觀》，而乾隆皇帝在四十六年五月二十九日卻說，只需修改曲本中稱謂不當、扮演過當之處，不應一例查辦。《說岳全傳》並未被禁毀，後來道光、同治年間江浙地方禁毀小說書目中也不見《說岳全傳》的名字。

　　乾隆三十三年（西元一七六八年）成書的《飛龍全傳》六十回，敘宋太祖趙匡胤發跡變泰的傳奇。作者「東隅逸士」吳璿，字衡章，生卒年不詳。〈飛龍全傳自序〉云：「己巳歲（乾隆四年，西元一七四九年），余肄業村居，闈修之外概不紛心。適有友人挾一帙以遺余，名曰《飛龍傳》。視其事則虛妄無稽，閱其詞則浮泛而俚。余時方攻舉子業，無暇他涉，偶一寓目即鄙而置之。無何屢困場屋，終不得志，余自恨命蹇時乖，青雲之

想空誤白頭。不得已，棄名就利，時或與賈豎輩逐錙銖之利。屈指計之，蓋已一十有九年矣。今戊子歲（乾隆三十三年，西元一七六八年），復理故業，課習之暇，憶往無聊，不禁瞿然有感。以為既不得遂其初心，則稗官野史亦可以寄鬱結之思，所謂發憤之所作，余亦竊取其義焉。於是檢向時所鄙之《飛龍傳》，為之刪其繁文，汰其俚句，布以雅馴之格，間以清雋之辭，傳神寫吻，盡態極妍，庶足令閱者驚奇拍案，目不暇給矣。」吳璿手上有一本俚俗的《飛龍傳》，他據此本修訂潤飾成六十回的《飛龍全傳》大概不是虛言。宋《醉翁談錄》著錄「說話」名目就有《飛龍記》，乾隆年間清涼道人《聽雨軒筆記·餘記》記說書有《飛龍傳》，吳璿得到的《飛龍傳》也許就是說書的記錄整理本。他定稿的《飛龍全傳》的敘述方式和語言風格，也都留有「說書」痕跡，即可一證。

　　《飛龍全傳》從後漢隱帝劉承祐乾祐元年（西元九四八年）寫起，到陳橋驛兵變、後周恭帝遜位、宋朝立國為止，首尾十二年。趙匡胤是貫穿全書的中心人物，小說描述他闖蕩江湖打天下的傳奇經歷多為虛擬，受《水滸傳》影響甚為明顯。寫他一根桿棒打天下，那「神煞棍棒」頗為神奇，束在腰間則是一條帶子，可與孫悟空的金箍棒相媲美。第十九回趙匡胤送京娘，則是據《警世通言》卷二十一〈趙太祖千里送京娘〉改寫而成。

　　第四十回述及女英雄陶三春，插入一段話曰：「後來趙太祖

第二章　講史和英雄傳奇

三下南唐，於壽州被困，陶三春掛印為帥，領兵下江南解圍救駕。在雙鎖山收了劉金定，二龍山活擒元帥宋繼秩，刀劈泗水王楚豹，有這許多功勞。」說明當時說書已有「趙太祖三下南唐」，後來咸豐八年（西元一八五八年）紫貴堂藏板本《宋太祖三下南唐》五十三回就是演敘這一故事。《飛龍全傳》第六十回結尾說：「《飛龍傳》如斯而已終。但世事更變，難以逆料，要知天下此後誰繼，當看《北宋金槍》便見源委也。」此所謂《北宋金槍》並不見有吳璿寫定之本。後來有道光二年（西元一八二二年）序刊本《北宋金槍全傳》五十回，署「江寧研石山樵訂正，鴛湖廢閒主人校閱」，實為明代小說《南北兩宋志傳》的北宋部分，與吳璿所說的《北宋金槍》不是一回事。

　　乾隆四十四年（西元一七七九年）序刊《說呼全傳》四十回，可視為「楊家將」的延續。敘楊家將呼延贊的後代呼延守勇、呼延守信與權奸鬥爭的傳奇，呼延兄弟打死強搶民女的奸相龐集之子，招來滅門之禍，全家三百餘口盡被誅殺，僅呼延兄弟二人逃脫。他們上山與綠林好漢為伍，得到楊家陰兵相助，挫敗官軍圍剿，並終於向仁宗皇帝剖白冤情，除掉了龐集和龐妃。龐集也許指歷史上的龐籍，龐籍《宋史》卷三一一有傳，確曾為相，傳文稱他「治民頗有惠愛」[13]，似非小說描寫的奸相。《說呼全傳》的龐集，到了《三俠五義》寫成龐吉，竟又

13　《宋史》第二十九冊，中華書局 1977 年版，第 10201 頁。

成了包拯的死敵。《說呼全傳》情節有因襲《征西說唐三傳》薛剛部分的痕跡，大概也是據說書整理而成，情節前後脫節和錯訛之處不少，加工極為粗糙。

乾隆年間成書的《希夷夢》四十卷，敘柴周忠臣之後意欲報仇復國的事蹟，此題材為小說中僅見。卷首〈南遊兩經蜉蝣墓並獲希夷夢稿記〉稱丙午（乾隆五十一年，西元一七八六年）冬初得知蜉蝣汪子有《希夷夢》之作，卷首還有新安蜉蝣氏汪寄〈序〉，可知作者為新安人汪寄，其人身世不詳。此書頌揚的英雄人物閭丘仲卿和韓速，韓速為韓通之弟，仲卿為李筠的幕賓，韓通、李筠見《宋史》卷四八四〈韓通傳〉、〈李筠傳〉。韓、李等人忠於柴周，拒絕順從宋太祖而死節，《南北兩宋志傳》、《飛龍全傳》均有敘及，皆言韓通被篡奪帝位的趙匡胤所殺。汪寄《希夷夢·序》說有「傳奇」把韓通寫成趙宋開國元勳，歪曲了歷史，「韓通者，柴周殉國之忠臣也……不知殉國者皆義精仁熟之賢良，而元勳則多強悍殘忍之豪傑，其間雖不乏碩德英才，然何可與殉國者同年而語哉！」[14]

《希夷夢》敘韓通全家殉國，其弟韓速與李筠幕賓閭丘仲卿為復國報仇，輾轉逃亡來到黃山希夷老祖洞府。韓速與仲卿寢於石床，韓速入睡正酣，而仲卿被人召呼，循聲追至江上，遇柴周忠臣李筠之子李之英及其表弟王之華。此時大江南北盡歸

---

14 嘉慶本堂藏板本《希夷夢》卷首。《古本小說叢刊》第二十七輯，中華書局1991年版影印本。

宋室，三人漂至海上遇狂風失散。仲卿漂至浮石國，輔佐其國興利除弊、平叛安民，然國中奸臣勾結浮金國奸臣作亂。而此時漂泊至浮金國的韓速奉王命攻打浮石國，仲卿用反間計解除了韓速兵權，並使之來浮石國重聚。兩國的奸臣均被剷除，兩國和好，國勢亦昌盛起來。後來陸秀夫抱南宋幼主投海，被韓速所救，才知道他在浮石國五十年，中國已歷三百年，趙宋已亡，中原盡屬元朝。仲卿騎馬墜海驚覺，發現自己與韓速仍臥石床之上，遂悟而仙去。

　　本書篇幅浩大，將全書主要情節放在「黃粱夢」的框架中，海外立國頗類《水滸後傳》，穿插的忠奸鬥爭亦是當時小說的常套，藝術上缺乏創造性。言宋室三百年江山為一大夢，或有所寄託，其消極情緒亦灼然可見。

第五節　《綠野仙蹤》和《野叟曝言》

　　小說寫的傳奇英雄，自《水滸傳》以來，都是史有其人的，至少都與歷史人物有某些關聯，所以被稱為歷史英雄傳奇，因而常常被歸在講史小說一類。乾隆時期《綠野仙蹤》描寫的冷於冰，《野叟曝言》描寫的文素臣，皆為作者虛構，他們的出現標誌著英雄傳奇小說創作的重要轉變。

　　《綠野仙蹤》抄本一百回（刻本八十回），作者李百川，成書在乾隆二十七年（西元一七六二年）。李百川，生於康熙五十八

年（西元一七一九年）前後，卒於乾隆三十六年（西元一七七一年）以後。他的經歷以及創作《綠野仙蹤》的過程，在〈綠野仙蹤自序〉中有所披露。他說「余家居時，最愛談鬼」，初衷是「做一《百鬼記》」，實踐起來又覺得事事相連，鬼鬼相異，描神畫物，「較施耐庵《水滸》更費經營」，不得不放棄。「未幾，疊遭變故」，先是代人借款被人賴帳，為償債，於乾隆十八年（西元一七五三年）將家中古董運到揚州發賣，「無如洪崖作祟，致令古董涅槃」，幸得在鹽城做官的親戚的幫助，才不致漂泊陌路。此間又為疾病所苦，為排遣窮愁寂寞，於此年冬草創《綠野仙蹤》三十回。自乾隆二十一年（西元一七五六年）起開始遊幕生涯，「風塵南北，日與朱門做馬牛」，至乾隆二十七年（西元一七六二年）「抵豫，始得苟且告完」。[15]

　　冷於冰是《綠野仙蹤》中貫穿全書的中心人物。他的高祖深明道術，為張三丰之流亞，這成為他後來遁入道門的宿緣。他父親進士出身，仕至太常寺正卿。他當初埋頭舉業，上京應試被嚴嵩賞識，進入嚴府幫辦文書。得知嚴嵩奸貪內情後，不願同流合污，毅然離開嚴府，由此觸怒了嚴嵩，從此斷絕了仕途之路。又眼見朝廷忠臣夏言、楊繼盛等相繼被誣殺，業師和友人也英年猝然辭世，深感社會黑暗和人生無常，悲憤交集，遂出家修道，尋訪仙師，終得火龍真人傳授法術和法寶。他秉持

---

15 〈綠野仙蹤自序〉，《綠野仙蹤》百回排印本卷首，北京大學出版社1986年版。

濟困扶危度人成仙的法旨，雲遊天下，懲治貪官，斬除妖魔，賑濟災民，平定叛亂，並度強盜連城璧和紈絝子弟溫如玉等人入道成仙。

《綠野仙蹤》寫冷於冰的英雄傳奇，其情節兼有世情、神魔、講史等成分，這些成分並未融合為一體，各有區塊，猶如拼合而成的七巧板。全書用了前後二十五回的篇幅描述溫如玉嫖賭敗家，其痴心與妓女金鐘兒纏綿的一段，寫得尤其細膩真實；周璉勾搭齊蕙娘並娶她進門，進門後與原配何氏不和，鬧得家反宅亂，前後用了十二回篇幅；朱文煒因遺產繼承，遭到兄嫂算計暗害，篇幅不大，但也較可觀。這幾部分完全用寫實手法，文筆雖不如《醒世姻緣傳》汪洋恣肆，但也相當生動地呈現了清代前期社會家庭和市井生活的一些情狀。這是具有世情小說藝術特徵的部分。

冷於冰訪道成仙，斬妖除魔，誅殺了妖狐、蛇精、蜈蚣精、妖黿、鯤魚、烏魚、白銀條魚和鼉魚等妖怪，從妖怪手裡奪回仙府寶典《天罡總樞》；扶危濟困，救助了陷於厄難的朱文煒等人；戲弄權奸，劫取他們的不義之財賑濟災民窮人；平定歸德師尚詔之亂、剿滅入侵的倭寇；度脫了袁不邪、連城璧、錦屏、翠黛、金不換、溫如玉等人入於仙道，凡此種種，皆顯示了神魔小說的類型特徵。這部分的情節元素多因襲《西遊記》、《封神演義》和《聊齋志異》，對於鬼怪的描寫缺乏社會內

涵和性格強度，沒有多少創意。

第三十回至第三十五回，敘冷於冰助朱文煒平定河南歸德師尚詔之亂，師尚詔造反在嘉靖三十二年（西元一五五三年），見《明史·世宗本紀二》。雖於史有據，但小說情節是要表現冷於冰的道法神功，還算不得「講史」。第九十一、九十二回寫鄒應龍、林潤與徐階配合劾倒嚴嵩、嚴世蕃父子，基本依據史傳，描述嚴世蕃長相之醜陋時，還特地說明是依照《明史》傳文。這一段情節中冷於冰沒有出場，作者拘泥於史實、輕棄了中心人物。講史的特徵較為明顯。

《綠野仙蹤》顯示出小說類型有融合的趨勢，有論者據它的神魔成分，稱它為神怪小說，也不無道理。但李百川是要寫一個神仙法術的英雄，故而列在英雄傳奇小說一大類中。事實上民間是把冷於冰當作神仙英雄崇拜的，晚清「義和團」請神咒云：「一請唐僧豬八戒，二請沙僧孫悟空，三請二郎來顯聖，四請馬超黃漢升，五請濟癲我佛祖，六請江湖柳樹精，七請飛鏢黃三太，八請前朝冷於冰，九請華佗來治病，十請托塔天王金吒木吒哪吒三太子率領天上十萬神兵。」[16]

《綠野仙蹤》今存五種百回抄本，而流傳較廣的卻是八十回刻本。八十回本初刻於道光十年（西元一八三〇年），抄本之作者自序被刊落，原本情節有刪節改動，經過瘦身之後，八十回

16　蕭一山：《清代通史》第四冊，中華書局 1986 年版，第 2180 頁。

本情節顯得緊湊一些。有論者謂刪改者為李百川本人，但沒有實據，推測之詞而已。

　　虛擬英雄的另一部章回小說是《野叟曝言》二十卷一百五十四回。如果說《綠野仙蹤》塑造的是一個道家英雄的話，那麼《野叟曝言》塑造的文素臣則是一個儒家英雄。它成書在乾隆年間，初以抄本流傳，直到光緒年間始有刊本。

　　作者夏敬渠（西元一七○五至西元一七八七年），字懋修，號二銘，江蘇江陰人，《江陰夏氏宗譜》卷八載其生平云：「敬渠，字懋修，邑庠生。英敏果毅，正直不阿，權貴無所干避。崇正學，力辟二氏，通諸經、歷代史志，旁及諸子、詩賦、禮、樂、兵、刑、錢穀、醫、算之屬，無不淹貫。以冠軍詠芹。壯游京師。有某王聞而致焉。攝布衣，抗首座。王即席講論，議偶未合，直斥其非，折以正義。席貴皆縮頸，王為動容加禮。越日，托款密者傳意，延為館賓，引古外交戒力卻之。平生足跡幾遍宇內。所交必賢豪，鉅公名卿尤見推重。七秩稱慶，怡親王遙祝以額曰：『天驚耆英』。丁酉恩綸有云：『秉心醇樸，飭行端方。』人謂雖屬通詞，其當此無愧者，惟公庶幾。著有《綱目舉正》、《經史餘論》、《全史約編》、《學古編》、《亦吾吟》、《浣玉軒文集》、《唐詩臆解》諸書。」按此傳所記，夏敬渠是一位學識淵博的狂放的名士。《野叟曝言》的主人公文素臣或許就是作者自己的誇張寫照。文素臣，名白，字素臣，「文

「白」拆「夏」字而成，素臣即「素王」孔子之「臣」。第一回描寫文素臣：「錚錚鐵漢，落落奇才」、「止崇正學，不信異端；有一副大手眼，是解人所不能解，言人所不能言」，與《宗譜》所記之夏敬渠何其神似。

　　《野叟曝言》為夏敬渠晚年之作。[17] 故事發生在明朝成化、弘治年間，宦官擅權，奸僧怙寵，朝綱不振。在這國事日非的背景下，出現了一位力挽狂瀾、澄清宇內的蓋世英雄，那就是蘇州吳縣名士文白（素臣）。這文素臣出身縉紳世家，面對國事傾危，毅然放棄舉業，周遊天下，誓要剷除奸妄異端，匡扶社稷，將儒家道統發揚光大，扭轉頹敗的時局。他一路見暴則除，見困則濟，見危則扶，相繼救助鸞吹、璿姑、素娥和湘靈四位美麗才女，與鸞吹結為兄妹，納後三位為側室。抵達京師，為皇帝及太子治癒沉屙，太子尊以師禮，欽賜翰林。旋即奉旨平定廣西苗亂，大功告成之時，京中景王叛亂，他單槍匹馬飛馳入都救護東宮太子，又馳奔山東保駕皇帝，一舉粉碎景王政變，並將豎宦奸僧黨羽一網打盡。太子登基，改元弘治，文素臣擢升華蓋、謹身兩殿大學士，兼吏、兵二部尚書，娶水安公主紅豆為次妻。由於平浙剿倭再建功勳，皇帝加號「素父」，敕建府第。文素臣位極人臣，仍不改初衷，為弘揚儒教，破除異端，率軍東破日本，北征蒙古，南服印度，使拜佛之國

17　參見王瓊玲《夏敬渠與野史曝言考論》，臺灣學生書店 2005 年版。

第二章　講史和英雄傳奇

盡皆改崇儒教。他功高蓋世，子孫繁衍，小說結尾描寫除夕之夜，文氏六代人同做一夢，上天表彰他復興道統，稱其歷史地位與唐代復興道統的韓愈相當。

　　故事敘述中穿插了太多的學問講談，作者之意或在凸顯文素臣學識淵博，但實際效果是讓人覺得賣弄學問，已超出了性格塑造的文學範疇。第七十八回以整回的篇幅評論陳壽《三國志》，其文抄自作者史學論著《讀史餘論》，第八十七回寫文素臣給太子講《中庸》，則是抄自作者經學論著《經學餘論》，其他章回關於詩學、醫學的長篇大論，則採自作者所著《唐詩臆解》、《醫學發蒙》等書。值得注意的是作者亦留意到西方科學，第一百四十七回馬景京自歐洲來信曰：「歐羅巴人無他長，獨長於曆算之學，其見有古人所未及，與吾兄（指文素臣）心法足相印證，至天體橢圓，則彼之老於此道者亦未嘗及之，以此見吾兄之學皆天授也。」單就科學而論，此見識亦表現出作者以自我為中心的自滿和淺識。才子佳人小說曾以賣弄詩才為尚，《野叟曝言》則「以小說為庋學問文章之具」[18]，開啟了小說炫耀學問的風氣，接踵而來的就有《鏡花緣》等。

　　《野叟曝言》是一部一百五十四回的大書，掉書袋的部分固然不少，但在百萬字的書中畢竟超不過十分之一。它著力描寫的是主人公文素臣的高大完美的形象。描寫他文武兼備，文

18　魯迅：《中國小說史略》第二十五篇〈清之以小說見才學者〉。

能經世濟民，武能安邦定國。單槍匹馬可以縱橫天下，護衛宮闈，擒拿叛黨，其武功之高強令往昔小說中的劍俠高手也相形見絀。又寫他品格高尚，一無瑕疵，仁義禮智信，儒家君子應有的品性無不具備。即使與美女同床共被，情性一毫不亂，更甚於《好逑傳》的鐵中玉。古代小說中的英雄，關羽過五關斬六將，卻也有敗走麥城的時候；諸葛亮神機妙算，還是有街亭之失；宋江仁厚義氣，卻娶了一個閻婆惜；武松景陽岡打虎，卻在鴛鴦樓中了美人計……唯有文素臣，無所不知，無所不能，戰無不勝，可謂形象高大全之最。金無足赤，人無完人，如此完美至極的形象當然也就失於虛假，儘管作者濃墨重彩，卻仍然畫不出一個有生氣、有性格的真實人物來。

但文素臣的形象又真實地寄託著夏敬渠的夢想。夏敬渠是一位狂熱的道學派，他不想成佛成仙，他只想得到禮教社會中一個人臣能得到的一切尊榮。唐傳奇小說〈枕中記〉寫了一個士人的夢，夢中享盡榮華富貴，一覺醒來，才悟得寵辱之道、窮達之運莫過如此，給人生的功名利祿的追求澆上一盆冷水。《野叟曝言》很有意思地在第四十九回安排了文素臣與道士胡太玄講論黃粱夢，道士勸文素臣不要熱衷功名：「昔日之盧生，即今日之先生也……先生之迷，正在夢中耳，然至夢醒，悔將無及！豈必得呂翁仙枕，俟黃粱飯熟，乃得醒耶？」文素臣反譏道：「盧生之事，乃小說家捏造，供人一噱者……青天白日，老

丈何作此夢囈耶？」文素臣沉溺於功名利祿，執迷而不悟，正表現了作者庸俗的心態。

《野叟曝言》第一百三十二回至第一百三十五回，描述文素臣率軍討伐異端，東征日本，西征印度，以武力強推儒教，實質上就是發動宗教戰爭，這處描寫當然虛妄，但卻折射出乾隆盛世的驕狂戾氣。這種天朝自我膨脹的心態，首先來自乾隆皇帝。乾隆四十五年（西元一七八〇年）他七十大壽作〈古稀說〉：「前代所以亡國者，日強藩，日外患，日權臣，日外戚，日女謁，日宦寺，日奸臣，日佞幸，今皆無一仿佛者。即所謂得古稀之六帝，元、明二祖為創業之君，禮樂政刑有未遑焉，其餘四帝，予所不足為法，而其時其政，亦豈有若今日哉？」[19]

乾隆五十八年（西元一七九三年）八月乾隆皇帝在承德避暑山莊接見英國特使馬戛爾尼，傲慢地拒絕了英國通商貿易的請求，臣屬們把英王禮品視為貢品，強迫特使謁見皇帝行跪拜之禮，天朝似乎可以君臨世界。而事實上乾隆時代已經危機四伏，政務廢弛，經濟衰退。據《清高宗實錄》記載，乾隆三十六年（西元一七七一年）之後，耕地面積不斷萎縮，乾隆三十一年（西元一七六六年）人均耕地三點五五畝，而乾隆五十年（西元一七八五年），已銳減至二點五六畝，再加土地兼併、水利失修和吏治腐敗，農民不堪重負，社會矛盾的負能量已累積至危

19　中國人民大學清史研究所編：《清史編年》第六卷（下），中國人民大學出版社2000年版，第358、359頁。

第五節　《綠野仙蹤》和《野叟曝言》

險邊緣。夏敬渠狂妄地要以武力向世界推廣儒教，殊不知當時歐洲已在進行如火如荼的工業革命，與康熙皇帝同時的俄國彼得大帝早已仿效西方實行了改革，東方的日本在幾十年後也將興起明治維新，外國艦船的炮口即將對準中國。《野叟曝言》所表現的妄自尊大，正是乾隆時代天朝心理的真實寫照。

　　《野叟曝言》完稿後一直未能付梓。道光十八年（西元一八三八年）江蘇按察使頒布的禁毀淫詞小說書目，《野叟曝言》赫然名列其中[20]，所禁毀的是抄本還是版本無以考知。迄今見到的最早印本是光緒七年（西元一八八一年）毗陵匯珍樓活字本，書前目錄為二十卷一百五十三回，正文實際只有一百四十八回，第一百三十二回至第一百三十五回有目無文，編刊者注云：「以下四回原稿全缺，只錄卷數回目，姑俟覓得完璧補梓。」這四回寫文素臣征日本、印度，編刊者已目睹中國屢被列強欺凌，也許覺得這四回在現實面前過於諷刺，或者害怕得罪洋人遭遇不測，故而盡悉刪去。此時的中國人只有妄自菲薄的自卑，那種傲視世界的狂妄已蕩然無存。光緒八年（西元一八八二年）申報館排印二十卷一百五十四回，較光緒七年本多出的兩回並非是刪去的兩回，而是第三回〈隻手扼游龍暗破賊墳風水，尋聲起涸鮒驚回弱女餘生〉和第四回〈異姓結同懷古廟烘衣情話絮，邪謀蠱貞女禪堂擲炬禿奴驚〉，這兩回的位置在光緒七年本

20　余治《得一錄》卷十一，同治八年蘇城得見齋藏版，臺灣《中華文史叢書》1969年。

的第二回與第三回之間，中國社會科學院文學研究所藏光緒四年（西元一八七八年）抄本已有此二回，說明它是原稿就有的，被光緒七年本刊落。

第三章

諷刺小說的絕響 ——《儒林外史》

第三章　諷刺小說的絕響—《儒林外史》

　　諷刺，即以婉言隱語譏刺人或事，作為一種文學筆法源遠流長，上可追溯到先秦《詩經》、《左傳》諸子散文。劉勰《文心雕龍·諧隱》就舉出多例，如《左傳》宣公二年宋國主將華元被鄭國軍隊打敗俘虜，這位敗將被贖回宋國，不知羞恥仍器宇軒昂，人們看到他巡視築城工地的樣子，作歌形容道：「睅其目，皤其腹，棄甲而復。于思于思，棄甲復來。」瞪著眼睛，挺著肚皮，冉冉鬚鬢（于思），不知自己是棄甲而歸的敗將。劉勰說「華元棄甲，城者發睅目之謳」，就是諧隱。劉勰認為「諧隱」令人發笑，但與單純的嘲笑不同，它含有諷喻，有益時用。先秦以來的詩歌、散文及小說戲曲中，諷刺筆法運用的實例，不勝枚舉。

　　白話小說以諷刺為主要手法，或者說諷刺成為一部小說的主要藝術特徵，從而形成一種小說類型，最早要數明末董說的《西遊補》。諷刺小說的諷刺對象是人性弱點、世情病態和社會弊端等。嘲笑人的長相和殘疾之類，是惡謔，與諷刺不是一回事。諷刺的核心是真實，不真實便流於誣衊，其基本手法是隱曲，不隱曲便流於譴責。諷刺小說的題材可以是現實生活，也可以是虛幻世界，無論是虛是實，均要透過形象一針見血地揭示出那些也許是司空見慣的人性和社會現象中所包藏的可笑可鄙可惡之義。

第一節　清代寓言式諷刺小說

　　清代諷刺小說上承明末，最早的一篇作品為話本小說《照世杯》之〈掘新坑慳鬼成財主〉，此篇以寫實的筆法描寫鄉間穆太公掘坑修廁所大發其財，其子好賭不學，居然進學成名，刻畫穆太公的虛榮和慳吝，令人忍俊不禁。這是一個短篇。

　　清代第一部寓言式長篇諷刺小說為《斬鬼傳》四卷十回，作者「煙霞散人」。徐昆《柳崖外編》云：「太原劉璋先生作《鍾馗斬鬼傳》，頗奇詭。」[01] 則「煙霞散人」真實姓名為劉璋。徐昆，字後山，山西臨汾人，乾隆三十五年（西元一七七〇年）舉人，四十六年（西元一七八一年）進士。徐昆生活年代相距劉璋不遠，且都是山西人，他的說法比較可信。雍正十二年（西元一七三四年）修纂之《山西通志》卷七十二記康熙三十五年（西元一六九六年）丙子科鄉試記有「劉璋，陽曲人，深澤知縣」。「陽曲」即太原，深澤屬河北省。同治元年（西元一八六二年）修纂之《深澤縣志》職官表載有「劉璋，字於堂，山西陽曲人，丙子舉人，雍正元年任，有傳」。此縣志「名宦傳」記：「劉璋，陽曲人，年及耄，始受澤令。諳於世情，於事之累民者，悉除之⋯⋯任四載，民愛之如父母。旋以前令虧米穀累，解組。」[02]

01　轉引自孔另境編輯《中國小說史料》，上海古籍出版社 1982 年新 1 版，第 157 頁。
02　以上所引均見孔另境編輯《中國小說史料》。

第三章　諷刺小說的絕響—《儒林外史》

　　劉璋生平事蹟，又見於王植《崇德堂稿》之〈縣尹劉于堂壽序〉和〈深澤尹二劉合傳〉[03]。綜上訊息，可知劉璋字於堂，號介符，別號煙霞散人，齋名兼修堂。太原陽曲人。生於康熙五年（西元一六六六年），康熙三十五年（西元一六九六年）鄉試中舉，雍正元年（西元一七二三年）受深澤令時已年屆六十，在深澤四年任上，體察民情，頗有政績。

　　《斬鬼傳》作於康熙二十七年（西元一六八八年），劉璋時年二十二歲。正心堂抄本（藏北京大學圖書館）甕山逸士〈序〉署「戊辰秋月上旬七日甕山逸士題於兼修堂」，此抄本避「玄」而不諱「曆」，「戊辰」當為康熙二十七年，而不可能是乾隆十三年（西元一七四八年）。

　　《斬鬼傳》是劉璋憤世嫉俗之作。他筆下的鬼不觸犯刑律，即不盜、不姦淫、不殺人，這些鬼名曰「搞大」、「誆騙」、「齷齪」、「貪色」等，皆是禮樂亦難教化的道德缺陷者。他在〈自序〉中說，這些鬼的存在關乎社會風俗，「搞大之風倡而人無誠實，誆騙之風倡而人多詐偽，仔細、齷齪之風倡而骨肉寡恩之漸熾矣。夫人而至無實，至於詐偽，至於寡恩也，尚得以為善乎……人而至於不善，非人也，而實鬼矣……夫人而既為鬼，則又安忍坐視而不思所以超度之哉」！於是請出鍾馗來，斬除這些刑罰不得施、禮樂不能化的傷風敗俗之人。

03　《四庫全書存目叢書》卷四集部二七二，臺灣莊嚴文化事業有限公司1997年版，第13—15頁。

第一節　清代寓言式諷刺小說

　　本書敘鍾馗為唐代德宗朝秀才，內才有餘，外貌不足，生性正直，不懼邪祟，本以詩賦取為貢士之首，只因相貌醜陋而被革除，一怒之下自刎而死。德宗懊悔不已，封他為驅魔大神。鍾馗到酆都城斬鬼，閻王告訴他，陰間妖邪固多，但已有神靈管控，無一敢於作祟者，倒是陽間妖邪最多，「大凡人鬼之分，只在方寸間。方寸正的，鬼可為神，方寸不正的，人即為鬼」，指示他到陽間斬鬼。閻君還提醒他，陽間的鬼最難處治，「欲行之以法制，彼無犯罪之名；欲彰之以報應，又無得罪之狀也。曾差鬼卒稽查，大都是習染成性之罪孽」。檢視錄鬼簿，有諂鬼、假鬼、奸鬼、搗大鬼……名目繁多。閻王還派「含冤」、「負屈」二神襄助鍾馗。「含冤」原本一個寒儒，滿腹經綸，大比中被賀知章點為探花，奸相楊國忠徇私要點自己兒子做狀元，賀知章抵制而被罷官，「含冤」受牽連被革退，憤而撞死；「負屈」武藝高強，弓馬嫻熟，力能扛鼎，屢舉不第，投靠哥舒翰，與吐蕃作戰，救安祿山於戰陣中，結果反被安祿山冤殺。「含冤」、「負屈」文韜武略，際遇相似，志向相同，正好輔佐鍾馗往陽間搜索鬼魅盡除之。閻君給鍾馗的政策是：「量其情之輕重，酌其罪之大小，得誅者誅之，得撫者撫之。」

　　閻王的鬼簿上載錄有「諂鬼」等三十九個，鍾馗騎著「白澤」（傳說中的神獸，吳國伯嚭轉世），率「含冤」、「負屈」二將及陰兵三百，以蝙蝠為嚮導，往陽間一路斬妖除邪。所斬之

第三章　諷刺小說的絕響—《儒林外史》

鬼超出鬼簿所錄數額，如「死大漢」、「不惜人」、「色中餓鬼」所馭眾婦人皆簿上無名。按閻君最後解釋，「死大漢」為呂布所轉，那些婦人都是呂后、武則天、趙飛燕、楊貴妃之類，皆非無辜。小說著重描寫的是搗大鬼、涎臉鬼、齷齪鬼、仔細鬼、討吃鬼、耍碗鬼、風流鬼、遭瘟鬼、黑眼鬼、色中餓鬼、醉死鬼、楞眼大王等。

搗大鬼自吹自擂，裝腔作勢，瞞天過海，乃是《孟子》所記之有一妻一妾的齊人的後世。鍾馗正面鬥他不能取勝，待有人戳穿其假面具，指他披掛的光鮮衣服從當鋪借來，自己在外鑽營排場故作闊氣而家中小妾已經餓斃，表象點破，搗大鬼便骨軟筋麻，束手就擒。涎臉鬼的本事在臉皮厚，刀槍不入，鍾馗的寶劍利箭均奈何他不得，不過臉皮厚是因為沒有良心，鍾馗用計將街上拾得的良心附著在他身上，他發現良心，頓時臉皮消薄，羞慚自刎而死。齷齪鬼專一圖謀人家房屋田地，損人利己且惜糞如金；仔細鬼稟性慳吝，是個守財奴。他們機關算盡，積攢下大筆財寶，不料二鬼因一頓飯錢，錙銖計較，竟廝殺起來，各自負重傷回家。齷齪鬼害怕兒子討吃鬼買棺材花錢，自己跳入茅坑死了。仔細鬼則囑咐兒子耍碗鬼把自己屍體碎割發售，還可以撈回一筆。然而討吃鬼和耍碗鬼都是敗家子，他們到迷魂鎮煙花寨嫖妓，把家產敗個精光，最後淪為叫街乞丐。風流鬼儀容瀟灑，舉止飄逸，能詩善畫，不拘小節，見了美女便要發相思病，中秋之

夜瞥見花園高樓窗前佳人，神魂立即飄蕩難以自持，吟詩抒情，又派身邊的伶俐鬼扮成貨郎向美人傳遞情書，那美人也是才女，賦詩唱和，兩情相洽。風流鬼以詩畫博得美人父親嘉賞，邀他入園讀書，眼看才子佳人美事將成，卻殺出來一個鍾馗。風流鬼被鍾馗追殺，逃到牡丹花下遁形。鍾馗掘土挖出一副棺材，棺上題曰「未央生之柩」。原來風流鬼是《肉蒲團》主角未央生再世。劉璋對才子佳人小說持譏諷態度，亦可見那些署名「煙霞散人」、「煙霞逸士」和「樵雲山人」的才子佳人小說絕不是他的作品。劉璋也不是道學家，他筆下還有一個與風流鬼對應的遭瘟鬼，開口就講道學，如廁也要衣冠端正，冒雨行走也不亂步，其迂腐與風流鬼的輕狂形成鮮明對照。

　　《斬鬼傳》中各色鬼物的性格皆具單一性和極端性特徵，他們都只是人品中某個醜陋稟性的符號。單一性使他們品行屬性鮮明顯眼，而極端性則能充分暴露醜陋稟性的荒唐可笑。作者繼承了古代文學的寓言傳統，吸納了民間嘲諷諸如慳吝、冒失、厚臉、貪婪等的笑話資源，創造性地編織成一個荒誕的鬼魅世界。全書以鍾馗搜鬼斬鬼為線索，串聯起形形色色的鬼魅，每個鬼的故事具有相對的獨立性。作者筆鋒固然顯露，格調略顯油滑，但他開啟了寓言類型諷刺小說的先河，繼其踵者就有《鍾馗平鬼傳》、《何典》、《常言道》，摹其手法的還有《鏡花緣》等。

第三章　諷刺小說的絕響—《儒林外史》

　　《鍾馗平鬼傳》八卷十六回，作者署「東山雲中道人」。作者及成書時間待考。第三回庸醫「賈在行」說「若是疼錢不吃藥，難吞陽間餅卷蔥」，「餅卷蔥」為北方家常飯，作者或為北方人。今存最早刊本為乾隆五十年（西元一七八五年）鳳城五雲樓刻本。此書第一回開場詩云：「昔年也曾斬鬼，今日又要行兇。」暗示接續在《斬鬼傳》之後。鍾馗出身、奉閻君鈞旨到陽間平鬼，事與《斬鬼傳》同。「平鬼錄」上諸鬼是人中之鬼，皆人們惡德癖性化身，立意也沿襲《斬鬼傳》。《鍾馗平鬼傳》諸鬼名目儘量避免與《斬鬼傳》雷同，即使名字相同，也要有所區別，如「風流鬼」在《斬鬼傳》是才子，《鍾馗平鬼傳》則變成淫婦。情節中也有模仿《斬鬼傳》的痕跡，如第六回寫「無二鬼」的臉，「原來是磁瓦子打磨了，又用生漆漆了，至壯不過的，一副子皮臉」，刀槍不入，這臉與《斬鬼傳》「涎臉鬼」相似。

　　《鍾馗平鬼傳》與《斬鬼傳》不同有二：第一，《斬鬼傳》的鬼散居各處，各自抗拒鍾馗的緝捕，《鍾馗平鬼傳》各鬼集中在萬人縣一處，以無二鬼為首，先是「熱結十弟兄」，然後聚集各鬼據守城池，鍾馗平鬼演成一場攻城拔寨的戰爭。第二，《鍾馗平鬼傳》各鬼的稟性特徵不那麼單一，鬼首「無二鬼」是無恥夫婦的次子，其行事較父母更為無恥，無惡不作，臉皮又極厚，集惡人品性之大成。寓言的要義是借此喻彼，指向簡單明確，喻義複雜化也就失去諷喻應有的效果。《鍾馗平鬼傳》的幽默戲謔明顯不如《斬鬼傳》。

第二節　吳敬梓的生平、思想和創作

　　諷刺小說藝術達到最高境界者，為乾隆年間的《儒林外史》。其作者吳敬梓（西元一七〇一至西元一七五四年），字敏軒，號粒民，又號秦淮寓客，齋名文木山房，又署文木老人。安徽全椒人。出身科舉世家。曾祖吳國對為順治戊戌探花，官至翰林院編修、侍讀。祖父輩吳勖為增貢，考授州同知，吳旦是增生，亦考授州同知。生父吳雯延是諸生，嗣父吳霖起是拔貢。[04] 曾祖輩兄弟五人有四人考中進士，是吳氏家庭最輝煌的時代，此後吳家子孫雖仍以科舉為業，卻再也沒有博得那時的榮耀。吳敬梓幼時出嗣，成為吳氏長房長孫。十四歲隨嗣父吳霖起赴贛榆教諭任，十八歲進學（吳敬梓三十歲所作〈減字木蘭花〉有「株守殘篇，落魄諸生十二年」之句），二十二歲即康熙六十一年（西元一七二二年）嗣父去官，次年嗣父去世。由此，他的生活軌跡發生了重要轉折。

　　生父和嗣父先後亡故，他出嗣而獲得的「宗子」身份以及相關遺產的繼承，遭到族人的嫉恨和算計。他的〈移家賦〉說：「君子之澤，斬於五世；兄弟參商，宗族詬誶」，溫情脈脈的宗族面紗被利益爭奪所撕碎。《儒林外史》裡的嚴貢生，趁親兄弟嚴監生病故，弟媳趙氏之子繼而夭折的機會，硬要將自己的次子過

04　吳敬梓生父、嗣父問題，參見陳美林《吳敬梓身世三考》，收入作者《吳敬梓研究》，上海古籍出版社 1984 年版。

第三章　諷刺小說的絕響—《儒林外史》

繼承嗣，以鯨吞其十萬家產，兄弟手足之情蕩然無存。這情節可能凝固著吳敬梓的經驗。吳氏家族由遺產引起紛爭的詳情，固不得而知，但「兄弟參商，宗族詬誶」八個字，已可想像其親情撕裂的情況。這個變故對吳敬梓的生活和生活態度產生了深刻的影響。吳檠（吳敬梓從堂兄）〈為敏軒三十初度作〉一詩說吳敬梓「十八隨父宦」，「何物少年志卓犖，涉獵群經諸史函」，那段時光吳敬梓埋頭經史，懷有經時濟世之大志。父親去世，境況大變，「浮雲轉眼桑成海，廣文（嗣父吳霖起任縣教諭，故有此稱）身後何含。他人入室考鐘鼓，怪鴉惡聲封狼貪」，爭奪家產的惡鬥使吳敬梓看透了宗族、世情的虛偽和險惡，由激憤而放浪形骸，「一朝憤激謀作達，左史媧恣荒耽」[05]

　　同時，他進學後屢次鄉試不第，也使他反思「學而優則仕」的人生道路。經歷家庭的變故和科場的挫折，他對社會現實的醜惡和科舉制度的弊害有了更清醒、更深刻的認識。在當時還沒有新觀念、新思想可供參照和依憑的條件下，他只能在傳統觀念中認為離經叛道的思想中尋找出路，建安的風雅，魏晉名士的放達，就成了他的精神寄託。

　　吳敬梓的友人對於他的放達多有描述。程晉芳《文木先生傳》說他「襲父祖業，有二萬餘金。素不習治生，性復豪上，

05　吳檠：〈為敏軒三十初度作〉。轉引自李漢秋編《儒林外史研究資料》，上海古籍出版社 1984 年版，第 3 頁。

遇貧即施，偕文士輩往還，飲酒歌呼窮日夜，不數年而產盡矣」[06]。吳湘皋〈文木山房集序〉也說他「生性豁達，急朋友之急，不瑣瑣於周閉藏積，至於今而家乏擔石之儲矣」[07]。顧雲《盋山志·吳敬梓傳》說吳敬梓接濟他人，「多以意氣出之，不擇其人，家故稍稍落」，還傾其所有捐助吳泰伯祠的修復，「故愈益貧困」。

[08]吳敬梓耗盡家產，固然有「飲酒歌呼窮日夜」揮霍的原因，但主要的是不吝金錢，「遇貧即施」所造成的結果。《儒林外史》中的杜少卿不習治生，性情豪放，遇貧即施，也許就是吳敬梓的自我寫照。

雍正十一年（西元一七三三年），吳敬梓舉家遷居南京，此時家產田畝盡淨，只能靠典當和友人接濟度日。寓居南京，《盋山志·吳敬梓傳》描狀他「日惟閉門種菜，偕傭保雜作，人不知故向者貴公子也。冬夕，無禦寒具，則自今秦淮北岸曳敝裘，翹首行吟雅步，至古冶城諸山返，以為常，謂之『暖足』，其風趣如此」[09]。乾隆元年（西元一七三六年），他託病未應薦上京參加博學鴻詞科廷試，從此也完全冷卻了入仕之心。乾隆十九年（西元一七五四年）十月，客死於揚州，享年五十有四。

06　李漢秋編：《儒林外史研究資料》，上海古籍出版社 1984 年版，第 11—12 頁。

07　李漢秋編：《儒林外史研究資料》，上海古籍出版社 1984 年版，第 24 頁。

08　李漢秋編：《儒林外史研究資料》，上海古籍出版社 1984 年版，第 59 頁。

09　李漢秋編：《儒林外史研究資料》，上海古籍出版社 1984 年版，第 59 頁。

第三章　諷刺小說的絕響─《儒林外史》

　　吳敬梓生當經學和理學興盛的時代，康熙皇帝表彰程朱理學，士人無不趨之若鶩。吳敬梓少年就曾埋頭經史，所謂「涉獵群經諸史函」，並稱「此人生立命處也」（程晉芳《文木先生傳》）。清初經學以顧炎武為代表，力糾明代學術之空疏，稱「捨經學無理學」，強調學問的精核和敦實。康熙乾隆時期「文字獄」頻發且慘烈，更使文人鑽進學術的象牙塔裡，考據之風盛起，形成影響極大的乾嘉學派。受此風習染，吳敬梓亦認為經學「羽翼聖學」（〈玉劍緣傳奇敘〉），尤其對《詩經》下了很大功夫，著有《詩說》一書。理學方面，吳敬梓並不附和當時作為主流意識形態的程朱理學，他更景仰注重實踐的顏元和李塨。顏元（西元一六三五至西元一七〇四年）以為一切章句空談皆為末務，空談性理於事無補，徒耗精力而已，認為「道」在於實踐，甚至說「程朱之道不息，孔子之道不著」。顏元二十一歲讀綱鑑廢寢忘食，荒廢八股舉業，亦絕意科舉。顏元的門人李塨（西元一六五九至西元一七三三年）也是蔑視科舉的特立獨行的人物。他中過鄉試，但就此卻步，他認為「舉業聰明，則世事不聰明；時文不庸腐，則世事庸腐；甚矣，時文之害世也」！他繼承發揚顏元之學，廣布其道，在幕友生涯中力踐實政，重學校，開水利，襄助幕主於社會民生有所貢獻。吳敬梓沒有留下思想方面的論著，他是一位小說家，從他的《儒林外史》中亦可見出他的思想傾向。《儒林外史》的正面人物王冕、虞育德、杜少卿、遲衡

山、莊紹光等，無一不是鄙棄科舉功名，講求「文行出處」的放達之士，他們宣揚「禮樂兵農」，只要有條件，便是興農業、修水利、辦學校的實踐者。與這些理想人物相對照，那些沉迷科舉的范進之流，由科舉取得功名的士紳官僚嚴貢生、王惠、湯奉之流，都是毫無真才實學、昏憒貪婪、寡廉鮮恥的丑類，除了為害鄉里、荼毒生民之外，百無一用。顯然，吳敬梓是從顏元、李塨的思想中獲得觀察分析現實社會的立場觀點的。

　　吳敬梓一生著述甚豐，涉及經學、史學和文學多個領域。金和〈儒林外史跋〉記有《詩說》七卷、《詩集》七卷、《文木山房文集》五卷和《儒林外史》。「先生詩文集及《詩說》俱未付梓，余家舊藏抄本，亂後遺失。唯是書（《儒林外史》）為全椒金棕亭先生官揚州府教授時梓以行世，自後揚州書肆刻本非一。」金和此跋寫於同治八年（西元一八六九年）冬，「亂後遺失」之「亂」，指太平天國戰爭。今存四卷本《文木山房集》（藏北京大學圖書館）為詩集，由吳敬梓友人方嶟刻印，刊刻時間大約在乾隆五年（西元一七四〇年）前後，當時吳敬梓在世。此集輯錄的是吳敬梓四十歲以前的詩作，還附刻有長子吳烺《春華小草》、《靚妝詞鈔》詩詞各一卷。此外，近幾十年來還陸續發現《文木山房集》之外的詩文三十三篇，抄本《詩說》四十三則（藏上海圖書館）。這些作品遠不是吳敬梓著述的全部，但作為一位古代小說家有如此數量的詩文流傳下來，比起曹雪芹，算是幸運的了。

第三章　諷刺小說的絕響─《儒林外史》

　　吳敬梓創作《儒林外史》，誠如金和所言，「是書則先生嬉笑怒罵之文也。蓋先生遂志不仕，所閱於世事者久，而所憂於人心者深，彰闡之權，無假於萬一，始於是書焉發之，以當木鐸之振，非苟焉憤時疾俗而已」[10]。「憂於人心者深」，此論甚為中肯。吳敬梓出身世家，寓居的金陵、揚州等地更是人文薈萃，他尚好賓客，輕財灑脫，四方文酒之士多趨奉結交，給他認識和觀察士林提供了很好的客觀條件。據金和所考，《儒林外史》中的人物許多都有生活原型。「書中杜少卿乃先生自況，杜慎卿為青然先生。」、「青然先生」即吳檠（字青然），是吳敬梓的從堂兄，曾撰〈為敏軒三十初度作〉。虞育德的原型為吳蒙泉，乾隆二年進士，上元縣學教諭，金和說吳敬梓「生平所至敬服者，惟江寧府學教授吳蒙泉先生一人，故書中表為上上人物」。吳敬梓給人物取名亦有所據。《易經・蒙卦》曰：「山下出泉蒙，君子以果行育德。」[11]

　　金和〈儒林外史跋〉所指出的人物原型還有許多。小說人物有生活原型不足為怪，但成功的小說都不是照相式的描繪，一定是經過了選擇和提煉，並糅進別人的一些性格元素創造而成的。在這個意義上，杜少卿就不是吳敬梓。考索和研究小說人物的原型，或可幫助探索作者創作過程和人物塑造的方式，但

10　金和：〈儒林外史跋〉。引自李漢秋編《儒林外史研究資料》，上海古籍出版社1984年版，第129頁。

11　朱駿聲：《六十四卦經解》，中華書局1958年版，第24頁。

如果認定小說人物就是現實生活中的某人，那就抹殺了作者的創造性勞動和人物形象的典型意義，從而辜負了作家創作的初衷和寄意，對於理解作家作品有害無益。

《儒林外史》大約在乾隆十三年（西元一七四八年）至十五年（西元一七五〇年）已經完稿，程晉芳作於此間的《春帆集》有懷敬梓詩云：「《外史》紀儒林，刻畫何工妍。吾為斯人悲，竟以稗說傳！」[12] 程晉芳（西元一七一八至西元一七八四年）字魚門，號蕺園，安徽歙縣人。乾隆三十六年（西元一七七一年）進士，《四庫全書》編修，經學家。此詩證明《儒林外史》在乾隆十五年前已經完稿，且流傳而獲盛名。程氏以吳敬梓因小說出名而感悲嘆，正是基於經學家的立場。

吳敬梓在世時，未能將《儒林外史》付梓出版，他去世後，大約在乾隆三十三年（西元一七六八年）以後才得以版行。初刻本尚未發現，今存最早版本為嘉慶八年（西元一八〇三年）臥閒草堂五十六回本。寧楷《修潔堂初稿》卷二十二〈儒林外史題辭〉談及《儒林外史》第五十六回的內容，寧楷小於吳敬梓十歲多，但與吳敬梓「交稱密契」，此說若確實，則可證《儒林外史》全書為五十六回 [13]。抄本在傳寫中卷回數不一，光緒十四年（西元一八八八年）上海鴻寶齋印行六十回本，所增四回插入在

12　轉引自李漢秋編《儒林外史研究資料》，上海古籍出版社 1984 年版，第 9 頁。

13　詳見鄭志良〈儒林外史新證──寧楷的儒林外史題辭及其意義〉，載《文學遺產》2015 年第 3 期。

原本第四十三回與第四十四回之間，與原本思想和藝術風格扞格不合。

第三節 《儒林外史》的士人眾生相

《儒林外史》，顧名思義，是為儒林修史立傳。「外史」不是正史，不是寫歷史名人，也不是寫有名姓可考的真實人物，它是小說，所描繪的是生活在八股科舉制度下的士人群像。

小說的時代是明朝成化、弘治年間，但反映的卻是現實生活。吳敬梓撰寫此書雖然還不在乾隆文字獄高潮時期[14]，但康雍以來發生的多起文字獄早已震驚天下，恐怖氣氛已經彌漫儒林。《儒林外史》第三十五回寫有人告發盧信侯家藏有禁書，朝廷派兵追捕至元（玄）武湖莊徵君的府上，莊徵君即時疏通了朝廷大員，方化解了這場危機。那大兵包圍莊府捕人的場面驚心動魄，吳敬梓對文字獄的警覺和畏懼由此可見。借前朝之名寫當今之實，吳敬梓自有他的苦衷。

吳敬梓寫《儒林外史》是出於對人心之憂，他關注的不是具體的朝廷政治優劣得失，而是在大歷史的背景下探尋和描繪被科舉制度扭曲了的人性。科舉，自隋唐以來就是士人安身立命之所。尤其是明代以來的八股取士制度，對士人精神和人格的塑造具有決定性的作用。《儒林外史》描寫科舉制度下的士人靈

---

14 乾隆文字獄高潮起於乾隆十六年（西元一七五一年）孫嘉淦偽奏案。

魂，其意義已超越了具體朝代，包含著對君主專制體系重要組成部分的科舉制度的深刻批判。

第一回是全書的綱領。王冕是元末明初的著名畫家，小說寫他從來厭惡權貴，不受新朝的徵聘，逃到會稽山中隱居。他見明太祖朱元璋制訂八股取士制度，大叫不好，「將來讀書人既有此一條榮身之路，把那文行出處都看得輕了」，預言「一代文人有厄」此「厄」便是文人的精神品格遭到致命的摧殘。

第一回也是全書的楔子，情節拉開帷幕已是成化末年。故事從山東兗州汶上縣，轉至廣東，然後以江淮一帶為人物活動的主要區域，時間寫到「萬曆二十三年，那南京的名士都已漸漸消磨盡了」，前後一百多年。在這樣的一段時空中，形形色色的士人舉子魚貫登場。這些人物，按其對功名富貴和文行出處的態度，可分為兩大類：一類看重文行出處，跳出科舉藩籬，「終乃以辭卻功名富貴，品地最上一層，為中流砥柱」[15] 者，以第三十一回出場的杜少卿為代表，此類人物還有虞博士、莊紹光等人；另一類是小說描寫的主要對象，這類人迷戀和追求功名利祿，靈魂被腐蝕，人格被扭曲，可笑可悲，是陷於厄運的文人。他們活躍在前三十回，對他們的描寫，集中體現著全書諷刺藝術風格。

---

15 閒齋老人：〈儒林外史序〉。

第三章　諷刺小說的絕響—《儒林外史》

追求功名富貴而忘記文行出處的士人，《儒林外史》描寫了四種類型：

第一類是家境貧寒，埋頭舉業數十年，連個秀才也考不上的老童生，他們百無一用，唯科舉一途才能改變自己和家庭的窘境，年復一年地準備和參加考試成了他們生活的全部。這類人在求取功名的艱辛歲月中完全消磨了自我，懵懂呆痴，舉止異常可笑。周進六十多歲仍未進學，先是在集鎮上的私塾教書，受不了那些小童生們的奚落，轉而去商人處記帳。一次隨商人來到省城，瞻仰夢裡追尋幾十年的貢院，傷心至極，一頭撞向號板，被人救醒後，伏著號板號啕大哭，滿地打滾，嘔出鮮血。商人們可憐他，湊錢為他捐了個監生參加鄉試，不料竟中了。一舉成名，也就一步登天，當年羞辱他的少年秀才竟冒認他為業師，還供上他的長生牌位。另一個老童生范進，家有老母和老妻，時常要靠做屠戶的丈人接濟，丈人胡屠戶看不上范進的窮酸相，動輒破口辱罵。范進僥倖考上秀才，向丈人借錢上省城參加鄉試，又被丈人痛罵一頓。范進鄉試回來，家中已有三天沒有辦法煮飯了，他抱了一隻下蛋的母雞到集市上售賣，忽然報他中了舉人，他喜極而狂，「往後一跤跌倒，牙關咬緊，不省人事」。被救醒後，趿著一隻鞋狂奔，高喊「中了，中了」，癲狂無狀。只這中舉，范進便從任人欺凌的窮酸一躍而成老爺，丈人立即前倨而後恭，送田產的，送店房的，投身為僕

的，蜂擁而至，從天而降的富貴竟令他老母高興過度而一命嗚呼。周進和范進，除了八股之外一無所知，既無才學，又無人格，是科舉製造的典型廢物。

第二類不同於老童生周進、范進，他們在頭髮鬍子花白之前已博得功名，有的做了官，有的沒有做官，成為閒居鄉里的紳士。這些由八股取士制度選拔出來的儒士，做官的是貪官，做紳的是劣紳。進士出身的王惠做南昌太守，上任伊始便向人請教搜刮之術，衙門裡「戥子聲、算盤聲、板子聲」響個不停，令治下百姓莫不膽戰心驚。這樣的貪官竟被譽為「江西第一能員」。小說描寫科舉出身的地方官，無為州官、高要知縣、江都令、彭澤令等，無不把「錢到公事辦，火到豬頭爛」、「三年清知府，十萬雪花銀」奉為官場箴言。在鄉做紳士的嚴貢生，自我標榜「為人率真，在鄉里之間從不曉得占人寸絲半粟的便宜」，吹噓之際，家裡已關了人家一隻豬。他搶奪孤兒寡母的產業，坐船白賴船資，無時無處不盤算著巧取豪奪。這樣一個貪婪無恥的土霸，大搖大擺橫行於地方鄉鎮之間。

第三類是所謂「名士」、「山人」，這類人標榜超脫了俗世羈絆，以高雅的姿態混跡於名利場上。杜慎卿號稱「江南數一數二」的才子，其實才學空疏；他口稱最討厭「開口就是紗帽」的人，卻孜孜鑽營「加了貢」，謀求一官半職去了。楊執中貢生資格，毫無詩才，剽竊元朝人詩句招搖過市，還吹捧一個考了

第三章　諷刺小說的絕響—《儒林外史》

三十年秀才，連一回縣考複試資格也不曾取得的所謂「名士」有「經天緯地之才」。匡超人本是個單純、純樸的農家子弟，一入八股舉業之途，漸漸喪失良知，墮落成寡廉鮮恥的江湖騙子，以「名士」姿態躋身於儒林。這群人也沒有取得多大功名，他們的特點是自我吹噓、弄虛作假，造勢越大，獲利越多。他們是科舉制度生產出來的怪胎，是吸附在病態社會上的寄生蟲。

　　相比前三類，第四類人固然也深中科舉八股之毒，但人性還未喪失殆盡，還不是虛偽、貪婪、無恥之徒，他們只是被科舉八股蒙蔽了人性的可憐群體。馬二先生認定舉業就是人生的一切，自己沒得功名，卻傾注全部心力去精選八股時文，鼓動並企圖幫助人們在舉業上拼搏。馬二先生的頭腦心靈被八股文塞得沒有一點兒空隙，遊西湖對山光水色毫無感覺，他的精神完全被科舉麻痺掉了。魯編修的女兒也是一位被科舉迷失了心竅的人，可惜是女兒身，只得把舉業夢想寄託在丈夫身上，發現丈夫並不熱衷此道，便轉而望子成龍，強迫四歲的兒子讀八股，每晚讀到三四更鼓。王玉輝是個窮秀才，他的第三個女兒剛出嫁一年多便死了丈夫，女兒要殉節，他不加阻攔，反而鼓勵說這是青史留名的好事，女兒絕食死去，他竟仰天大笑：「死的好！死的好！」不過，這位父親在舟行途中看到鄰船上一位穿白衣的少婦，忽然想起女兒，心裡哽咽，禁不住老淚直流出來。他的作為父親的人性畢竟還沒有完全泯滅。

以上四類人，吳敬梓對王玉輝、馬二先生以及周進、范進這兩類，諷刺中包含著深切的憐憫和痛惜，其鋒芒所指乃是腐蝕毒化他們靈魂的八股取士制度。對於王惠、嚴貢生之類的貪官劣紳和杜慎卿、匡超人之類的名士山人，則更多的是用諷刺的手法揭露他們貪婪、虛偽和卑鄙的靈魂，通過他們的醜陋，抨擊八股取士制度的弊病。

小說還描寫了科舉圈外的幾位市井奇人，賣火紙筒的王太、開茶館的蓋寬、寫字的季遐年、裁縫荊元，這些人自食其力自得其樂，活得有情趣，比士林醜類要有尊嚴。這些人物不在儒林之中，與儒林形成一種對照，儘管並不是作者著墨較多的人物，但在他們身上，也和在王冕身上一樣，寄託了作者的人生理想。

《儒林外史》描寫了八股取士制度下士人的真實生態，與當時流行的才子佳人小說完全是兩樣的境界。才子佳人小說寫金榜題名、洞房花燭，是天下士人的夢想，其實也是難以實現的甜蜜幻境。《儒林外史》中的范進是寫得最生動、最真實的人物之一，他年輕時未必沒有金榜題名、嬌妻美妾的夢想，但現實是到了五十四歲的年紀，考過了二十多次，還是一個童生。他的遭遇比才子佳人小說中的才子要殘酷也要真實的多。科舉取士是一個金字塔，爬到塔頂的只是千萬士人中的鳳毛麟角。明代共取進士二萬四千五百九十四名，清代共取二萬

六千七百四十七名，清代相比明代名額增加不多 [16]。明清兩代五百多年，多少士子投身舉業而荒廢了畢生光陰！《儒林外史》所寫的現實苦澀而灰暗，但確實是客觀的真實。

第四節　《儒林外史》的諷刺藝術

《儒林外史》描寫的人物都是生活中似曾相識的面孔，敘述的故事也都是生活中司空見慣的實相，吳敬梓不過是從生活中捕捉到了具有諷刺意味的瞬間，揭開了包裹著醜惡的美麗面紗，讓高雅背後的低俗，莊嚴背後的滑稽，仁義背後的無恥，高論背後的無知，喜劇背後的悲哀，合理背後的荒謬，統統暴露無遺。吳敬梓用史傳筆法，不渲染，不誇飾，不加褒貶，對人物事件進行如實描寫，亦即「白描」。唯其如此，其真實性無可挑剔，從而達到極佳的諷刺效果。

吳敬梓善於抓住人非常態的喜劇性的舉動來表現人深藏的靈魂。周進在貢院撞號板，范進中舉的瘋癲，都是出人意料的非常態。科舉放榜時舉子們的情緒表現，明末董說《西遊補》第四回寫的是常態：「初時但有喧鬧之聲，繼之以哭泣之聲，繼之以怒罵之聲。」榜上無名的不平、痛苦、絕望、憤懣……均屬正常反應。那榜上有名的，「或換新衣新履；或強作不笑之面；或壁上寫字；或看自家試文，讀一千遍，袖之而出；或替人悼嘆；

16　參見余英時《士與中國文化》，上海人民出版社 1987 年版，第 536 頁。

或故意說試官不濟；或強他人看刊榜，他人心雖不欲，勉強看完；或高談闊論，話今年一榜大公；或自陳除夜夢讖；或云這番文字不得意」。這種表現也均屬常態，卻沒有聞知中舉卻興奮得瘋癲了的情況。吳敬梓寫范進中舉瘋癲顯然是非常態，然而這非常態舉動要比董說寫的常態更深刻和更震撼人心。小說寫范進家貧如洗，一輩子參加幾十次生員考試連個最低的功名也撈不到，受盡白眼和羞辱。到縣裡參加考試，穿著麻布直裰，凍得乞乞縮縮，面黃肌瘦，呆頭呆腦，希望渺茫，他拼著老命還是要去一搏。范進把一生的精力都耗在科考上，科考是他能夠翻身的唯一指望。有了這些鋪墊描寫，范進抱著一隻雞在集市上聞知中舉，神經頓時受到衝擊而崩潰，就完全可以理解了。這種非常態的舉止，令人忍俊不禁，但又不能一笑了之。酸楚和悲哀相伴而生，發人深思。這是八股取士制度塑造出來的多麼可悲的靈魂！

　　人之將死，對於一個正常人，他最放不下的是什麼？揆諸常理，或為自己未竟之業，或為妻兒老小，或為家產財富……第五、六回寫嚴監生彌留之際，喉嚨裡痰響得一進一出，斷不得氣，他掙扎著把手從被單裡拿出來，伸著兩個指頭。身邊的大姪子問他是不是有兩個親人不曾見著，他搖頭；二姪子問他是不是還有兩筆銀子不曾吩咐明白，他又搖頭，且瞪大了眼睛。只有他的妾婦趙氏知道，他指的是燈盞裡點了兩莖燈草，

第三章　諷刺小說的絕響—《儒林外史》

太費油，挑掉一莖，他點頭便沒了氣。嚴監生臨終前的舉動超乎常人，匪夷所思，但把他那錙銖必較的慳吝秉性暴露無遺，僅此描寫，「嚴監生」就成了吝嗇的代名詞。

魯編修的女兒是一位美貌佳人。大家小姐的繡房，雖然因家境和小姐興趣的不同，陳設當然不會千篇一律，但有一點是相同的，那就是充溢著女兒氣。魯小姐的閨房卻彌漫著八股氣，滿室都是八股時文，「曉妝臺畔，刺繡床前，擺滿了一部一部的文章，每日丹黃爛然，蠅頭細批」。這種非常態的繡房，凸顯出魯小姐被八股熏透的靈魂。可嘆的是這位八股小姐嫁的卻是一位只喜詩詞的才子蘧公孫。

范進、嚴監生、魯小姐等，他們的舉止行為雖然異常，但都是他們靈魂的外化，表裡是一致的。

吳敬梓還善於抓住人物表裡不一致，或者名實極不相符的舉止行為，凸顯其矛盾，造成喜劇效果，達到諷刺的目的。第四回嚴貢生與張鄉紳、范舉人高談闊論，放言道：「實不相瞞，小弟只是一個為人率真，在鄉里之間，從不曉得占人寸絲半粟的便宜，所以歷來的父母官，都蒙相愛。」話音未落，他家的一個蓬頭赤足的小廝來報，他早上關了人家一口豬，人家討到門上來了！言語和行為的強烈反差，一下揭穿了這位偽君子的真面目。麒麟皮下露出馬腳，產生了戲劇性的諷刺效果。就在同一回，寫湯知縣在家設宴招待新近中舉的范進，席上都是雞鴨

燕窩之類，餐具都是銀鑲杯箸。范進新近喪母，熱孝在身，不肯用銀筷、象牙筷，湯知縣心裡剛剛在贊他居喪盡禮，卻見他在燕窩碗裡揀了一個大蝦丸子送進嘴裡，守孝的假面具頓時落了下來。

第十七、十八回寫杭州的一群「名士」，戴了方巾，搖著詩扇，不在酒樓論道，便在西湖上分韻賦詩。其中一位麻臉的支劍峰，半夜酒醉在路上手舞足蹈，滿口叨叨什麼「李太白宮錦夜行」，被他的長官「鹽捕分府」大人拿個正著，指著他說：「衙門巡商，從來沒有生、監充當的，你怎麼戴這個帽子！左右的，撾去了！」摘了他的方巾，一條鏈子鎖了去。諸生才有資格戴方巾，這位自詡「西湖詩會的名士」的支劍峰只是分府衙門裡巡查私鹽的商人。在「名士」圈子裡混跡的還有一位匡超人，原來是農家子弟，進城後學會了衙門裡的詞訟欺詐勾當，混選了幾部時文，就自稱是享譽天下的時文大選家。去揚州的船上，向牛布衣和馮琢庵吹噓自己的選本著作有九十五本之多，每本印數都在萬部，不僅暢銷國內各省，而且行銷外國，五省讀書人家都供著他「先儒匡子之神位」。時文選本行銷外國，活著的人稱「先儒」，牛皮吹得失去了常識，著實令人發笑。「名士」中還有一位胡三公子，其父做過「塚宰」一品大官，這位豪門公子要與眾「名士」在西湖宴集賦詩，湊錢籌辦宴席菜肴。他帶著開頭巾店的景蘭江和幫書店評點時文的匡超人到市場採購，

第三章　諷刺小說的絕響—《儒林外史》

到鴨子店買鴨子，怕鴨子不肥，他先拔下耳挖去鴨脯上戳一戳；到饅頭店講價錢，吵得不亦樂乎。人家問，你一個大家公子，買這吃食的瑣事何不叫廚役伺候，他竟吐舌道：「廚役就費了！」小氣如此，與他大家身份太不相稱！更叫人跌破眼鏡的是酒宴吃罷，他叫家人把席上剩下的骨頭骨腦和些果子裝進食盒，連同剩下的幾升大米，都挑回家去。大家和小氣，胡三公子的靈魂在這反差中得到充分的暴露。

　　吳敬梓的諷刺手法還有一種是抓住一個人或一群人對某一人事前後截然相反的態度，來表現這一個人或一群人的勢利嘴臉。周進六十多歲尚未進學，以童生的身份在集鎮上做塾師，集上剛剛進學的梅玖戴著一頂新方巾，在眾人面前奚落周進是「小友」，待到周進發跡之後，做了御史、學道，梅玖立即換了一副面孔，宣稱自己是周進的學生，把當年周進寫在牆上的對聯揭下來，當作寶物收藏。那集鎮上的管事，當年嫌周進呆頭呆腦，將他辭退，現今竟給周進立長生牌，牌位上寫「賜進士出身，廣東提學御史，今升國子監司業周大老爺長生祿位」，畢恭畢敬加以供奉。

　　小說中最具喜劇性的是范進中舉前後胡屠戶的表演。范進考中秀才回來，胡屠戶提了一副大腸和一瓶酒來給他道賀，但也不忘教訓這位五十多歲寒酸猥瑣的女婿。當范進要向他借盤纏去省城鄉試時，他啐了他一臉，癩蛤蟆想吃天鵝肉！「像

你這尖嘴猴腮,也該撒泡尿自己照照!不三不四,就想天鵝屁吃!」一分銀子不借,把范進罵了出門。范進居然中了,這老丈人立即收起兇神惡煞的態度,變得謙恭,甚至誠惶誠恐起來,稱女婿是老爺,是天上的星宿。范進瘋癲了,眾人逼他把范進打醒,他戰戰兢兢,喝了兩碗酒壯膽,才一個嘴巴打將去,過後卻覺得自己的胳膊都僵住了,手也隱隱作痛,趕忙向郎中討了膏藥貼了起來。胡屠戶的「變色」充分表現了世間的勢利,也從側面說明了范進為什麼孜孜不倦地年復一年地要赴科場應試。

《儒林外史》諷刺的主要是八股取士制度下的士人,他諷刺的是人,抨擊的是毒害士人的制度。這個制度不好,致使「一代文人有厄」。吳敬梓「秉持公心」,所以對他筆下遭厄的人物,諷刺而並無惡意,且不乏哀憐之意。小說描寫已經老態龍鍾的童生周進收拾眾人聚會後的場地,彎著腰打掃王舉人拋撒一地的骨頭瓜殼;描寫鄉試後回家見家人餓了三天,抱著母雞在集上尋覓買主的范進;描寫鼓勵女兒殉節而後在蘇州看到船上穿白少婦時,想起女兒的老淚盈眶的王玉輝,都深藏著作者的憐憫之情。就是描寫假名士的匡超人,也強調他的墮落在很大程度上是社會制度所造成。寫他受到馬二先生啟蒙:人生在世,除了文章舉業,「就沒有第二件可以出頭」,「只是有本事進了學,中了舉人、進士,即刻就榮宗耀祖」。他原本可以在家鄉做

第三章　諷刺小說的絕響─《儒林外史》

點小生意，和父母兄嫂在一起過清淡自怡的日子，但當他進了學，戴上了方巾，就不安於磨豆腐的生涯了，跑到杭州結識了景蘭江、支劍峰一幫假名士。這幫假名士向他傳授名士經，只要做幾首詩刊印出來，名聲比進士都大，好處絕不差於做官的進士。匡超人大開眼界，「才知道天下還有這一種道理」。他八股文尚未寫通，卻敢為書坊選評八股文章，一日搭半夜就批得七八十篇，刊本封面印上他的名號，正兒八經做起名士來。這時又有巡撫衙門吏員潘三爺指點他，和「名士」們混纏枉費精神，不如跟他一夥做事。偽造衙門文書，獲資二十兩；幫人家替考當槍手，一下就賺二百兩。從此匡超人不知良心為何物，忘恩負義、瞞婚再娶、招搖撞騙……做壞事毫不猶豫，更不會臉紅。匡超人的墮落自有他主觀的原因，吳敬梓鞭撻他，卻同時指出了社會環境造就了這樣的靈魂。那些科舉成名的貪官和劣紳，以及混跡江湖的名士，未必是天生的壞人，由匡超人的經歷，大概可以判斷，他們也都是八股取士制度塑造出來的醜類。

　　吳敬梓的諷刺不是單純罵人揭短的冷嘲，他的諷刺含有深刻的悲嘆和惋惜。他敘事堅持寫實的原則和白描的手法，不作誇張和渲染，其文風是含蓄的、樸實的，在這個意義上，諷刺小說《儒林外史》也是一部寫實的小說。

《儒林外史》從人性的立場，揭露科舉制度對士人靈魂的戕害，其批判達到了前所未有的深度。明代的「二拍」，清初的《聊齋志異》的一些作品也都抨擊過科舉制度，他們的批判多半在考官的不公，或者把中與不中歸結為命運、為鬼使神差，並不否定科舉制度。《儒林外史》寫科舉制度對人性的扭曲，對人的尊嚴的摧殘，「一代文人有厄」，從根本上否定了科舉制度。為此，《儒林外史》還特意描寫了一些科舉圈外的人物：杜少卿不以功名為念，自由適性，與和尚、道士、工匠、乞丐都拉著交好，卻不肯交好一個正經人；曾為人妾，流落江湖以賣詩為生的沈瓊枝；做裁縫的荊元，掙點小錢，閒暇時也彈琴，也寫字，自由自在。吳敬梓寫這些人物，是要說明只要跳出科舉藩籬，便可以保存人的真性真情。這些人物都過於理想，不如范進之流的形象真實可信，栩栩如生，但他們的存在，從一個側面否定了科舉制度。

作為長篇小說的《儒林外史》，在結構上是連綴式的，小說沒有貫串全書始終的主要行動角色，各個自成單元的故事的要角在完成自己的故事之後，把「接力棒」傳給下一個故事的要角，周進傳給范進，范進傳給張靜齋，張靜齋范進傳給嚴貢生、嚴監生……各個自成單元的故事頗類短篇小說，但它們卻齊心協力地承載著一個共同的主題。所以《儒林外史》仍是一部首尾氣韻貫通的長篇小說。

第三章 諷刺小說的絕響—《儒林外史》

第五節 《儒林外史》的傳播和影響

　　《儒林外史》成書之後立即在友人間傳抄並漸次擴散，今存清抄本有蘇州潘氏藏本，卷首貼簽題「文恭公閱本《儒林外史》」。文恭即潘世恩（西元一七七〇至西元一八五四年）[17]，字槐堂，號芝軒，江蘇吳縣人。乾隆五十八年（西元一七九三年）進士。乾隆至咸豐四朝顯宦，官至大學士。諡號「文恭」。題簽旁有小字「同治癸酉二月祖蔭重裝並題簽」。潘祖蔭（西元一八三〇至西元一八九〇年）為潘世恩裔孫，字伯寅，號鄭庵，咸豐二年進士，官至工部尚書。此抄本共六冊，每冊封面皆有潘世恩手書「敏齋雜著」四字，書前貼附潘祖蔭抄寫的程晉芳《文木先生傳》。[18]《儒林外史》是通俗的章回小說，諷刺的是儒林中人，可它偏偏在儒林中流傳。程晉芳《文木先生傳》說此書「窮極文士情態，人爭傳寫之」當不為虛言。當然，文士們讀它，誠如金和所說，「太半以其體近小說，玩為談柄，未必盡得先生警世之苦心」[19]

　　嘉慶八年（西元一八〇三年）臥閑草堂五十六回本是已知的最早刻本，卷首有閑齋老人〈序〉，署時「乾隆元年春二月」。閑齋老人真實姓名不詳，署時「乾隆元年」肯定有誤，《儒林外

17　潘世恩生於乾隆三十四年十二月二十一日，西曆為一七七〇年一月十七日。

18　今藏在上海圖書館。

19　金和：〈儒林外史跋〉，載同治八年（西元一八六九年）群玉齋活字版《儒林外史》卷末。

史》完稿在乾隆十三年或稍後。此〈序〉認為《儒林外史》在
「四大奇書」之上，稱《三國》不盡合正史，《水滸》、《金瓶梅》
誨盜誨淫，《西遊》玄虛荒渺，而《儒林外史》所寫儒林中人，
「其人之性情、心術，一一活現紙上。讀之者，無論是何人品，
無不可取以自鏡」。

　　臥閒草堂本附有閒齋老人的評點，評點中不乏一些精闢之
見。第二十五回回末總評曰：「自科舉之法行，天下人無不銳
意求取科名。其實千百人求之，其得手者不過一二人。不得手
者，不稂不莠。既不能力田，又不能商賈，坐食山空，不至於
賣兒鬻女者幾希矣！倪霜峰云：『可恨當年誤讀了幾句死書。』
死書二字，奇妙得未曾有，不但可為救時之良藥，亦可為醒世
之晨鐘也。」倪霜峰是小說中一個小人物，二十歲進學，做了
三十七年秀才，還是沒有中得舉，六十多歲只好幫人修補樂器
混口飯吃。六個兒子，死了一個，賣了四個，剩下最小的過繼
給「戲子」鮑文卿，他說起身世便老淚橫流。閒齋老人此評切中
《儒林外史》要旨。

　　閒齋老人評點中多次稱讚《儒林外史》的寫實和白描手法。
第六回寫嚴貢生欺凌兄弟遺孀孤兒，他評曰：「此篇是放筆寫嚴
大老官之可惡，然行文有次第，有先後，如源泉盈科，放乎四
海，雖支分派別，而脈絡分明。非猶俗筆稗官，凡寫一可惡之
人，便欲打、欲罵、欲殺、欲割，惟恐人不惡之，而究竟所記

之事皆在情理之外，並不能行之於當世者。此古人所謂『畫鬼怪易，畫人物難』。世間惟最平實而為萬目所共見者，為最難得其神似也。」第三回寫周進在廣東學道任上閱判生員試卷，將范進的卷子讀來讀去也不知其所云，這時一個應試的童生要求出題作詩，引起他的反感，奉旨衡文，難道來談「雜學」？這段插曲使他對范進憐惜起來，竟把范進取了第一名。閒齋老人回末評道：「周進之為人本無足取，胸中大概除墨卷之外了無所有，閱文如此鈍拙則作文之鈍拙可知。空中白描出晚遇之故，文筆心細如髮。」「白描」，即第四回回末總評所言，「繪風繪水手段，所謂直書其事，不加斷語，其是非自見也」。

《儒林外史》早期抄本、刊本經太平天國戰亂頗多亡佚，亂後同治、光緒年間各種版本多了起來，大多以臥閒草堂本為底本。其中一些版本的序言、題識和評點不乏見地。上海寶文閣刊本光緒十一年（西元一八八五年）黃安謹〈序〉云：「《儒林外史》一書，蓋出雍乾之際，我皖南北人多好之。以其頗涉大江南北風俗事故，又所記大抵日用常情，無虛無縹緲之談；所指之人，蓋都可得之，似是而非，似非而或是，故愛之者幾百讀不厭。然亦有以為古今皆然，何須饒舌；又有以為形容刻薄，非忠厚之道；又有藏之枕中，為不龜手之藥者；此由受性不同，不必相訾相笑。其實作者之意為醒世計，非為罵世也。」[20]

20　李漢秋編：《儒林外史研究資料》，上海古籍出版社 1984 年版，第 136 頁。

第五節　《儒林外史》的傳播和影響

　　天目山樵（張文虎）光緒六年（西元一八八〇年）談到《儒林外史》的主旨和人物配置，說「是書特為名士下針砭，即其寫官場、僧道、隸役、娼優及王太太輩，皆是烘雲托月，旁敲側擊。讀者宜處處迴光返照，有則改之，無則加勉，勿負著書者一肚皮眼淚，則批書者之所望也」[21]。寶文閣刊天目山樵（張文虎）之評點影響頗大，徐允臨為「從好齋輯校本」所寫〈跋〉語云：「允臨志學之年，即喜讀《儒林外史》，避寇時，家藏書籍都不及取，獨攜此自隨。自謂生平於是書有偏好，亦頗以為有心得。己卯（光緒五年）秋，余戚楊古醞大令（葆光）過余齋，見案陳是書，亟云：『曾見張嘯山（文虎）先生評本乎？』余曰：『未也。』古醞曰：『不讀張先生評，是欲探河源而未造於巴顏喀喇。吾恐未極其蘊也。』因急從艾補園茂才（籾禧）假讀，則皆余心所欲言而口不能達者，先生則一一筆而出之。信乎是書之祕鑰。已遂過錄於卷端。」[22]

　　《儒林外史》的讀者大抵都是文士，它也不像《三國》、《水滸》、《西遊》等小說被戲曲、說唱改編，在民間廣泛傳播，它傳播的圈子相對要小得多，但它對晚清、民國的小說創作產生了深遠的影響，《海上花列傳》的作者韓邦慶就說他的小說「全書筆法自謂從《儒林外史》脫化出來」[23]。胡適認為《官場現形

21　李漢秋編：《儒林外史研究資料》，上海古籍出版社 1984 年版，第 137 頁。

22　李漢秋編：《儒林外史研究資料》，上海古籍出版社 1984 年版，第 141 頁。

23　韓邦慶：《海上花列傳》卷首〈例言〉。

記》、《文明小史》、《老殘遊記》、《孽海花》、《二十年目睹之怪現狀》諸書,「皆為《儒林外史》之產兒」[24]。魯迅的小說,在白描敘事方面受到《儒林外史》的影響,也是鮮明的事實。

---

24 《胡適古典文學研究論集》,上海古籍出版社 1988 年版,第 719 頁。

第四章

《歧路燈》與家庭倫理小說

第四章　《歧路燈》與家庭倫理小說

　　家庭倫理小說是世情小說的一個支脈，它描述的重點是家庭倫理關係。中國傳統宗法社會的人際關係可概括為五倫：君臣、父子、夫婦、兄弟、朋友。處理五倫的道德準則，如《孟子》所說：「父子有親，君臣有義，夫婦有別，長幼有序，朋友有信。」[01] 其中又以父子、夫婦、兄弟的家庭倫理為社會倫理的基礎。儒家認為，國之本在家，家齊而後國治。家庭倫理在中國文化中占有極為重要的地位，也是文學作品關注的重要方面。

　　明代的《金瓶梅》，清初的《醒世姻緣傳》，都主要寫家庭生活，但它們都是透過家庭描摹世相、表現世情，倫理問題亦在其中，但其旨意並不在闡發倫理。欣欣子〈金瓶梅詞話序〉說：「竊謂蘭陵笑笑生作《金瓶梅傳》，寄意於時俗，蓋有謂也。」張竹坡評《金瓶梅》時說：「恨不自撰一部世情書。」皆指《金瓶梅》主旨在寫時俗世情。《醒世姻緣傳》寫兩世惡姻緣，夫妻倫理問題較《金瓶梅》要突出得多，但作者的視野並不完全局限在家庭夫妻關係，其描寫涉及城鄉社會各方面，它與《金瓶梅》一樣是一部世情小說。

　　清代前期出現了一批著意演繹家庭倫理的長篇小說，如《林蘭香》、《療妒緣》、《金石緣》、《歧路燈》等。這些作品所包含的社會生活容量並不能等量齊觀，藝術水準也高低不平，但它們有一個共同特點，就是站在名教的立場敘寫家庭倫理關係的

01　《孟子・滕文公上》。

常態和變態，家庭生活當然不可能封閉於社會之外，但描寫世情的分量是稀薄的。家庭倫理小說是世情小說的一個支脈，家庭就是社會的一個細胞，家庭生活也是社會生活的一部分，家庭倫理小說與世情小說沒有絕對的分界，有的作品就介乎兩者之間。

第一節　　《林蘭香》

　　《林蘭香》八卷六十四回，作者署「隨緣下士」，真實姓名不詳。成書在《醒世姻緣傳》之後，有學者推測在康熙中期的可能性很大[02]。本書今存最早刊本為道光十八年（西元一八三八年）本衙藏板本，卷首有子〈序〉，無署時，評點者署「寄旅散人」。真實姓名皆無可考。

　　本書題名沿用《金瓶梅》的方式，合三位元女主人公之名而成。「林」為林雲屏；「蘭」為燕夢卿，《左傳》記鄭文公妾燕姞夢見天帝賜蘭，故以「蘭」代指燕夢卿；「香」為任香兒。三位女子俱為男主人公耿朗的妻妾。小說寫耿朗為明朝開國功臣泗國公之後，先聘御史之女燕夢卿為妻，成婚在即，燕夢卿之父受科場案牽連獲罪流放，燕夢卿上疏代父贖罪，遂入宮為婢，婚事作罷。及燕父冤情昭雪，耿朗已另娶林尚書之女林雲屏為妻，納商人之女任香兒為妾，但燕夢卿堅持一女不聘二夫的名節，甘願嫁與耿朗屈居側室。皇帝對燕夢卿的節操大加褒

02　詳見陳洪〈林蘭香創作年代小考〉，載《明清小說研究》1988 年第 3 期。

第四章 《歧路燈》與家庭倫理小說

揚，詔賜「孝女節婦」牌匾。燕夢卿在耿家不驕不矜，次後耿朗又納宣愛娘、平彩雲為妾，她略無嫉妒之心，幽嫻貞靜，相夫持家。她德貌雙美，更兼長詩書，非其他四妻所能比擬。耿朗本已忌憚燕夢卿之德才，又聽信香兒讒言，便有意裁抑她，漸次與她疏遠。她隱忍不言，秉持婦道，顧全大局，割指合藥為丈夫治病，剪髮製甲為丈夫出征護身，終抑鬱成疾，誕下一子後黯然辭世。其子成人之後建立功勳，襲得泗國公爵位，乃特建小樓供奉母親遺物，不料一場大火將小樓及所藏全部化為烏有。梨園將燕夢卿事蹟編成戲文《賽緹縈》，彈詞編成《小金谷》一篇，雖傳誦一時，到底不能垂之永久。小說結尾處作者哀嘆人生貴賤修短總歸於夢幻。

　　燕夢卿是《林蘭香》刻意塑造的「孝女節婦」的典型。戲文名《賽緹縈》，意謂她比漢代孝女緹縈還要高出一格。緹縈是漢文帝時太倉令淳于意之女，淳于意有罪當刑，緹縈上書文帝，請為官婢以贖父罪，文帝被感動，遂免其父刑。事見《史記·孝文本紀》和《史記·扁鵲倉公列傳》，劉向《列女傳·齊太倉女》詳記之。燕夢卿代父贖罪的關目顯然來自緹縈的故事。燕夢卿還有「一女不聘二夫」的貞操，婚後以禮義諫勸丈夫，以仁愛謙讓和睦家庭，受中傷，被猜忌，遭冷落，無怨無悔。在她身上集聚了禮教所規定賢婦的一切美德。這個形象過於理想，也就缺乏個性的生命力，成了一個概念化身。

不過，《林蘭香》可圈可點之處在於它把燕夢卿寫成一個悲劇人物，如此一位賢德的女子卻不為家庭所容。第三十六回寫燕夢卿臨死草七絕一首，有夾批曰：「夢卿臨死既無怨恚之詞，亦無哭泣之聲，乃是以夫為天本旨也。」「以夫為天」，這是禮教婦德的核心價值，不論作者對燕夢卿的價值觀念持何態度，但情節在客觀上卻顯示這正是她悲劇的根源所在。她所侍奉為「天」的丈夫耿朗，德才不過中等，性不自定，貪戀酒色，面對一位穎異聰明遠高於自己的妻子，生活在男尊女卑社會裡的耿朗在心理上不能平衡。燕夢卿入門之時他就想：「婦人最忌有才有名，有才未免自是，有名未免欺人。我若不裁抑二三，恐將來與林、宣、任三人不能相下。」林（雲屏）是正妻，宣（愛娘）、任（香兒）是側室，他怕燕夢卿欺壓其他妻妾，實際上是不能接受燕夢卿高於自己的事實。任香兒等人對燕夢卿的中傷所以能夠得逞，一方面固然因為燕夢卿顧全大局的忍讓，更重要的還是耿朗所秉持的「裁抑」之心。

　　耿朗並不是《金瓶梅》中的西門慶，他出身勳舊世族，雖說性不自定，才智平平，卻也能在考校中高居優等，在征戰中也能參謀帷幄、策應疆場，應算是正經的仕宦之人。正因為他不是惡人，燕夢卿的悲劇才有警示社會的典型意義。第四回林夫人、宣安人、花夫人討論婦女觀時，林夫人說「作婦女的有了才智卻不甚好」，代表的是宗法社會「女子無才便是德」的主流觀

念。婦德完美而唯因有才的燕夢卿的悲劇，在客觀上揭示了男尊女卑的夫權制度的不合理，作者對燕夢卿的遭遇鳴不平，並寄予了同情，從而引發讀者對傳統家庭倫理的思考，在那個時代的小說中是難能可貴的。

《林蘭香》受《金瓶梅》的影響較為明顯，都寫一個大家庭的生活，情節架構相似。西門慶一妻五妾，耿朗也一妻五妾。《金瓶梅》中的潘金蓮以色事夫，恃寵害人，《林蘭香》的任香兒頗有潘金蓮之風，是妻妾中的「淫而妖者」（第四十七回末評），最得耿朗寵愛，也最能蠱惑耿朗。《林蘭香》只是沒有像《金瓶梅》那樣對床第行為進行描寫，如子〈序〉所說，「有《金瓶》之粉膩而未及於妖淫」。

《林蘭香》寫一個大家庭的興衰，時間跨度遠遠大於《金瓶梅》。故事起於明洪熙元年（西元一四二五年），止於嘉靖八年（西元一五二九年），前後一百餘年，燕夢卿病故於宣德六年八月，此情節出現在第三十六回，全書六十四回才過一半，小說中心人物退出情節舞臺，按說已臨近全書結束。此後又寫由燕夢卿調教出來的侍女田春畹來承襲燕夢卿的嘉德，以養母的身份教誨夢卿之子耿順，使耿順成為傳承耿家世代簪纓的棟梁之材，一直寫到耿順九十九歲壽終正寢而止。小說寫到夢卿之死，主題已基本完成，後半部分顯得拖遝而多餘。

就情節規模而言，《林蘭香》不遜於《金瓶梅》，涉及歷史

重大事件有「土木堡」之役，英宗「奪門」復辟以及虛構的海上平叛等，各色人物不下於二百，但其筆力遠遠不逮《金瓶梅》。至於人物形象，其中心人物燕夢卿、田春畹也都不夠真實生動，且不論次要和過場人物了。應當說作者對官宦大家庭的生活還是比較熟悉的，對於大宅院的居室庭院、起居飲食、婦女髮型服飾以及娛樂消遣活動等，都能如數家珍，只是缺少個性化描寫，比如第十五回寫燕夢卿臥室，陳設寫得很細，但都是有錢人家主婦通常所有的，並不能顯示燕夢卿的個性心靈。作品中寫到一些戰爭場面和生活場景，但都不能達到真實呈現的境界。

第二節　靜恬主人《療妒緣》、《金石緣》

雍正、乾隆年間，有筆名「靜恬主人」者著有小說《療妒緣》四卷八回和《金石緣》二十回。「靜恬主人」真實姓名不詳。《金石緣》總評署時為乾隆十四年（西元一七四九年），《療妒緣》日省軒刊本〈序〉署「庚戌」年，雍正、乾隆年間，「庚戌」一為雍正八年（西元一七三〇年），一為乾隆五十五年（西元一七九〇年），《金石緣》成書在乾隆十四年，則《療妒緣》成書的「庚戌」為雍正八年的可能性要大一些。「庚戌」若是乾隆五十五年，那就上距《金石緣》成書有四十一年之久，可能性極小。

第四章　《歧路燈》與家庭倫理小說

　　《療妒緣》延南堂藏板本四卷八回，內封署「靜恬主人戲題」，無序。日省軒藏板本題「鴛鴦會」，不分卷八回，卷首〈鴛鴦會序〉署「歲在庚戌夏五書於染雲山莊之西軒靜恬主人戲題」。書名題《鴛鴦會》者，還有道光二年（西元一八二二年）畹蘭居刊本。

　　此書演繹一夫多妻家庭中的夫婦倫常問題，著眼於一個「妒」字。其〈序〉曰：「嘗慨夫〈關雎〉、〈樛木〉之化，邈矣難追，而妒風遍流於宇宙，愈煽愈熾，非藥石可瘳。」小說設計一位賢淑之妾，以精誠感化極妒之正妻，所謂藥石不可化，而情感足可當之。此書不記朝代，敘浙江紹興朱綸之妻秦淑貞，貌美卻極妒，不容丈夫納妾，亦不容家中使用稍有姿色的婢女，丈夫出門到省城鄉試也必須有老家人形影不離地監管。朱綸鄉試中了第三名經元。按理要上京會試，秦淑貞顧慮路長日多，難以掌控，堅決打消丈夫上京會試的念頭。不料科場出現弊案，皇帝著令各省新中舉人即刻到京複試，秦淑貞抗不過聖旨，不得不放行，但叮囑老家人嚴加監管，且再三警告丈夫不得出軌，又將身邊一對玉鴛鴦分了一個交付丈夫，「見此鴛鴦，就如見我」。朱綸上京途中在山東遇盜，倉皇逃命躲進了一個人家內室，此家主人許雄殺退了強盜，卻發現朱綸藏在了女兒巧珠的床上。朱綸百口難辯，為保全小姐名聲，只得以玉鴛鴦為信物，納巧珠為側室。而在紹興的秦淑貞終不能放心丈

夫遠行，帶了家人、丫頭連夜趕往北京，在山東被強盜所劫，那強盜正是上次攔劫朱綸的強盜，現要強娶她做壓寨夫人。她被囚禁中見到也被囚禁的巧珠，巧珠敘說解救朱綸並與之成親始末，出玉鴛鴦為證，二人方知彼此身份。巧珠用計攜淑貞脫險，又割股為淑貞療病，淑貞被感動，妒婦變成了賢婦。朱綸考中狀元，官至極品，巧珠之父連建奇功，官至浙江提督。朱綸與二妻同偕到老。

　　小說寫妒悍之婦，前有李漁《無聲戲二集》之〈妒妻守有夫之寡，懦夫還不死之魂〉，蒲松齡《聊齋志異》之〈江城〉，西周生《醒世姻緣傳》等，蒲松齡和西周生大概都認為婦人妒悍無藥可醫，於是用因果報應加以解釋。江城前生是一隻長生鼠，丈夫前生是一個士人，士人誤斃了長生鼠，故有今世的業報。薛素姐前生為一隻仙狐，丈夫前生是射殺了仙狐的鄉宦，故素姐見了丈夫如見仇敵，非百般挫磨不能解心頭無名之恨。《療妒緣》寫妒婦遠不如〈江城〉、《醒世姻緣傳》生動真實，巧珠以情感化淑貞，情節離奇，可信度不高，作者自知這劑療妒良方未必具有現實性，故曰「閱者幸勿以其事之不經而詫之」。一夫多妻制度是妻妾產生嫉妒的溫床，秦淑貞反對丈夫納妾，說「一夫一妻，人倫之當」，在人性和人格上合情合理，但作者站在男尊女卑和一夫多妻制度的立場，不能理解秦淑貞的心理，更不可能由此導向對宗法家庭倫理的懷疑和批判。

第四章　《歧路燈》與家庭倫理小說

　　《金石緣》二十四回，文光堂刊本有靜恬主人〈序〉，書末總評署「乾隆十四年歲次己巳日省齋主人重錄」。《療妒緣》有別題《鴛鴦會》的日省軒藏板本，若「日省軒」與「日省齋」是同一主人的堂號，則評者當是一位書坊主人。

　　《金石緣》的「金」指小說主人公蘇州才子金雲程，「石」指女主人公石無瑕。金雲程原與林愛珠訂有婚約，隨父往陝西赴任途中遇盜，雖僥倖逃回蘇州，但已身無分文，且全身長滿癩瘡，林家見狀，將婢女石無瑕冒充愛珠嫁之。無瑕之父為醫生，被誣入獄，無瑕賣身救父，做了林家婢女。成婚後，金雲程的瘋癲被無瑕父親治好，後高中狀元，剿平大盜，救出被強盜擄去的父母及小妹。原聘之妻林愛珠嫁給貪官之子，貪官被查處，林愛珠被發賣為奴，恰又進入金家。金雲程至此方知當年無瑕代嫁的真相，遂逐愛珠出府。金雲程後又征討臺灣賊寇再建奇功，夫貴妻榮，淪為娼丐的愛珠悔恨羞愧，自殺身亡。作者謂此書為「今之賴婚改嫁欺貧重富者」說法，所宣揚者乃禮教婚姻倫理而已。書中所寫臺灣賊患，或以康熙六十年（西元一七二二年）朱一貴反清一事為藍本。

　　靜恬主人在本書〈序〉中批評《情夢柝》、《玉樓春》、《玉嬌梨》、《平山冷燕》等才子佳人小說「破綻甚多」，本書和《療妒緣》雖不落才子佳人小說俗套，但演繹婚姻倫理、家庭倫理，傾向概念化，插入強盜劫持、海上剿寇，增加傳奇色彩，卻失

去了描述家庭生活的寫實本色，可讀性反不如他批評的才子佳人小說。

第三節　李綠園《歧路燈》

家庭倫理小說之佼佼者為一百零八回的《歧路燈》。作者自詡此書「於綱常彝倫間、煞有發明」[03]。

作者李綠園（西元一七〇七至西元一七九〇年），名海觀，字孔堂，號綠園，別署碧圃老人。祖上原籍河南新安，康熙三十年（西元一六九一年）祖父李玉琳攜家逃荒，落籍河南寶豐。父親李甲為庠生。祖、父輩皆未能一舉，但李玉琳有「號天而遇母」、李甲有「省墓而夢父」的孝行，在地方頗有名氣。[04]

出身於孝子門庭的李綠園是一位謹守名教的傳統士人。十三歲應童子試，乾隆元年（西元一七三六年）恩科鄉試中舉，時年三十。此後多次上京會試，都未能考中進士。乾隆三十七至三十八年（西元一七七二至西元一七七三年），年過五十，在貴州印江做了一年的縣官，據地方誌記載，他在任上一年「興利除弊，愛民如子，疾盜若仇」[05]，官聲頗佳。他一生「舟車海

03　李綠園：〈歧路燈自序〉。引自欒星編著《歧路燈研究資料》，中州書畫社 1982 年版，第 95 頁。

04　劉青芝：〈寶豐文學李君墓表〉。轉引自欒星編著《歧路燈研究資料》，中州書畫社 1982 年版，第 116—117 頁。

05　道光鄭士范修：《印江縣志・官師志・知縣》。轉引自欒星編著《歧路燈研究資料》，中州書畫社 1982 年版，第 118 頁。

第四章　《歧路燈》與家庭倫理小說

內」，足跡遍及幽、燕、齊、魯、吳、楚、黔、蜀，晚年時其子在京為官，曾居留北京幾年，後返回寶豐，於乾隆五十五年（西元一七九〇年）去世，享年八十四歲。李綠園的著述見於著錄的有五種，除小說《歧路燈》外，還有《綠園文集》、《綠園詩鈔》四卷、《拾捃錄》十二卷及《家訓諄言》。其中《綠園文集》、《拾捃錄》已佚，《綠園詩鈔》僅存殘本，《家訓諄言》被鈔者附於《歧路燈》而保存下來，在鈔者看來，《家訓諄言》和《歧路燈》都是子弟教育書，文體不同，卻可以相互發明。

　　李綠園撰寫《歧路燈》始於乾隆十三年（西元一七四八年），此年他安葬父親，守制在家，無須力涸筋疲於科場，有閒可以創作小說。這位道學氣味十足的舉人何以傾心於俚俗的通俗小說？他在〈歧路燈自序〉中說他是受《桃花扇》、《芝龕記》、《憫烈記》等戲曲啟發，「藉科諢排場間，寫出忠孝節烈」，使天下人，包括樵夫、牧子、廚婦、爨婢，都能受到感化。他批評明代四大奇書，認為《三國》淆亂歷史，《水滸》誨盜，《金瓶》誨淫，《西遊》惑世誣民，而自己作《歧路燈》旨在揚善懲惡，發明綱常彝倫，如他寫詩作文一樣，都是「道性情，裨名教」[06]。十年間完成了《歧路燈》前八十回，之後由於「舟車海內」，「輟筆者二十年」。從貴州回到河南，於乾隆四十二年（西元一七七七年）才完成全書一百零八回。他在〈自序〉裡承

06　李綠園：〈綠園詩鈔自序〉。轉引自欒星編著《歧路燈研究資料》，中州書畫社1982年版，第93頁。

認，前八十回「筆意綿密」，輟筆二十年後的續寫，「筆意不逮前茅」。

　　作者深知文字獄禍患莫測，閱讀文化中有「索隱」頑疾，而《歧路燈》裡的人物情節都來自現實生活，如果被人強以鉤索，必然招來無窮是非。為此，他把故事發生的時間提前至明代嘉靖年間，並在〈自序〉中特別申明，此書「空中樓閣，毫無依傍，至於姓氏，或與海內賢達偶爾雷同，絕非影射。若謂有心含沙，自應墜入拔舌地獄」。

　　《歧路燈》敘說一個浪子回頭的故事。明代嘉靖年間河南開封府祥符縣一個書香門第的公子譚紹聞，天資甚好，父親教誨他「用心讀書，親近正人」，但他未遵父教，加之母親的嬌縱、浮浪子弟和無賴之徒的引誘調唆，竟使他由一個純樸聰明的後生漸至涉於聲色嫖賭，落於歹人圈套而不能自拔，終於蕩產敗家，困厄中幸得族兄和義僕的勸諫和幫助，方改邪歸正，最後復興了家道。

　　全書情節按正、反、合，分為三大段落，前十二回是「正」。譚紹聞出身在五世書香之家、為父母中年之後所生的獨子。其父譚孝移是個貢生，為人端方耿直，學問醇正，一心以教子成才為念。在譚紹聞七八歲時，便慎重地為他延請了博雅的府學秀才婁潛齋為蒙師，又聘定曾中副車的孔耘軒之女孔慧娘為媳，孔慧娘十來歲即在家紡織，舉止安詳從容，未來必是

第四章　《歧路燈》與家庭倫理小說

賢妻良母。譚孝移望子成才，管教極嚴，除了讀書還是讀書，家中除圍棋之外別無消遣之戲具，即逢廟會，也不輕易允許出門趕場。譚紹聞遵循父教師導，先讀經史，後學八股，因能背誦《五經》而被督學誇讚為「玉堂人物」。但其父教過迂，蒙師婁潛齋曾指出過：「若一定把學生圈在屋裡，每日講正心誠意的話頭，那資性魯鈍的，將來弄成個泥塑木雕；那資性聰明些的，將來出了書屋，丟了書本，把平日理學話放在東洋大海。」其母王氏則對兒子嬌慣放縱，常與丈夫衝突：「你再休要把孩子只想鎖在箱子裡，有一點縫絲兒，還用紙條糊一糊。」家教如此，已給譚紹聞日後走出家門即踏上歧途埋下了根由。第十一、十二回寫譚孝移從北京回來，見家中所請的竟是誤人子弟的老師，一氣竟病倒，原來的老師婁潛齋上京會試期間，由王氏做主聘了這位教兒子讀《金瓶梅》的教師，譚孝移原非喪命之病，卻被王氏叫的兩個盲醫弄成大病，不治身亡。譚紹聞的命運遂發生根本轉折。

　　第十三回至第八十二回，小說以七十回的篇幅描述譚紹聞如何一步一步走向墮落。譚紹聞走出家門，果如婁潛齋所料，經不起花花世界的誘惑，再加上母親一再護短縱容，跟著一幫膏粱子弟和浮浪之徒縱情玩樂，更被一幫篦片、惡棍、娼家、賭徒蒙混誆騙，祖上家業漸漸被掏空，最後連祖宗墳地的百十棵大楊樹也被他砍來換錢，「君子不斬丘木」，其母見墳地砍伐

得「光鱍刺」，不禁失聲痛哭，悔恨沒有遵從亡夫的囑託，慣壞了兒子，蕩盡了家產。然而更慘的是，譚紹聞為一幫匪類牽連，先吃了戲班茅家官司，繼而又吃了賭博賈家官司，斯文掃地，家門被汙，賢淑的妻子孔慧娘被氣身亡。由「正」及「反」，這「反」的一段真實而生動地描繪了所謂「康乾盛世」中北方縣城的社會生活，這個社會環境對於一個溫室裡長大的年輕人來說簡直就是布滿陷阱的大凶場。

　　第八十三回以後，情勢由「反」轉變為「合」。處於家道敗落低谷中的譚紹聞和他的母親因悔知悟，譚紹聞聽從了父執的教誨，在義僕的幫襯下收心讀書，進了學，鄉試中了副車，由堂兄提攜，在平倭一戰中卓立軍功，做了黃岩知縣。其子譚簣初進士及第，欽點翰林院庶起士，譚家從敗落走向了復興。這「合」的一段是光明的結局，但其筆意，如作者自言，「不逮前茅」。

　　李綠園是站在家長的立場，懷著焦慮的心情，關注子弟的教育成長問題。譚孝移臨終囑咐兒子的八個字：「用心讀書，親近正人」，就是作者面對現實提出的教育原則。這個原則是當時士紳家庭教育子弟普遍踐行的思想，與《歧路燈》同時的《紅樓夢》中，賈政教育賈寶玉何嘗不是如此：除了讀書之外，就是要親近賈雨村之類為官作宰的「正人」，而結交琪官（蔣玉菡）這樣的優伶，賈政便大加笞撻，絕對不能容忍。不過在讀書的問題上，譚孝移與賈政還是有思想的差別。賈政認為讀書就是

第四章　　《歧路燈》與家庭倫理小說

為了做官，選拔官吏的科舉考的是「四書」，所以賈政只要兒子讀「四書」，「什麼《詩經》、古文，一概不用虛應故事，只是先把『四書』一齊講明背熟，是最要緊的」（第九回）。譚孝移則不然，他主張兒子應先讀「五經」，「窮經所以致用，不僅為功名而設；即令為功名起見，目不識經，也就言無根柢」（第十回）。李綠園《家訓諄言》也說：「爾曹讀書，第一要認清這書，不是教我為做文章，取科名之具。看聖賢直如父兄師長對我說話一般，方是真正讀書道理。」[07]

小說寫譚紹聞的兩位老師：一位是教他讀經的婁潛齋，蒙訓時間不長，卻為譚紹聞立下「根柢」，使譚紹聞的墮落還有救藥的可能；另一位是教譚紹聞讀時文的侯冠玉，他就是讓學生由雅變俗的罪魁禍首。在偌大的河南首府，竟再也找不到第二個像婁潛齋這樣有品行、有學問的老師來，譚孝移作為家長的焦慮是完全可以理解的。

子弟教育問題是作者關注的焦點，書名《歧路燈》即寄意於此。不過《歧路燈》的文學價值卻在它描述譚紹聞的墮落過程，真實地展現了造成這種墮落的乾隆時代社會生活的廣闊畫面。這個畫面裡不只有政治、文化、風俗多個方面的景象，更活躍著社會各階層三教九流的生動形象。就描述世情而言，比起此前的《醒世姻緣傳》毫不遜色。

07　欒星編著：《歧路燈研究資料》，中州書畫社 1982 年版，第 142 頁。

小說沒有正面描寫官場，僅寫到譚孝移被地方保舉上京甄別擢用一事，其中描寫辦理行文申報手續時，學里、堂上、開封本府、東司里、學院里、撫臺各衙門禮房，均要銀子打點，否則難以成行。一位做了一二十年小官的柏永齡說：「如今官場，稱那銀子，不說萬，而曰『方』；不說千，而曰『幾撮頭』……更可笑者，不說娶妾，而曰『討小』；不說混戲旦，而曰『打彩』。更有甚者，則開口『嚴鶴山先生』（嚴嵩父子心腹家僕嚴年），閉口『胡楚濱姻家』。這都是抖能員的本領，誇紅人兒手段。」譚孝移深知官場黑暗險惡，無以作為且禍患莫測，在被擢以正六品職銜將要授官時，堅決稱病辭官。

　　《歧路燈》沒有像《醒世姻緣傳》寫到農村災荒以及農民、手工業者的生活境況，但它寫到一個首府大縣的醫療狀況，確令人觸目驚心。譚孝移因生氣犯了胃脘疼痛，本不是大病，縣醫官開了一副峻補藥，驟然加重了病情，醫官見勢不妙，溜之大吉。再請一個外來醫生，胡開藥方，由補轉瀉，治得病人奄奄一息。譚妻愚昧無知，請巫婆降神驅邪，生生斷送了譚孝移的性命。一個有錢的鄉官生病都得不到起碼的治療，一般平民百姓的命運就可想而知了。《歧路燈》寫得最周詳的是民俗和民風。譚紹聞的墮落始於賭博。小說對於賭場、賭徒及其黑幕進行了詳贍的描寫，與賭場配套的有娼妓，維持其運作的有幫閒和打手，無知的子弟一旦跨進賭場便難以全身而退。由賭博衍

生出來的是高利貸，環繞賭博的是娼妓、優伶、術士巫婆、牙行經紀等，小說對於社會的這個角落的描寫十分細膩生動，它雖然不是社會生活的全部，但也足以說明康乾盛世不過如此，作者絕沒有《野叟曝言》作者夏敬渠那樣的樂觀自信。

　　《歧路燈》在情節結構、人物塑造和語言敘事等方面的水準遠遠超過《林蘭香》，可與《醒世姻緣傳》媲美。楊淮《國朝中州詩鈔》曾評論說：「書論譚姓之事，其父子興敗之由，歷盡曲歧，凡世之所有，幾無不包。且出以淺言絮語，口吻心情，各如其人。」[08] 可見其相當推崇小說的結構、人物描寫和敘事語言。確實，《歧路燈》以譚氏一家興衰為主軸，輻射到社會各個層面。環繞著譚紹聞這個中心人物的芸芸眾生，算起來至少有兩百幾十人。十多個主要角色都寫得頗為生動，將譚紹聞引入歧途的盛希僑、纏住譚紹聞榨乾其家產的夏逢若，都是宦門不肖之子，但他們個性並不雷同。盛希僑出身比譚紹聞還要華貴，祖父做過布政使，父親是州判，家產四五十萬，他吃喝玩樂、放蕩不羈，人稱「公孫衍（厭）」。他諳熟世情，性格豪爽，混跡於下流社會，卻不會輕易落入歹徒騙子的圈套。他引導譚紹聞涉入賭場妓院，只是本性所致，主觀上無害人之意，當譚紹聞陷入困厄之時，還能仗義相助。幫閒的夏逢若出身不那麼顯赫，其父只做過江南微員，家產不多且已被耗盡，

08　欒星編著：《歧路燈研究資料》，中州書畫社 1982 年版，第 102 頁。

混跡賭場妓院、串通衙門說事，是他謀生的唯一手段。他「生得聰明，言詞便捷，想頭奇巧」，所精通的是「綢緞花樣，騾馬口齒，誰的鵪鶉能咬幾定，誰的細狗能以護鷹，誰的戲是打裡火、打外火，誰的賭是能掐五、能坐六，那一個土娼甚是通規矩，那一個光棍走遍江湖」。讓譚紹聞傾家蕩產，其最有力者就是這位夏逢若。不過他還不像《金瓶梅》的應伯爵那樣無恥到極致，當譚紹聞被債逼得走投無路時，他也來幫忙解困，要譚紹聞搶在官府征伐墳地樹木之前，砍伐掉以抵消負欠，還說：「這宗事，我本可以除三十兩做說合錢，我情願一絲不染，都歸於賢弟。總之，賢弟窮了，我再不肯打算你，這是良心實話。」（第八十一回）

　　譚紹聞的母親王氏的形象也比較鮮明。譚家宅院在祥符縣蕭牆街，「蕭牆」暗喻禍起蕭牆，母親王氏的溺愛和無知是譚紹聞墮落的家庭原因。王氏的父親雖說是個秀才，但家法不嚴，王氏做閨女時沒有受到應有的婦德教育和訓練，兄弟王春宇已棄儒經商，亦無甚見識，就是其子王隆吉將盛希僑引見給譚紹聞的。王氏及其娘家的人，對於譚紹聞的成長有極其負面的影響。王氏的確十分疼愛兒子，但那是一種缺乏理性的痴愛，她好利而短見，為了省一點飯費，竟聘了一個品學兼劣的侯冠玉做西賓，這位老師除了講授八股文起承轉合之外，就會津津樂道《金瓶梅》所謂文法。丈夫被這位庸師的教育氣昏過去，王氏

第四章　　《歧路燈》與家庭倫理小說

則胡亂投醫，請巫婆降神，誤了丈夫性命。丈夫去世之後，她對兒子的縱容，終於讓兒子墮落到敗家的地步。小說並沒有把王氏寫成一個壞妻子、壞母親，她只是一個自私、糊塗而且固執的女人，但她對丈夫對兒子的愛是毋庸置疑的。

　　譚紹聞是小說的中心人物，作者把他放在家庭和社會的複雜人際關係中，放在各種人物的矛盾衝突中來展現其性格變化的。他是書香子弟，母親的溺愛和父親的封閉式教育，養成了單純卻很脆弱、知書卻不識世事、循規蹈矩卻沒有主見的性格。嚴父去世，母親的縱容為他打開了門禁，走進花花世界便立即不能自持，隨波逐流，一步一步變成吃喝嫖賭的敗家子。作者在描寫其墮落過程時，始終抓住譚紹聞心理的微妙變化，把這個浪子形象寫得比較豐滿而真實。譚紹聞在歧路上越走越遠，但作者強調他的變壞的過程中並沒有完全泯滅善良的天性。他玩樂放縱，卻從無害人之心，他只是不斷地被人算計欺詐，不像夏逢若那樣學會算計別人。他在放縱自己的時候，也曾心跳自責，當家產蕩盡，陷母親和家人於絕境之時，終於省悟過來，迷途知返，重新做人。小說寫譚紹聞重回正路、復興家業一段，比起前一段寫他的墮落，要平板蒼白得多。

　　《歧路燈》塑造人物，注意到其性格的複雜性，避免了好和壞的兩極化。人物性格通常是在矛盾衝突中以言語、行動顯現出來。此外，作者還善於運用側筆，比如用居室陳設來反映主

人的氣質身份。第三回寫譚紹聞舅父王春宇的居室：「有三間廂房兒，糊的雪洞一般，正面伏侍著增福財神，抽斗桌上放著一架天平，算盤兒壓幾本帳目，牆上掛著一口腰刀，字畫兒卻還是先世書香的款式。」一看即知這裡住著的是書香出身的小商人。第五回寫衙門錢書辦的居室：「只見客房是兩間舊草房兒，上邊裱糊頂槅，正面桌上伏侍著蕭、曹（蕭何、曹參）泥塑小像兒，滿屋裡都是舊文移、舊印結糊的，東牆貼著一張畫，是《東方曼倩偷桃》。西牆掛著一條慶賀軸子。」這衙門小吏的居室與小商人的居室差別太明顯了，皆與主人身份極為相稱。比《林蘭香》居室一般化描寫明顯高出一籌，亦見出李綠園的筆力非同一般。

　　李綠園是站在名教的立場，借譚紹聞的歧路警示天下後生，其教訓意味十分濃厚。他在第九十回用程嵩淑的口嚴屬批評《水滸》、《金瓶》，認為這些坊間小說對於天下少年貽禍無窮。他寫譚紹聞吃喝嫖賭，一旦涉及男女情事，即點到為止。第十九回譚紹聞與侍婢冰梅偷情，作者寫道：「此下便可以意會，不必言傳了。」第二十二回夏逢若與戲班優伶吃酒唱曲調情，作者不再細緻描寫，「若是將這些牙酸肉麻的情況，寫的窮形極狀，未免蹈小說家窠臼」。所以，有評者讚譽此書「尤善在避忌一切穢褻語，更於少年閱者，大有裨益」[09]。

09　楊懋生：〈歧路燈序〉。轉引自欒星編著《歧路燈研究資料》，中州書畫社1982年版，第103頁。

《歧路燈》脫稿後二百年間只以抄本流傳，直到一九二四年，洛陽清義堂才付之石印，卷首有楊懋生〈序〉和張青蓮〈跋〉。一九二七年馮友蘭等將石印本與一種抄本對勘，標點後由北京樸社排印，但只印了二十六回的一個單冊。一九八〇年代欒星校注本《歧路燈》出版，方引起讀者和研究者的廣泛關注。

第五章

古代小說藝術頂峰 ——《紅樓夢》

第五章　古代小說藝術頂峰—《紅樓夢》

　　《紅樓夢》的出現，有其必然性，也有其偶然性。所謂必然性，是指小說藝術的發展已到了產生《紅樓夢》的時候了，同時還指社會歷史在客觀上為《紅樓夢》的產生提供了條件。明代的章回小說，講史的《三國志演義》，英雄傳奇的《水滸傳》，神魔的《西遊記》，都是以宏大的歷史為題材，以傳奇英雄為主人公，直到《金瓶梅》才發生重大轉變，小說家的視點從歷史時空轉向了社會家庭。小說講述的不再是叱吒風雲的傳奇故事，而是平平常常的家庭瑣事，寫實成了它的主要手段和風格。創作由這條路徑走下來，已出現《醒世姻緣傳》、《林蘭香》、《歧路燈》，產生《紅樓夢》就不是偶然。社會條件也是重要的。清代康乾盛世，也是中國君主專制達到巔峰的時期，支撐這種專制的宗法制度和禮教思想文化，其腐朽性和虛偽性已經顯露出來，社會矛盾日益激化。這時的西方世界由宗教改革、工業革命而崛起，其商品經過各種管道進入中國，意欲打開封閉的中國大門。中國已經走到即將發生巨變的關頭。這個時候產生從人性的立場懷疑現行宗法禮教制度合理性的《紅樓夢》，也是應時勢之所然。

　　不過，上述都是條件，條件很重要，但只是外因，關鍵還在內因，也就是作者。沒有曹雪芹，自然就沒有《紅樓夢》。作為偉大作家的曹雪芹的出現，是必然中的偶然。

第一節　曹雪芹的家世生平

　　《紅樓夢》的作者是誰，早年曾是一個疑問。乾隆甲辰（乾隆四十九年，西元一七八四年）抄本夢覺主人〈序〉曰：「說夢者誰，或言彼，或言此。」[01] 乾隆五十六年（西元一七九一年）活字排印本《紅樓夢》卷前程偉元〈序〉曰：「作者相傳不一，究未知出自何人，唯書內記雪芹曹先生刪改數過。」[02]

　　《紅樓夢》第一回說，本小說原記錄在大荒山無稽崖青埂峰下一塊大石上，空空道人抄錄下來，將《石頭記》改名為《情僧錄》，東魯孔梅溪則題曰《風月寶鑑》，「後因曹雪芹於悼紅軒中披閱十載，增刪五次，纂成目錄，分出章回，則題曰《金陵十二釵》」。如此說來，曹雪芹只是一個編訂者。但小說家言，不可一一坐實。《紅樓夢》早期抄本上的「脂硯齋」們的批語，明確指出曹雪芹是《紅樓夢》的作者。「庚辰本」第七十五回回前批語云：「乾隆二十一年五月初七日對清。缺中秋詩，俟雪芹。」[03]

　　「甲戌本」第一回批語云：「能解者方有辛酸之淚，哭成此書。壬午除夕，書未成，芹為淚盡而逝。余嘗哭芹，淚亦待盡。」[04]《紅樓夢》最初的讀者之一，康熙十四子胤禵的孫子永忠（卒於乾隆五十八年）有〈因墨香得觀紅樓夢小說弔雪芹三絕句（姓

01　《甲辰本紅樓夢》，書目文獻出版社 1989 年影印本。

02　萃文書屋《繡像紅樓夢》（程甲本），吉林文史出版社 2000 年影印本。

03　《脂硯齋重評石頭記》（庚辰本），人民文學出版社 1975 年影印本，第 1831 頁。

04　《脂硯齋重評石頭記》（甲戌本），人民文學出版社 2010 年影印本，第 16、17 頁。

第五章　古代小說藝術頂峰—《紅樓夢》

曹）〉其一曰：「傳神文筆足千秋，不是情人不淚流。可恨同時不相識，幾回掩卷哭曹侯。」[05] 由這些記錄看來，與曹雪芹親近的人以及他的朋友圈中之人，皆知道曹雪芹是《紅樓夢》的作者。

曹雪芹，名霑，字夢阮，號雪芹、芹圃、芹溪[06]，約生於康熙五十四年（西元一七一五年）[07]，卒於乾隆二十七年除夕（西元一七六三年二月十二日）。祖籍遼陽。先世為漢族，後入滿洲旗籍，為正白旗「包衣」。「包衣」是滿語「包衣阿哈」的簡稱，意為家奴。清人制度，包衣出身的人因戰功而獲官職者，對主子仍保留包衣奴才身份。正白旗為清帝統攝的上三旗之一，故曹家對皇帝自稱包衣[08]。這包衣身份不但不表示地位卑賤，反而顯示出曹家與皇室的不同於一般君臣的親密關係。

曹雪芹曾祖母孫氏曾做過康熙帝的保姆，祖父曹寅少年時為康熙帝御前侍衛。從曾祖曹璽到祖父曹寅，再到父輩曹顒、曹頫，三代四人任江寧織造長達六十年之久。江寧織造官階不高，但它隸屬內務府，是為皇帝當差。織造衙門地處江南，既是朝廷糧食、稅賦的主要來源之地，又是明清之際思想文化

05　一粟編：《紅樓夢卷》，中華書局 1963 年版，第 10 頁。

06　敦誠《四松堂集》詩集卷上有詩題〈寄懷曹雪芹霑〉、〈贈曹芹圃〉，張宜泉《春柳堂詩稿》有詩題〈題芹溪居士〉，小字注曰「姓曹，名霑，字夢阮，號芹溪居士，其人工詩善畫」。

07　張宜泉《春柳堂詩稿》七律〈傷芹溪居士〉詩題下小注：「年未五旬而卒。」按脂批記曹雪芹卒於壬午除夕，倒推而定。

08　曹寅於康熙四十三年七月二十幾日寫給康熙帝奏摺有「蒙皇上念臣父曁系包衣老奴」之句，引自《關於江寧織造曹家檔案史料》，中華書局 1975 年版，第 23 頁。

薈萃之所，漢族士大夫名流的思想政治動向，正是清朝皇帝密切關注的方面。曹家除了為宮廷織造錦緞和採購物品之外，還祕密地擔負著籠絡和監視士大夫名流和地方官風民情的使命，曹寅在任上給康熙帝的密摺以及康熙帝在密摺上的批語，充分說明織造官的職責所在以及康熙帝對曹寅的信任。康熙帝六次南巡，有四次駐蹕江寧織造署。曹寅於康熙五十一年（西元一七一二年）去世，康熙帝直接過問其後事，命其子曹顒繼任父職。曹顒於兩年後病故，內務府遵康熙帝旨意，將曹寅兄弟曹荃之子曹頫過繼給曹寅之妻為嗣，以連續江寧織造之任。凡此可見康熙帝對曹家眷顧之深。

　　曹家的親戚中也不乏地位顯赫者。曹寅之妹適傅鼐，傅鼐（西元一六七七至西元一七三八年），字閣峰，號富察氏，雍正年間任兵部右侍郎，乾隆初遷兵部尚書、刑部尚書等，又曾任內務府總管。其長子昌齡，雍正進士，累官翰林院侍講學士，他的謙益堂藏書享有盛名。曹寅二女，一女於康熙四十五年（西元一七〇六年）適平郡王納爾蘇，納爾蘇曾隨康熙十四子胤禵平定西陲，攝大將軍印事，乾隆五年（西元一七四〇年）卒。其子福彭襲封王爵，乾隆元年（西元一七三六年）任正白旗滿洲都統。另一女於康熙四十八年（西元一七〇九年）適王子侍衛某。二女皆為王妃。[09]曹寅妻兄李煦亦為內務府包衣，連任蘇州織造

09　詳見周汝昌《紅樓夢新證》第二章〈人物考〉第四節〈幾門親戚〉，人民文學出版社1976年版，第81—98頁。

三十年之久，也頗得康熙帝的恩寵。

　　曹家的命運隨著康熙帝的去世而發生轉折。曹寅的後繼者，無論是曹顒還是曹頫，已沒有父親的見識、能力、聲望和人脈，而雍正帝對曹家則是猜忌和厭惡，這很可能與雍正帝的皇位之爭有某種關聯。雍正二年（西元一七二四年）雍正帝在曹頫的「請安摺」上朱批警告曹頫「不要亂跑門路，瞎費心思力量買禍受。除怡王之外，竟可不用再求一人拖累自己。為甚麼不揀省事有益的做，做費事有害的事……主意要拿定，少亂一點。壞朕聲名，朕就要重重處分，王子也救你不下了」[10]。言詞之嚴厲，足以使曹家心驚膽戰。雍正元年（西元一七二三年）曹寅的內兄、蘇州織造李煦被查抄，表面的罪名是「虧空官帑」，實際上是雍正五年（西元一七二七年）正式加上的罪名「諂附阿其那（胤禩）」。皇八子胤禩是雍正帝最主要的皇位爭奪者，失敗後被圈禁並改名「阿其那」（滿語「狗」）。李煦最終被定性為胤禩「奸黨」，發配打牲烏拉[11]。曹、李兩家聯絡有親，一損皆損，一榮皆榮，李家被抄，曹家即危在旦夕。雍正五年十二月（西元一七二八年元月）曹頫因「騷擾驛站」罪被革職抄家[12]，雍正六年（西元一七二八年）在江寧織造衙門左側萬壽庵

10　故宮博物院明清檔案部編：《關於江寧織造曹家檔案史料》，中華書局 1975 年版，第 165 頁。

11　故宮博物院明清檔案部編：《關於江寧織造曹家檔案史料》，中華書局 1975 年版，第 213、214 頁。

12　〈曹頫騷擾驛站結案題本〉，載《紅樓夢學刊》1987 年第 1 輯。

內查出有胤禟鑄造寄放在曹家的鍍金獅子一對，胤禟是康熙帝的第九子，也是雍正帝的政敵，後被圈禁改名「塞思黑」（滿語「豬」）。曹家由是落到萬劫不復。

　　曹雪芹到底是曹顒的遺腹子，還是曹頫親生子，尚難斷定。曹家被抄時，他才十二三歲，故敦敏說他「秦淮風月憶繁華」（〈贈芹圃〉）。如果沒有這一段富貴繁華的經歷，曹雪芹就很難把賈府全盛時的生活描寫得如此惟妙惟肖。抄家後，曹雪芹隨全家從南京遷居北京，朝廷保留了曹家在北京的部分房產未予抄沒，但曹家再也難以振作起來。

　　曹雪芹在北京的生活情形，只能從他的友人詩中尋覓到一些蹤跡。他的友人有文獻可徵者亦寥寥。敦敏、敦誠兄弟與他交往較多。敦敏《懋齋詩鈔》有〈芹圃曹君（霑）別來已一載餘矣……〉、〈題芹圃畫石〉、〈贈芹圃〉、〈訪曹雪芹不值〉、〈小詩代簡寄曹雪芹〉、〈河干集飲題壁兼弔雪芹〉諸詩；敦誠《四松堂集》有〈寄懷曹雪芹（霑）〉、〈贈曹雪芹〉、〈佩刀質酒歌〉、〈挽曹雪芹（三首）〉諸詩。敦敏、敦誠兄弟是努爾哈赤第十二子英王阿濟格的五世孫，雖為宗室但地位早已式微。漢軍旗人張宜泉與曹雪芹也有詩歌唱答，他的《春柳堂詩稿》有〈懷曹芹溪〉、〈題芹溪居士〉、〈和雪芹〈西郊信步憩廢寺〉原韻〉、〈傷芹溪居士〉等詩。滿洲鑲黃旗人明琳也是曹雪芹的朋友，敦敏七律〈芹圃曹君（霑）別來已一載餘矣。偶過明君（琳）養石軒，

第五章 古代小說藝術頂峰—《紅樓夢》

隔院聞高談聲，疑是曹君，急就相訪，驚喜意外，因呼酒話舊事，感成長句〉。可知明琳與曹雪芹的交往也非同一般。明琳堂弟明義《綠煙瑣窗集》有〈題紅樓夢〉二十首，該詩小序云：「曹子雪芹出所撰《紅樓夢》一部，備記風月繁華之盛。蓋其先人為江寧織府，其所謂大觀園者，即今隨園故址。惜其書未傳，世鮮知者，余見其抄本焉。」

　　從這些友人的詩中隱約可見曹雪芹為人的某些風貌。張宜泉〈傷芹溪居士〉題下自注云：「其人素性放達，好飲，又善詩畫。年未五旬而卒。」[13] 敦誠〈佩刀質酒歌〉、〈寄懷曹雪芹〉稱曹雪芹「詩膽昔如鐵」、「詩筆有奇氣」，詩才近於曹植，詩風類於李賀，可惜曹雪芹的詩僅留下二句，見於敦誠《鷦鷯庵雜誌》第十一：「余昔為白香山〈琵琶行〉傳奇一折，諸君題跋，不下數十家。曹雪芹詩末云：『白傅詩靈應喜甚，定教蠻素鬼排場。』亦新奇可誦。曹平生為詩，大類如此。竟坎坷以終。」[14] 曹雪芹亦善畫，敦敏〈題芹圃畫石〉詩曰：「傲骨如君世已奇，嶙峋更見此支離。醉餘奮掃如椽筆，寫出胸中塊壘時。」[15] 看來曹雪芹畫石，是以石頭的「嶙峋」來表現自己的「傲骨」。

13 《春柳堂詩稿》，上海古籍出版社 1984 年版，第 105 頁。
14 《鷦鷯庵雜誌》乾隆抄本。轉引自馮其庸、李希凡主編《紅樓夢大辭典》（修訂本），文化藝術出版社 2010 年版，第 383 頁。
15 《懋齋詩鈔・四松堂集》，上海古籍出版社 1984 年版，第 38 頁。

曹雪芹在北京時，早期在城內居住，朝廷為曹家保留了崇文門外蒜市口十七間半房子，「給與曹寅之妻孀婦度命」[16]，曹家的一些顯貴的親戚是否在生活上資助過他們，不得而知。曹雪芹遷居西郊後的生活，敦誠〈贈曹雪芹〉（寫於乾隆二十六年）詩曰：「滿徑蓬蒿老不華，舉家食粥酒常賒。衡門僻巷愁今雨，廢館頹樓夢舊家。司業青錢留客醉，步兵白眼向人斜。何人肯與豬肝食，日望西山餐暮霞。」[17] 就是曹雪芹晚年貧困境遇和傲世風骨的寫照。乾隆二十七年（西元一七六二年）秋，曹雪芹因幼子夭亡而感傷成疾，數月後的除夕之日與世長辭，拋下了續娶未久的妻子。

曹家不是平常仕宦之家，曹雪芹的祖父曹寅極受康熙帝信任，曹家與皇室關係密切，曹寅性嗜學、工詩詞，曾主持編刊《全唐詩》、《佩文韻府》，與當代知名文人保持著良好的關係。曹雪芹出身在這樣一個鐘鳴鼎食之家、翰墨詩書之族，且經歷了家族由盛而衰的巨變，從而領略到世態之炎涼，使他能夠冷靜而深刻地洞識人生世事。這個家族及其各種社會關係的實況，無疑為他創作《紅樓夢》提供了豐富的素材資源。明清通俗小說家中有如此顯赫和文化累積的家庭背景以及如此經歷的人，唯曹雪芹一人而已。

16　雍正七年七月二十九日刑部關於曹頫罪案的移會滿文檔。轉引自《紅樓夢大辭典》（修訂本），文化藝術出版社 2010 年版，第 381 頁。

17　《四松堂集》抄本。轉引自蔡義江《紅樓夢詩詞曲賦評注》（修訂本），團結出版社 1992 年版，第 451、452 頁。

第五章　古代小說藝術頂峰—《紅樓夢》

第二節　《紅樓夢》的成書

　　曹雪芹創作《紅樓夢》開筆於何時，今無從考知。據第一回說，他在悼紅軒中「披閱十載」，「甲戌本」第一回亦有詩曰「十年辛苦不尋常」，「甲戌本」題「甲戌年抄閱再評」，「甲戌」即乾隆十九年（西元一七五四年），上推十年，大約在乾隆九年（西元一七四四年），也就是曹雪芹在三十歲左右開始動筆撰寫《紅樓夢》。但是「甲戌」年並沒有完全成稿。「庚辰本」第七十五回回前批語曰：「乾隆二十一年五月初七日對清。缺中秋詩，俟雪芹。」「甲戌本」第一回有眉批曰：「壬午除夕書未成，芹為淚盡而逝。」可見曹雪芹直到去世之日，也還沒有完成《紅樓夢》的定稿。

　　現在尚存的《紅樓夢》早期抄本的過錄本都止於第八十回，曹雪芹未定稿是否就只有八十回呢？事實不是如此。八十回以後，應當還有手稿在。「庚辰本」第十二回有眉批曰：「茜雪至獄神廟方呈正文。正文標昌（目）『花襲人有始有終』，余只見有一次謄清時，與『獄神廟慰寶玉』等五六稿，被借閱者迷失。嘆嘆！丁亥夏，畸笏叟。」[18]

　　茜雪是寶玉房中丫鬟，因把寶玉的楓露茶讓李嬤嬤吃了，觸怒寶玉，被攆了出去。現存流行的後四十回中茜雪不再露面，更沒有寶玉流落到獄神廟需要人探視的情節。「丁亥」即

18　《脂硯齋重評石頭記》（庚辰本），人民文學出版社1975年影印本，第439、440頁。

乾隆三十二年（西元一七六七年），去曹雪芹逝世已五年。「庚辰本」第二十一回回前總批曰：「按此回之文固妙，然未見後卅回猶不見此之妙。此回作〈嬌嗔箴寶玉，軟語救賈璉〉，後曰〈薛寶釵借詞含諷諫，王熙鳳知命強英雄〉。」[19] 這批語明確地說八十回以後，曹雪芹手稿還有三十回。按此說，曹雪芹所寫《紅樓夢》當為一百一十回。此說亦有旁證，「有正本」和「王府本」的第五十五回回前批曰：「此回接上文，恰似黃鐘大呂後，轉出羽調商聲，別有清涼滋味。」[20]

　　第五十四回敘賈府元宵夜宴，繁華已至頂點，第五十五回寫王熙鳳流產不能理事，賈家內部潛伏的危機開始顯露，情勢的轉折如音樂的變調，由響亮轉為低沉，代表上部結束、下部開始。上部五十五回，下部五十五回，恰為一百一十回。

　　今存早期抄本上的「脂評」，談到八十回以後的情節，多與今通行本後四十回所述不同。「己卯本」第十九回「襲人見總無可吃之物」句下夾批曰：「補明寶玉自幼何等嬌貴。以此一句，留與下部後數十回『寒冬噎酸虀，雪夜圍破氈』等對看，可為後生過分之戒。嘆嘆！」[21] 這「脂評」說明八十回後寶玉陷入饑寒交迫的困境之中，這些在今通行本後四十回中已經略無蹤影。今通行本後四十回絕非曹雪芹手筆。

19　《脂硯齋重評石頭記》（庚辰本），人民文學出版社 1975 年影印本，第 445 頁。

20　《戚蓼生序本石頭記》（有正本），人民文學出版社 1975 年影印本，第 2055 頁。《蒙古王府本石頭記》（王府本），書目文獻出版社 1986 年影印本，第 2109 頁。

21　《脂硯齋重評石頭記》（己卯本），上海古籍出版社 1981 年影印本，第 378 頁。

第五章　古代小說藝術頂峰—《紅樓夢》

　　曹雪芹寫作《紅樓夢》的時間至少有十年之久，他也未必是從頭到尾按章回次序寫下去，中間又經過多次增刪改動，尚未完全定稿；傳抄中錯訛和被妄改之處也多有所在，今存號稱「甲戌本」、「己卯本」、「庚辰本」都只是「甲戌」、「己卯」、「庚辰」抄本的過錄本，並不是當年抄本。所以這些抄本中存有一些混亂的情形和某些前後矛盾的地方，實無足為怪，更不能成為否定曹雪芹著作權的證據。

　　《紅樓夢》在乾隆五十六年（西元一七九一年）版行之前，只是以抄本在有限的範圍內流傳。明義《題紅樓夢》七絕二十首題下小序就說「惜其書未傳，世鮮知者，余見其鈔本焉」。早期抄本傳世者，殘存回數多寡不一，但都限於前八十回。

　　早期八十回抄本的底本為曹雪芹的手稿，大多附有「脂硯齋」等人的評語，世稱「脂本」。「脂本」系統的抄本今存「甲戌本」、「己卯本」、「庚辰本」、「戚蓼生序本」、「舒元煒序本」、「聖彼德堡藏本」、「夢覺主人序本」、「鄭藏本」等。

　　「甲戌本」，今存本為「脂硯齋甲戌（乾隆十九年，西元一七五四年）抄閱再評」本的過錄本，有可能是經過多次轉錄後的本子。此本存四冊，共十六回（一至八回、十三至十六回、二十五至二十八回）。正文前有「凡例」五條，題詩一首，此本比其他抄本多出「至脂硯齋甲戌抄閱再評，仍用石頭記」十五字以及第一回一段四百多字的文字。四冊抄本有回前回末總評、

正文雙行批註、行間夾批以及眉批共計一千六百多條，這些批語中透露出許多有關曹雪芹身世和創作的資訊。此抄本原為劉位坦（卒於咸豐十一年，西元一八六一年）、劉銓福（約卒於光緒初年，西元一八一九年前後）父子舊藏，後轉至上海胡星垣手中，一九二七年歸於胡適，現藏上海圖書館。

「己卯本」，今存本為「己卯（乾隆二十四年，西元一七五九年）冬日定本」的過錄本。四十回藏中國國家圖書館，三回又兩個半回藏中國歷史博物館。所存為一至二十回、三十一回至四十回、五十五回後半至五十九回前半、六十一至七十回，共四冊又一個殘冊。第四冊總目注「內缺第六十四回、第六十七回，」今存本此三回系後人抄配，第六十七回末注日：「按乾隆年間抄本，武裕庵補抄。」此本近於白文本，全部批語七百四十五條，以雙行批語為多，少量為行間夾評。此本避怡親王胤祥和弘曉的名諱，「祥」和「曉」皆缺最後一筆，故判斷此抄本的原本是怡親王府藏本。怡親王與曹家的關係非同一般，前引雍正二年雍正帝在曹頫請安摺上批道：「若有人恐嚇詐你，不妨你就求問怡親王，況王子甚疼憐你，所以朕將你交與王子。」[22]

怡親王胤祥是康熙帝第十三子，為雍正帝所信賴，胤祥於雍正八年（西元一七三〇年）病逝，其子弘曉襲王爵，弘曉卒於

22　故宮博物院明清檔案部編：《關於江寧織造曹家檔案史料》，中華書局 1975 年版，第 165 頁。

第五章　古代小說藝術頂峰—《紅樓夢》

乾隆四十三年（西元一七七八年）。此抄本證明怡親王弘曉是知道曹雪芹和他的《紅樓夢》的。

「庚辰本」，今存本為「庚辰（乾隆二十五年，西元一七六〇年）秋月定本」的過錄本，殘存七十八回（缺六十四、六十七回）。全書分裝八冊，每冊十回（第七冊八回），藏北京大學圖書館。此本第十七、十八回正文未分開，題「第十七回至十八回」。第十九、八十回無回目。各回批語有朱、墨兩種，批語有題記及年月款識者較其他「脂本」為多，但批語在各回分布並不均勻。第七十五回缺中秋詩，回前總評曰：「乾隆二十一年（西元一七五六年）五月初七日對清，缺中秋詩，俟雪芹。」第二十二回未完，回後總評曰：「此回未成，而芹逝矣，嘆嘆。丁亥（乾隆三十二年，西元一七六七年）夏，畸笏叟。」這些批語對於瞭解曹雪芹的寫作情況十分重要，而不見於其他抄本。

「戚蓼生序本」，八卷，每卷十回，共八十回。卷首有戚蓼生〈石頭記序〉。戚蓼生，字彥功，乾隆三十四年（西元一七六九年）進士。此本今存兩個過錄本和一個石印本。過錄本一為張開模舊藏殘本四卷（一至四十回）十冊，現藏上海古籍書店；一為澤存書庫舊藏八卷八十回二十冊，較張本為晚，現藏南京圖書館。上海有正書局石印本八卷八十回以張開模舊藏本為底本，民國元年（一九一二）印大字本，民國九年（一九二〇年）將大字本縮印成小字本。小字本在四十一回以

後補錄有近人眉批。兩種石印本封面均題「國初鈔本原本紅樓夢」，版心題「石頭記」。第六十七回與其他各抄本差異極大。批語除六十七回外，每回均有回前、回末總評，這些總評不見於他本，獨與「蒙古王府本」同。

「舒元煒序本」，殘存四十回（一至四十回）。卷首題「紅樓夢」，底本不詳。抄成於乾隆五十四年（西元一七八九年）。吳曉鈴舊藏，現藏北京首都圖書館。卷首舒元煒乾隆五十四年〈序〉云：「惜乎《紅樓夢》之觀止於八十回也。全冊未窺，悵神龍之無尾。闕疑不少，隱斑豹之全身……就現在之五十三篇，特加讎校，借鄰家之二十七卷，合付鈔胥。核全函於斯部，數尚缺夫秦關。」可見其底本只有五十三回，所缺二十七回乃據別本配補。說八十回「尚缺夫秦關」，則舒元煒知道有一百二十回本的存在。

「聖彼德堡藏本」，殘存七十八回（缺第五、六回），三十五冊。卷首題「石頭記」或「紅樓夢」。第十七回、十八回正文之間有「再聽下回分解」一句斷開，仍共一個回目。第七十九、八十回共一回目。此抄本雙行批基本上與「庚辰本」相同。此本為俄國希臘正教會學習漢語的庫爾連德采夫於道光十二年（西元一八三二年）自北京帶到俄國，留存於外交部圖書館，現藏俄羅斯科學院東方學研究所聖彼德堡分所。

「夢覺主人序本」，存八十回，僅缺末葉。卷首有乾隆

第五章　古代小說藝術頂峰──《紅樓夢》

四十九年（西元一七八四年）〈夢覺主人序〉。全書題名「紅樓夢」。此抄本刪改回目和正文較多，接近後來的「程高本」。其序曰「書之傳述未終，餘帙杳不可得」，似不知有後四十回的存在。批語多在前四十回，與「甲戌本」、「戚蓼生序本」略近。從正文文字看，此本似為早期抄本與「程高本」之間的過渡本子。全書分裝八函四十冊，原藏山西省文物局，現藏中國國家圖書館。

「鄭藏本」殘存兩回（第二十三、二十四回），鄭振鐸舊藏。每回題名「石頭記」，版心則題「紅樓夢」。第二十四回敘小紅的一段文字與他本不同，兩回中有五個人的名字異於他本。此抄本為白文，沒有批語。

　　一百二十回抄本出現較晚，今存「紅樓夢稿本」和「蒙古王府本」。

　　「紅樓夢稿本」，封面題「紅樓夢稿本」，卷首題「紅樓夢」。一百二十回，十二冊。第七十八回回末有「蘭墅閱過」朱筆四字。蘭墅為高鶚的號。第四十一至五十回以及若干缺葉系據「程甲本」抄補。全書文字有大量增刪塗改，疑為高鶚修訂《紅樓夢》時的工作本之一。此本為楊繼振舊藏，楊繼振在卷前題曰：「蘭墅太史手定紅樓夢稿百廿卷，內闕四十一至五十十卷，據擺字本抄足。繼振記。」下鈐「又云」圖章及「楊繼振印」篆字陽文方形朱印。現藏中國社會科學院文學研究所圖書館。

第二節 《紅樓夢》的成書

「蒙古王府本」，十二卷一百二十回，每卷十回，三十二冊。第七十一回回末總評後半葉有草書「柒爺王爺」四字，推斷為某王府所藏。此抄本用「脂本」前八十回與「程甲本」後四十回拼配而成。首程偉元序，乃後人利用抄前八十回的餘紙據「程甲本」抄補。現藏中國國家圖書館，據說購自某蒙古王府。

《紅樓夢》除以上兩大類抄本之外，最早的印本為「程甲本」和「程乙本」。

「程甲本」為程偉元、高鶚於乾隆五十六年（西元一七九一年）用木活字排印的一百二十回本。封面題「繡像紅樓夢」，內封題「新鐫全部繡像紅樓夢」，署「萃文書屋」。卷首程偉元〈序〉云：「紅樓夢小說本名石頭記……原目一百廿卷，今所傳只八十卷，殊非全本……爰為竭力搜羅，自藏書家甚至故紙堆中無不留心，數年以來，僅積有廿餘卷。一日偶於鼓擔上得十餘卷，遂重價購之，欣然翻閱，見其前後起伏，尚屬接筍，然漶漫不可收拾，乃同友人（指高鶚）細加厘剔，截長補短，抄成全部，復為鐫板，以公同好。紅樓夢全書始至是告成矣。」此話有人以為不實，指它用以掩蓋後四十回為程、高二人撰寫的事實。這懷疑缺少證據。反而有證據表明在「程高本」排印之前就有一百二十回本的存在。前引舒元煒〈序〉就說八十回是全書的三分之二。此外，周春《閱紅樓夢隨筆》曾記曰：「乾隆庚戌（五十五年，西元一七九○年）秋，楊畹耕語余云：『雁

隅以重價購鈔本兩部：一為《石頭記》八十回；一為《紅樓夢》一百二十回，微有異同。』」[23] 由是可證程偉元說《紅樓夢》「原目一百二十卷」決非虛言。程、高二人對抄本前八十回作了大量修改，刪去批語，合上後四十回，使《紅樓夢》首尾俱全、故事完整，排印版行，讓《紅樓夢》迅速流傳全國，其歷史功績不可磨滅。

「程乙本」指程、高對「程甲本」的修訂本。「程甲本」高鶚〈序〉署時「乾隆辛亥冬至後五日」，「程乙本」程、高〈引言〉署時「壬子花朝後一日」，兩書出版間隔僅兩月有餘。他們見「程甲本」未及細校，間有紕繆，故復聚各原本詳加校閱，於乾隆五十七年（西元一七九二年）刷印，是為「程乙本」。

「程甲本」、「程乙本」出版後風行天下。以它們為底本的白文刻本和評點本充斥坊間。著名的評點本有道光十二年（西元一八三二年）的王希廉評本，咸豐元年（西元一八五一年）的張新之評本，王希廉、姚燮合評本，王希廉、張新之、姚燮合評本等等。

第三節　《紅樓夢》的愛情婚姻悲劇

《紅樓夢》用細膩的、帶有詩意和感傷的筆觸描寫了一個貴族大家庭由盛而衰的生活史。其中，賈寶玉和林黛玉的愛情悲

23　一粟編：《紅樓夢卷》，中華書局 1963 年版，第 66 頁。

劇，以及賈寶玉和薛寶釵的婚姻悲劇，占據著主要的和中心的位置。這個愛情婚姻悲劇的發生、發展和結局，都與賈氏家族的興衰緊密相連。它十分真實感人，而且包孕著十分深刻和豐富的時代社會內涵。

小說描寫的賈家是顯赫的百年望族。祖上因軍功卓著被封為寧國公和榮國公，敕建有寧國府和榮國府。歷經三代，表面的繁華已在孕育衰敗的危機。寧國公的第三代賈敬，襲了官卻沉迷於燒丹煉汞，終年住在道觀做神仙夢。府內一切事務由著兒子賈珍操弄。賈珍襲有三品威烈將軍之職，但一味在家玩樂，貪淫亂倫，無所不為。其子賈蓉更是浪蕩之徒，捐了個五品龍禁尉的頭銜，唯知花天酒地而已。榮國公的第三代賈赦、賈政兄弟。賈赦世襲一等將軍，顢頇強橫，為非作歹略無顧忌。賈政在同輩中算是正人君子，皇帝賜給了一個工部員外郎，是個毫無才情的乾癟的官僚。賈赦之子賈璉，捐了個同知，不讀書而略知俗務，在榮國府當家，實際上被妻子王熙鳳操控。賈政長子賈珠不幸早夭，遺下孫兒賈蘭。次子賈寶玉銜玉而生，聰明靈秀，賈家子弟中無人可及，被視為賈家命根子。但寶玉不喜為做官而讀書，只在丫鬟小姐脂粉隊伍裡混生活。賈政的女兒元春被加封賢德妃，為元妃省親，賈府大興土木，營造了氣象萬千的大觀園。以此為標誌，賈氏家族興盛達到頂點。

第五章　古代小說藝術頂峰─《紅樓夢》

　　小說寫賈家並非獨家顯赫，它與當朝權貴聯絡有親。女兒為皇妃且不說，第四回賈雨村看到的「護官符」上分明列出「賈、史、王、薛」四大家族。史家即賈寶玉祖母史太君的娘家，為金陵世勳，所謂「阿房宮，三百里，住不下金陵一個史」[24]。王家即賈寶玉母親的娘家，寶玉的舅父王子騰為京營節度使、九省統制。薛家即賈寶玉的姨母家，薛寶釵是姨母之女，薛家是替皇家採辦的鉅賈，有「豐年好大雪（薛），珍珠如土金如鐵」之謂。四大家族皆聯絡有親，一損皆損，一榮皆榮，故薛寶釵的胞兄薛蟠，為爭奪一個丫鬟打死人命，衙門亦不敢追究，這是一個在法律之上的特權階層。

　　賈家雖然尊榮無比，但如第二回冷子興所說，「誰知這樣鐘鳴鼎食之家，翰墨詩書之族，如今的兒孫，竟一代不如一代」！賈氏家族的未來，只能寄託在寶玉身上。

　　但寶玉卻不願意承擔家庭所賦予的重任，他厭惡仕途經濟。他看到的禮儀肅穆的背後是壓迫和虛偽，溫情脈脈的背後是爭奪和醜惡，他的直覺告訴他，純真美好的東西只存在於擁簇著他的一群少女身上，他說「女兒是水做的骨肉，男子是泥做的骨肉。我見了女兒便清爽，見了男子便覺濁臭逼人」。除晨昏定省之外，他盡力逃避參加士大夫的交流與應酬，特別厭惡一般士子孜孜以求的功名利祿，他追求的是超越世俗功利、率

24　《紅樓夢》引文皆據中國藝術研究院紅樓夢研究所校注本，人民文學出版社 1996 年版。下不再注。

性自由的生活，因而沉湎在大觀園的「女兒國」中。他對周圍的少女們說：「我此時若果有造化，該死的時，如今趁你們在，我就死了，再能夠你們哭我的眼淚流成大河，把我的屍首漂起來，送到那鴉雀不到的幽僻之處，隨風化了，自此再不要托生為人，就是我死的得時了。」寶玉的人生價值取向與傳統價值觀念格格不入，人們皆難以理解。賈政斥之為酒色之徒，一般人皆以為他痴傻和不可救藥。

唯一能夠理解寶玉的是林黛玉。林黛玉是寶玉的姑表妹，林家祖上也曾封侯，其父林如海系科甲出身，官至巡鹽御史。可惜林家門庭蕭然，黛玉沒有兄弟姊妹，母親過早去世，除了賈家，再沒有什麼地位顯赫的親戚。黛玉自小失去母愛，不像一般大家閨秀那樣從母親那裡獲得禮教婦德的教誨和訓練。其父也曾為她延請塾師，又因她體質怯弱，課讀也就不甚嚴格。她雖出身仕宦之家，頭腦裡並沒有多少禮教和功利的觀念。她率性自由，氣性孤傲，以她的性格最不宜寄人籬下，可她的父親去世，使她不得不寄居到外婆家來。而賈府上下勢利眼居多，家內矛盾錯綜複雜，環境險惡似「風刀霜劍」，作為孤女的她只能時時處處小心地守護著自己的尊嚴。

林黛玉和賈寶玉一見如故，兩人都崇尚自然，主張個性自由，鄙棄世俗功利。相處時間越長，知己之感越深，愛情油然而生。寶玉畢竟是貴族公子哥，不可避免地沾染有紈綺子弟習

氣。他初始以為天下女子的眼淚都要為他而流，他喜歡黛玉，但見了瑩潤嫻雅的薛寶釵，就不禁心動神移。黛玉執著地要求寶玉「知心」、「重人」和「專一」，不斷地用眼淚，也是用自己的真情和靈性，反覆試探寶玉的真心，釀成無數次纏綿的衝突，甚至不止一次地驚動了賈府的家長們。寶玉由此感悟，同時又受到身邊一系列悲劇性變故如秦可卿、秦鐘之死的刺激和「齡官畫薔」之類情事的啟示，愛情漸至成熟和專一。第三十二回他向黛玉「訴肺腑」，標誌著兩人的愛情已經明確和穩定。

　　但是寶玉和黛玉的愛情註定只是鏡中花、水中月。禮教所規定的婚姻制度是「父母之命，媒妁之言」，尤其貴族家庭的聯姻更是一種政治行為，自由戀愛是被絕對禁止的。第五十四回元宵夜宴，寶玉奉賈母之命為眾人斟酒，黛玉不飲，拿起杯來放到寶玉唇邊，讓寶玉飲了。在當時，男人飲女人杯中之酒，除了夫妻之外絕不可以。王熙鳳立即警告寶玉「別喝冷酒」！賈母隨後借說書的話頭，批評那些才子佳人故事，「這小姐必是通文知禮，無所不曉，竟是個絕代佳人。只一見了一個清俊的男人，不管是親是友，便想起終身大事來，父母也忘了，書禮也忘了，鬼不成鬼，賊不成賊，那一點兒是佳人？便是滿腹文章，做出這些事來，也算不得是佳人了」。批評暗指黛玉，包括黛玉本人在內的席上長輩、同輩大都是懂的。此前，第三十四回襲人已向王夫人告密說寶玉與黛玉過於親密，叫人懸心。

寶、黛的愛情，更嚴重的是它損害著家族的根本利益。寶玉和黛玉互為「知己」，亦即志同道合。寶玉厭惡功名利祿，寶釵總要藉機規勸他，要他走讀書做官的正路，寶玉把這些稱為「混帳話」，由此與寶釵「生分」了。黛玉從來不說這些「混帳話」，兩人越走越近。他們的愛情是建立在叛逆禮教傳統的共同思想基礎上的，這愛情與貴族家庭的根本利益相衝突。

　　寶玉是賈氏家族的「命根子」，這種使寶玉偏離正道的愛情，必定要被家族毀滅。小說描述賈家面臨嚴峻的局勢，經濟上入不敷出。賈家為元妃省親、為賈敬和秦可卿治喪，耗費巨大；日常生活要維持貴族的體面，排場用度豪奢驚人。而賈家的收入越來越難以支撐巨額的支出，第五十三回賈珍與他的莊園總管的對話就透露出賈家經濟危機的實情。按賈珍的預算，黑山村莊園的年收入應有五千兩銀子，實際繳上的僅為一半。榮國府莊園的狀況比黑山村還要糟。賈珍說，爵祿、官俸和皇帝娘娘的賞賜都非常有限，只具象徵意義，家庭的開銷主要靠莊園的收益。「這二年，那一年不多賠出幾千銀子來。頭一年省親連蓋花園子，你算算，那一注共花了多少，就知道了。再兩年再一回省親，只怕就精窮了。」經濟狀況的惡化，以致中秋宴席上的用米需按人頭定量，賈母八十壽典的經費竟要變賣家當來補足，王熙鳳治病需用二兩人參，榮國府各房中遍找不出，而最為悲慘的是賈赦把迎春嫁給門不當、戶不對的暴發戶

第五章　古代小說藝術頂峰─《紅樓夢》

孫紹祖，其實是抵了五千兩銀子的欠債。賈家內部本來就鉤心鬥角，經濟拮据則進一步激化了各種矛盾。當家的璉二奶奶王熙鳳，風流俊俏，頭腦清醒，口齒伶俐，心狠手辣，她憑藉娘家顯赫的權勢和賈母特別的恩寵，作威作福，不擇手段地聚斂財富，在賈府上下積怨甚多，終因身心交瘁難以承擔管家的重任。既而又有探春理家。探春為賈政與趙姨娘所生，雖為庶出，但志向高遠，才幹過人，無奈賈家衰敗之勢已成，探春興利除弊的舉措反而激化了本來潛伏著的各種矛盾，抄檢大觀園就是各種矛盾的一次爆發。用探春的話來說：「咱們倒是一家親骨肉呢，一個個不像烏眼雞似的，恨不得你吃了我，我吃了你！」還說：「可知這樣大族人家，若從外頭殺來，一時是殺不死的。這可是古人說的，『百足之蟲，死而不僵』，必須先從家裡自殺自滅起來，才能一敗塗地呢！」賈家處在危難之秋，亟盼一位能挽狂瀾於既倒的人物來支撐大局，這個人物的最佳人選，在家長們的心目中當數賈寶玉。家長們對寶玉期望越大，摧毀他與黛玉的愛情的意志就越堅決。寶、黛愛情的悲劇結局，不是因為某個家長的好惡，而是基於家族興衰的根本利益。

　　賈母對黛玉這個孤苦伶仃的外孫女是疼愛有加的，王熙鳳揣摩賈母的心思，甚至當著黛玉、寶玉的面，玩笑地說要黛玉嫁給寶玉（第二十五回）。但賈母為寶玉選擇配偶，不能不從家族的利益考量，選中薛寶釵不是偶然的。薛家是擁有巨大財寶

的皇商，寶釵的母親出生在金陵王家，其外祖父曾主管朝廷對外貿易，舅父王子騰從京營節度使做到九省統制，掌控著重要的軍權。薛家的富貴與林家的蕭條，反差太大，寶釵具有明顯的優勢。論容貌才情寶釵也不輸於黛玉，黛玉體質怯弱多病，在家長眼中絕非有福之相。更重要的是，寶釵恪守禮教，嫻雅溫柔，為人更是八面玲瓏，深得賈府上下的誇讚，而黛玉給眾人的印象則是心眼狹小、嬌嬈任性、弱不禁風的「病西施」。寶釵脖子上的金鎖鐫有「不離不棄，芳齡永繼」八個字，正好與寶玉項上的玉石所鐫「莫失莫忘，仙壽恆昌」成為一對，所謂「金玉良緣」完全勝過了寶、黛的「木石前盟」。賈家要讓寶玉回到「修身治家平天下」的傳統正路，不得不摒棄黛玉而選擇寶釵。

寶釵的性格與黛玉絕然不同。黛玉把愛情視為滋潤心靈的生命之泉，而寶釵則更著重實際的婚姻。她也曾流露出對寶玉的愛意，但在深入的交往中發覺與寶玉的志趣並不投合，時常以好言相勸，反而令寶玉反感。她也發現寶、黛日益加深的愛情，於是理智地疏離寶玉，她深知婚姻大事由不得當事人自己，最終還是要聽從父母之命。她在乎的是婚姻，而不是黛玉視為生命的愛情。

「金玉良緣」終於達成。後四十回描述賈母、王夫人、王熙鳳等在寶玉失去通靈寶玉，神志不清的狀態下，為他和寶釵舉行了婚禮。而這婚禮之夜，躺在瀟湘館病榻上的黛玉，焚毀了

第五章　古代小說藝術頂峰─《紅樓夢》

詩稿，含淚告別了人世。寶玉與寶釵婚後並不幸福，他在寶釵肚內留下一子，中舉後遁入了空門。寶釵苦苦追求、家長們精心謀劃的「金玉良緣」，到頭來也是一個悲劇。

《紅樓夢》在寶玉、黛玉和寶釵的愛情婚姻糾葛的周圍，還配置著一系列女性的悲劇。《紅樓夢》曾題名《金陵十二釵》，第五回寶玉神遊太虛幻境，見有《金陵十二釵》正冊、副冊、又副冊。又副冊記載的是晴雯、襲人等丫鬟輩女子的命運，副冊記載的是香菱等侍妾輩女子的命運，正冊上的十二釵是黛玉、寶釵、元春、迎春、探春、惜春、湘雲、妙玉、王熙鳳、秦可卿、李紈、巧姐。這些女子雖有正、副、又副的社會等級差別，性格和遭遇也不同，但在作者曹雪芹眼裡，她們的命運都是悲劇，因而令人同情和惋惜，即以位於皇妃之尊的元春來說，她省親時對自己的母親和祖母說，皇宮是個「不得見人的去處」，又對父親說：「田舍之家，雖齏鹽布帛，終能聚天倫之樂；今雖富貴已極，骨肉各方，然終無意趣！」第五回〈紅樓夢曲・恨無常〉暗示元妃早死。皇妃之位尊榮無比，但對於一個希求平常生活的女子來說的確是個悲劇。權柄在握的王熙鳳，協理寧國府，殺伐決斷，何其威風！弄權鐵檻寺，為三千銀子之利，活活害死一對青年男女；又用借刀殺人之計整死她丈夫新娶來的尤二姐。「機關算盡太聰明，反算了卿卿性命。」按釵冊題詞，「哭向金陵事更哀」，似後來被丈夫休棄，結局十

分悲慘。她的才幹、手段遠在鬚眉男子之上，但在男尊女卑的禮教社會裡仍不能逃脫悲劇的命運。位尊權重者如此，那些副冊、又副冊的女子，像晴雯那樣心性高強而又處在卑賤地位的丫鬟、侍妾們，命運就更為不堪了。這些地位身份不同的女子的遭遇，營造了寶、黛、釵悲劇的環境氛圍，充分表現了曹雪芹所謂「千紅一窟（哭）」、「萬豔同杯（悲）」的人道主義情懷。

　　寶玉和黛玉的愛情是建立在共同的觀念基礎上的，藐視禮教秩序，鄙棄禮教所規定的人生道路，追求率真的自由生活，以這種崇尚個性的思想凝固起來的愛情，與尊奉禮教傳統的家庭的矛盾，便具有封建末期的時代性質。那些家庭奴隸或半奴隸身份的晴雯、司棋、芳官們對人格和自由的嚮往和追求，以及這種追求的破滅，則從另一個層次揭示了這場衝突的性質。維護君主專制的禮教及其秩序統治中國有數千年之久，《紅樓夢》以寶、黛以及眾多女子的悲劇對這種傳統思想和制度的合理性提出了質疑。這種質疑超越了某個具體朝代，它直指傳統禮教及其制度，在一定意義上，《紅樓夢》給君主專制時代敲響了喪鐘。

第四節　《紅樓夢》的人物描寫和結構藝術

　　《紅樓夢》塑造了一系列個性鮮明的人物形象。賈寶玉、林黛玉、薛寶釵、王熙鳳等已成為家喻戶曉的人物。曹雪芹在第

一回中說，他寫的是他「半世親睹親聞的這幾個女子」，他是在為這些「或情或痴，或小才微善」的「異樣女子」作傳。所以書名有《金陵十二釵》之謂。如果說《三國志演義》、《水滸傳》、《西遊記》成功地塑造了傳奇英雄的群像，那麼《紅樓夢》塑造的則是具有生活實感的典型人物。

《紅樓夢》的世界主要是榮國府、寧國府和大觀園，小說中它並不是一個世外桃源，它與周邊的社會有著千絲萬縷的聯繫，它只是整個社會的一部分。因而活動在這個空間場景的人物以家族中的人物為主，同時還有社會不同階級階層的眾多人物，約略數起來，有名姓的竟有百人以上。這些人物只要出場有所動作，無一不具有鮮活的生命。如奴僕焦大、茗煙、太監戴權、市儈卜世仁、潑皮倪二、莊頭烏進孝等，他們偶然露面，就給人深刻的印象。《紅樓夢》寫人之傳神，在中外小說中也都是罕見的。

「金陵十二釵」，都是貴族官宦家庭出身的小姐，她們的性格絕不類型化，而是共性中有鮮明的個性。黛玉與寶釵的容貌、精神和氣質的差異自不必說，寶釵與湘雲的思想較為接近，她們都勸寶玉讀書做官，但寶釵穩重含蓄，湘雲天真爛漫，言語方式和舉止動作各不相同。同是賈家小姐，迎春的懦弱，探春的果敢，惜春的孤僻，差異極其顯明。《紅樓夢》還寫了許多丫鬟，她們也絕不是千人一面的。晴雯、鴛鴦都有人格

意識，但晴雯是鋒芒畢露，鴛鴦是綿裡藏針。襲人如鴛鴦一樣柔媚嬌俏，但卻奴性十足。司棋有追求自由幸福的萌動，但性格脆弱。這些穿梭在賈府和大觀園中的丫鬟們，各自都有屬於自己的精神世界。

寶玉和黛玉志趣相同，互為知己，但兩人個性並不一樣。寶玉喜聚，黛玉喜散。寶玉天真地希望有一個不散的筵席，大觀園永遠春光燦爛；黛玉何嘗不希望如此，可是她清醒地意識到這只是一個夢想，她以為與其散時痛苦，還不如不聚為好。她性格中含有比寶玉更多的悲劇意識。兩人性格看似不同，但在意識深處的共同點上恰好互補。

傳統小說刻畫人物有善惡兩極化傾向和作者公開褒貶的寫法，好人絕對的好，壞人絕對的壞，頗類戲曲人物臉譜，好壞都寫在臉上。《紅樓夢》中的人物當然有善惡良莠之別。有忘恩負義、趨炎附勢、貪贓枉法的賈雨村，有逞強霸道、無所不為的薛蟠，有欲壑難盈、陰毒刻薄的王熙鳳，有淺薄愚蠢、居心不良的趙姨娘等等，這些人從本質上講都是壞人。曹雪芹寫他們的壞，但始終寫他們是一個人，他們並不時時都壞、事事都壞，他們也有普通人性的一面。描寫賈雨村，相貌魁偉、言語不俗，做過黛玉的老師，寒窗下與冷子興品評人物亦見出相當的識見，在應天府任上審理薛蟠毆死人命一案，原本要依法辦案，只是懾於權貴威勢，不得不違心結案，而由此就巴結上了

第五章　古代小說藝術頂峰—《紅樓夢》

「四大家族」，飛黃騰達起來。薛蟠出身豪門，弄性尚氣，膽大妄為，人稱「呆霸王」，但在家裡，妹妹寶釵卻管得了他，與朋友行起酒令來也憨態可掬，在悍妻夏金桂面前更是一攤軟泥。王熙鳳是沒有信仰的，她說她「從來不信什麼是陰司地獄報應的，憑是什麼事，我說要行就行」。弄權鐵檻寺，三千銀子斷送了一對青年男女的性命；略施手段，就逼死了丈夫偷娶來的尤二姐。曹雪芹寫她臉龐俊俏，「身量苗條，體格風騷」，在黛玉眼中「恍若神妃仙子」，在賈母看來她是家中唯一一個善解人意、言談有趣而且辦事幹練的小輩媳婦。趙姨娘一心要為自己和兒子賈環在家中爭得地位，處心積慮謀害王熙鳳和賈寶玉，她如此狠毒，小說寫她也事出有因，她母子實在不招人待見，地位只算得半個主子。馬道婆向她討點零頭布料做鞋面，她都拿不出，「成了樣的東西，也不能到我手裡來！」

　　曹雪芹著意描寫的正面人物如寶玉、黛玉，用了很多筆墨渲染他們情感中真、善、美的東西，充分展示了他們豐富、輕柔和富有詩意的精神世界，但並沒有去刻意拔高而脫離現實。黛玉畢竟是一位官宦人家的小姐，儘管寄人籬下，也不脫小姐脾氣，劉姥姥進大觀園出盡洋相，黛玉便嘲笑劉姥姥是「母蝗蟲」，寶釵連贊黛玉用「春秋」的法子譏笑劉姥姥，這種譏笑表現了黛玉居高臨下的心態和性格中尖刻的一面。同樣，寶玉也不脫淨紈綺習氣，最初總以為身邊環繞他的少女都要屬意於

他，看見寶姐姐就忘記林妹妹，動起氣來對丫鬟也拳腳相加，可見他終究還是養尊處優的貴族公子。

《紅樓夢》所展開的世界就像生活本身一樣豐富和自然，情節演進如行雲流水，各色人物的關係糾葛渾然天成，絲毫不見人工斧鑿痕跡。看不見結構，卻一切都在曹雪芹的結構之中。

前五回在形式上類似傳統小說體制中的楔子，它沒有正式進入故事，但它是全書故事的綱領。曹雪芹採用由遠及近、多次皴染的手法，從宇宙宏觀講到煉石補天，由未能補天之石下凡歷劫，把在紅塵中所經歷的離合悲歡、炎涼世態的故事記在石上，空空道人見了抄錄下來，於是就有了《石頭記》。這個神話色彩的開頭，含有濃厚的宿命觀念，同時也與時政現實作了區隔，以避開文字獄的不測之禍。冷子興演說榮國府，客觀地介紹了賈氏家族的歷史和現狀，而決定賈雨村判案的「護官符」則清晰地揭示出賈史王薛四大家族的關係和權勢，寶玉夢遊太虛幻境更暗示了小說主要人物的命運和賈家衰敗的結局。前五回既是全書的綱領，也是打開《紅樓夢》悲劇的鑰匙。

《紅樓夢》的故事由劉姥姥進榮國府拉開帷幕。全書情節，家族興衰是主線，寶玉、黛玉、寶釵的愛情婚姻走向在這條主線中占有核心的位置。第十八回元春省親是家族興盛的頂點，此後雖有事故頻繁發生，但總體仍保持著昇平的樣子。第五十三、五十四回寧國府除夕祭宗祠、榮國府元宵開夜宴，是

第五章　古代小說藝術頂峰—《紅樓夢》

由盛而衰的轉捩點，也是寶、黛愛情遭遇家長公開打壓的開始。接下來是王熙鳳病倒，探春理家，尤氏姐妹之死，鴛鴦抗婚，抄檢大觀園，晴雯夭折，迎春誤嫁，第七十五回中秋前夜賈氏宗祠異兆發悲音，預示賈家敗落在即。

《紅樓夢》的情節所包孕的矛盾不是單一的，而是多重矛盾交織且相互制約的。情節中任何一個重要事件的發生，都是多種矛盾作用的結果。第三十三回寶玉挨打，主要是代表禮教的家長與不走「正道」的寶玉的一次正面衝突，但又不簡單是賈政與寶玉的矛盾。這件事的導火線是忠順王府上門來索要優伶蔣玉函以及丫鬟金釧跳井自盡。忠順府長史官如此上門要人，顯然對賈家懷有敵意，暴露出賈家與朝廷某個政敵的矛盾，寶玉得罪了他們，當然引起賈政的極大恐慌和憤怒，他指斥寶玉：「你是何等草芥，無故引逗他出來，如今禍及於我！」金釧之死，固然與寶玉有關，但她投井主要是不堪王夫人的辱罵和驅逐。寶玉趁王夫人午睡之際，與金釧調笑了幾句，這種主子和丫鬟逗趣的情況在賈府中極為平常，賈珍賈璉之流更骯髒醜惡之事且都無人過問，王夫人何以動雷霆之怒，這其中是有隱情的。她罵「下作小娼婦，好好的爺們，都叫你教壞了」，其內心所指，隱然對著林黛玉。此前黛玉與寶玉戀愛造成的一個又一個風波，她一直隱忍在心，在此不由自主地發作起來。可知寶玉挨打事件中還包孕著寶、黛愛情與家長的矛盾，以及主子和

奴才的矛盾。賈政的憤怒，一由忠順王府上門要人，再由寶玉逼死金釧，而逼死金釧皆由賈環揭發，說寶玉強姦金釧不遂，金釧由是跳井，這顯然是謊言。賈環誣告寶玉，這是賈家中嫡和庶的矛盾。多種矛盾形成的合力，才釀成了寶玉挨打的重大風波。

　　《紅樓夢》的情節如同《金瓶梅》，不是線性結構而是網狀結構，各種人物的多種矛盾糾結在一起，推動情節的運動。也就是說，情節的發展不是某一個人物作用的結果，那結果也不是這個人物所希望得到的完全的樣子。賈政笞撻寶玉，希望寶玉「改邪歸正」，寶玉和黛玉在行為上較前是有所收斂，但愛情卻更加成熟和堅定了。後來探春理家，興利除弊，本意要開源節流，挽回入不敷出的經濟頹勢，結果觸動了各方的利益，目的未曾達到，已弄得上下怨聲載道。就連寶玉都對黛玉發牢騷：「這園子也分了人管，如今多掐一草也不能了。又蹧了幾件事，單拿我和鳳姐姐作筏子禁別人。」（第六十二回）戚蓼生〈石頭記序〉贊其「一聲也而兩歌，一手也而二牘」，寫一件事情同時表現多個方面，符合生活的真實，也是小說敘事的最高境界。

第五節　後四十回與程偉元、高鶚

　　《紅樓夢》早期抄本只有前八十回，程偉元、高鶚說後四十回為「歷年所得」，他們「按其前後關照者，略為修輯，使其有應接而無矛盾」（程乙本〈紅樓夢引言〉），遂集活字刷印，成

第五章　古代小說藝術頂峰──《紅樓夢》

一百二十回全本。按他們的說法，早先就有一百二十回之目，後四十回散佚了多年，他們搜尋到了，從而合成完璧。這後四十回是否就是曹雪芹的手筆呢？他們沒有說，但肯定不是他們所補續。

後四十回在文學水準上遠低於前八十回，凡讀《紅樓夢》而稍有鑑賞力的人都能察覺到。張愛玲曾說：「小時候看《紅樓夢》看到八十回後，一個個人物都語言無味，面目可憎起來，我只抱怨『怎麼後來不好看了？』」[25] 這是讀《紅樓夢》很有代表性的感受。從小說藝術的角度觀察，人物性格在後四十回發生了變異[26]，後四十回情節蘊含的矛盾衝突明顯地單一化和簡單化[27]，細節描寫失去了前八十回那樣的真實性、豐富性和與人物情節的關聯性[28]，敘事語言達不到前八十回辭淺而義深、言近而旨遠、事溢於句外的境界。[29]

如果進行考證，後四十回與前八十回不合的地方真是不少。以賈家的結局和寶玉的下場而論，按第五回「紅樓夢」第

25　張愛玲：《紅樓夢魘》，北京十月文藝出版社 2012 年版，第 6 頁。

26　詳見拙著〈論紅樓夢人物形象在後四十回的變異〉，載《紅樓夢研究集刊》第 5 輯，1980 年。

27　詳見拙著〈論紅樓夢後四十回與前八十回情節的邏輯背離〉，載《紅樓夢研究集刊》第 9 輯，1982 年。

28　詳見拙著〈紅樓夢後四十回與前八十回細節描寫之辨析〉，載《紅樓夢研究集刊》第 10 輯，1983 年。

29　詳見拙著〈論紅樓夢後四十回與前八十回文學語言的高下〉，載《中國文學史研究集》，上海古籍出版社 1985 年版。

十四支曲〈飛鳥各投林〉所暗示，賈家「好一似食盡鳥投林，落了片白茫茫大地真乾淨」，當是一敗塗地。寶玉同時陷於極度窮困的窘境，所謂「寒冬噎酸虀，雪夜圍破氈」[30]。「甲戌本」第一回〈好了歌〉注解曰「金滿箱，銀滿箱，展眼乞丐人皆謗」，夾批曰：「甄玉、賈玉一干人。」、「王府本」第三回〈西江月〉：「富貴不知樂業，貧窮難耐淒涼」句下批曰：「批寶玉極恰。」說明寶玉在賈家敗落後生活困頓之極。後四十回卻粉飾賈家命運，寫這個遭到抄家問罪的賈家居然「蘭桂齊芳、家道復初」，寶玉非但沒有吃苦受罪，而且一改蔑視功名的叛逆性格，為父親升官而歡喜雀躍，去參加鄉試，中得第七名舉人，最後出家身披大紅猩猩氈斗篷，映襯著白茫茫一片雪地，大有成仙的氣象。

　　後四十回既不是曹雪芹的手筆，其不能與前八十回血脈貫通、融為一體，也就不難理解了。文學創作是極富個性的思維活動，不同的創作主體，無論寫作能力如何高強，也不可能完全和準確地複製原作者的創作旨趣和風格。後四十回雖然被有人譏為「狗尾續貂」，但它的貢獻還是不能抹殺的。續補者的思想與曹雪芹相比簡直庸俗得很，不過他還是基本上維持了《紅樓夢》悲劇的結局，黛玉病故，寶玉出家，寶釵獨守空房，王熙鳳、妙玉、鴛鴦等女子的下場也都令人感傷。在大團圓主義流行的時代，做到這一點並不容易。後四十回儘管不盡如人意，

30　「己卯本」、「庚辰本」第十九回脂批。

第五章　古代小說藝術頂峰─《紅樓夢》

但它彌補了八十回之後的斷缺，使《紅樓夢》至少在故事上成為一個「完璧」，這對於《紅樓夢》的流傳具有歷史意義。

後四十回的作者，胡適認為是高鶚。依據是張問陶〈贈高蘭墅（鶚）同年〉：「豔情人自說《紅樓》」句下有注：「《紅樓夢》八十回以後，俱蘭墅所補。」（《船山詩草》卷十六）由此斷言程偉元、高鶚說他們先得二十餘卷，後又在鼓擔上得十餘卷，完全是謊言[31]。張問陶詩小注只是一個孤證，「蘭墅所補」的「補」字，或有「截長補短」之意，也未可知。一九二〇年代以來，有關《紅樓夢》的文獻多有發現，周春《閱紅樓夢隨筆》記載說：「乾隆庚戌（乾隆五十五年，西元一七九〇年）秋，楊畹耕語余云：『雁隅以重價購鈔本兩部：一為《石頭記》，八十回；一為《紅樓夢》，一百廿回，微有異同。愛不釋手，監臨省試，必攜帶入闈，闈中傳為佳話。』時始聞《紅樓夢》之名，而未得見也。壬子（乾隆五十七年，西元一七九二年）冬，知吳門坊間已開雕矣。」[32]

證明程偉元、高鶚於乾隆五十六年（西元一七九一年）修訂排印《紅樓夢》之前一年，周春就聽友人說有一百二十回《紅樓夢》鈔本的存在。程偉元、高鶚說他們搜羅到後四十回抄本殘卷，然後修訂成書，是實在的話。當年胡適的影響太大，他說

31　胡適：《紅樓夢考證》（一九二一年）。輯入《胡適紅樓夢研究論述全編》，上海古籍出版社 1988 年版。

32　一粟編：《紅樓夢卷》，中華書局 1963 年版，第 66 頁。

174

續補者是高鶚，以後一百二十回《紅樓夢》印本，作者無一不署「曹雪芹、高鶚」兩人之名。

　　高鶚（西元一七五八至西元一八一六年），字雲士，號蘭墅。別署紅樓外史。祖籍遼東鐵嶺，隸內務府鑲黃旗漢軍。早年曾授徒、作幕，乾隆五十三年（西元一七八八年）順天鄉試中舉，次年會試落榜，參加揀選湖北知縣亦未能如願，「閒且憊矣」，乾隆五十六年（西元一七九一年）應程偉元之邀修訂《紅樓夢》。乾隆六十年（西元一七九五年）會試中三甲第一名進士，官內閣中書。嘉慶間，歷順天鄉試同考官、江南道御史、刑科給事中等。後因「失察林清傳教謀逆及（漢軍）曹綸父子預知逆情不行陳奏」降三級調用。著有《蘭墅文存》、《蘭墅十藝》、《吏治輯要》等。

　　程偉元（約西元一七四五至西元一八一九年），字小泉。江蘇蘇州人。早年做過奉天府丞。多年搜羅《紅樓夢》各種抄本，乾隆五十六年邀約高鶚共同整理修訂《紅樓夢》一百二十回，用木活字排印出版「程甲本」和「程乙本」。嘉慶五年（西元一八〇〇年）入盛京將軍晉昌幕府，佐理書翰奏牘。卒於遼東。

第六節　《紅樓夢》的歷史地位和巨大影響

　　縱觀中國古代章回小說的發展，《金瓶梅》是一個歷史性轉折，它的視點從帝王將相和傳奇英雄轉向市井凡人的世界，從

第五章 古代小說藝術頂峰─《紅樓夢》

追求離奇熱鬧的情節轉而著力表現真實的人性，以寫實的手法描摹現實生活。《紅樓夢》追隨了《金瓶梅》的創作方向，但思想藝術境界與《金瓶梅》不可同日而語。

蘭陵笑笑生和曹雪芹面對的是同樣的黑暗、虛偽和醜惡的社會現實。蘭陵笑笑生以絕望的心情來揭示這個真相，他細膩而真實地描繪出被社會鑄造出來的人性的醜惡，展示的是一個令人窒息的黑暗環境。曹雪芹對社會現實的認識比《金瓶梅》的作者要深刻得多，他能透過那無邊的黑暗看到一線光明。賈家的虛偽和醜惡，如第七回焦大醉罵的：「我要往祠堂裡哭太爺去。那裡承望到如今生下這些畜牲來！每日家偷狗戲雞，爬灰的爬灰，養小叔子的養小叔，我什麼不知道？」賈府有一層鐘鳴鼎食、翰墨詩書的面紗遮羞，內裡並不比西門慶家裡乾淨多少，但《紅樓夢》的筆墨集中在賈寶玉、林黛玉和一群純真可愛的少女身上，在他們身上充分地展示了人性的溫柔和優美，他們自由活動的天地是春光燦爛的大觀園，寶、黛的愛情毀滅了，大觀園凋零了，他們的光亮也許十分短暫，但讓人們看到了希望。

《紅樓夢》對待女性的態度與《金瓶梅》是截然不同的。曹雪芹一再宣稱，《紅樓夢》是要為自己半世親睹親聞的一些女子作傳，這些女子雖無班姑、蔡女之德能，而行止見識皆在堂堂鬚眉之上。《紅樓夢》塑造的一系列少女形象，林黛玉、薛寶釵、史湘雲、賈探春、妙玉、晴雯、襲人、鴛鴦等，儘管她們身份地

位不同，思想性格各異，但都展露出青春時代多情和美麗的心靈。寶玉說女兒是水作的骨肉，男人是泥作的骨肉，見了女兒便覺清爽，是對男尊女卑禮教觀念的反叛，也代表了作者對女性的態度。以如此平等的立場和讚美的態度描寫女性，在小說史上堪與《紅樓夢》並肩的就只有蒲松齡的《聊齋志異》了。

寶玉、黛玉的愛情與賈府家長的衝突，上文已有論析，它實質上是個性自由的追求和宗法禮教的矛盾，帶有新舊時代衝突的性質。寶、黛的戀愛，要求雙方志趣相合，這種志趣是追求率真、自由和平等，拒絕功利和虛偽。這志趣不單表現在戀愛方面，它其實是寶玉為人處世的基本原則。他喜歡親近少女，因少女未曾沾染俗世的污濁；他厭惡男人，尤其是被他視為「祿蠹」的為官作宰的男人，因為這些男人只是追求功名利祿而失去靈魂的行屍走肉。他天生不喜歡等級，與丫鬟小廝混在一起，無大無小，他把優伶視為知友，從來沒有因為對方地位低賤而有輕視之心。「身為下賤」的晴雯，「心比天高」，偏要在等級森嚴的環境裡維護人格的尊嚴，她的悲劇與寶、黛悲劇具有同樣性質。十八世紀的中國，君主專制已面臨嚴重的危機，其中最深刻的是人性的覺醒，對個性自由的追求，人格意識的萌生，對社會等級制度的質疑，《紅樓夢》以其生動的極具感染力的藝術形象表達了這種要求，毫無疑問的走在了時代的前頭。曹雪芹是位先行者。在乾隆盛世一片「昇平」氣象中對現

第五章　古代小說藝術頂峰——《紅樓夢》

實保持冷靜頭腦，並準確把握時代本質衝突者，除曹雪芹外，沒有發現第二人。他也是一位孤獨者。他為他的小說題詩曰：「滿紙荒唐言，一把辛酸淚。都云作者痴，誰解其中味！」他生前的讀者和評者「脂硯齋」們，他們的評語也不乏一些有價值的見解，但都未能切中《紅樓夢》的要旨。

《紅樓夢》的偉大，還在於它真實、全面、細緻地描繪了傳統社會複雜的人際關係，並描繪了這種關係賴以滋生和存在的環境，對於政治生態、社會風俗、婚喪禮儀、飲食起居，乃至建築園林、服飾器用等，無不作了精准的描畫，筆觸所及，涵蓋了那個時代的物質和精神文化的各個方面。在這個意義上，《紅樓夢》是君主專制時代的百科全書。能當此榮譽的，中國古代小說史上唯《紅樓夢》一部而已。

《紅樓夢》在尚未完稿時就以抄本的形式在親友間流傳，但真正成為廣為人知的小說，則還是在乾隆五十六年（西元一七九一年）版行之後。嘉慶年間，士大夫以講談《紅樓夢》為時髦，〈京都竹枝詞〉云：「開談不說《紅樓夢》，讀盡詩書是枉然。」[33] 據樂鈞（西元一七六六至西元一八一四年）《耳食錄》記，當時有一女子得《紅樓夢》，廢寢食讀之，讀至佳處，往往輟卷冥想，繼之以淚。乃至鬱鬱成疾，夢寐之間呼寶玉之名，延巫醫雜治無效，「遂飲泣而瞑」[34]。

33　一粟編：《紅樓夢卷》，中華書局 1963 年版，第 354 頁。

34　一粟編：《紅樓夢卷》，中華書局 1963 年版，第 347 頁。

第六節　《紅樓夢》的歷史地位和巨大影響

　　廣大民眾知道《紅樓夢》多是通過戲劇曲藝。嘉慶時期戲曲改編的有孔昭虔《葬花》一折，仲振奎《紅樓夢傳奇》二十四出，萬榮恩《醒石緣》二十四出，吳鎬《紅樓夢散套》十六折，譚光祜《紅樓夢曲》，石韞玉《紅樓夢傳奇》十出，朱鳳森《十二釵傳奇》二十出。道光年間，有許鴻磐《三釵夢北曲》四折，陳鐘麟《紅樓夢傳奇》八十出，嚴保庸《紅樓新曲》以及佚名《紅樓夢曲譜》、《掃紅》、《乞梅》等。此後包括地方戲的改編，更不勝枚舉。戲曲改編，多搬演寶、黛、釵的愛情婚姻糾葛，受舞臺限制，一般都捨棄寶、黛、釵悲劇的時代內涵和釀成悲劇的複雜而深刻的社會背景，很容易使《紅樓夢》蛻變成才子佳人的淒麗的故事。

　　子弟書有韓小窗《紅樓夢》，佚名之《黛玉葬花》、《晴雯撕扇》、《二玉論心》、《椿齡畫薔》、《寶釵代繡》、《海棠結社》、《湘雲醉臥》等數十種之多。彈詞則有馬如飛《紅樓夢》，鄒弢《寶玉祭晴雯》，佚名作品甚多。曲藝大鼓、馬頭調、墜子等，改編作品也不少。

　　對《紅樓夢》的評論從脂硯齋開始。早期抄本題為《脂硯齋重評石頭記》，評點就附著在抄本上。早期抄本的批語也不盡出自脂硯齋，署名還有畸笏叟、棠村、梅溪、松齋等。脂硯齋等人的真實姓氏和生平均無考，據批語的口吻和內容，大致可以判斷他們與曹雪芹很親近，有的可能還是親戚，很熟悉曹雪芹

第五章 古代小說藝術頂峰─《紅樓夢》

的生活和創作。「脂評」提供了曹雪芹生平家世的一些重要訊息，披露了有關《紅樓夢》生活原型的材料和創作過程的情況，還透露了八十回以後原稿的情節要點，對《紅樓夢》的藝術分析也有一些獨到的見解，但「脂硯齋」們並不真正理解《紅樓夢》的核心價值。

清末民初，《紅樓夢》評論趨於熱烈，人們戲稱之為「紅學」。五四運動之前，「紅學」影響最大的是評點派和索隱派。評點派的代表人物有「護花主人」王雪香、「太平閒人」張新之、「大某山民」姚燮等，他們的評點附在《紅樓夢》文本上，影響甚大。索隱派的代表有王夢阮和沈瓶庵的《紅樓夢索隱》、蔡元培的《石頭記索隱》、鄧狂言的《紅樓夢釋真》等。索隱派的指向各有不同，但在方法上完全一致，他們都認為《紅樓夢》的人物情節只是作品真意的幕障，要穿透這層幕障才能發現《紅樓夢》的真諦。於是不顧作為文學的形象體系，抓住某些隻言片語，作主觀隨意的詮釋，從而得出聳人聽聞的結論。他們把《紅樓夢》看成一部密碼書，這種觀點和方法背離文學規律，但其影響不可低估。

五四運動後產生的「新紅學」極力破除「舊紅學」索隱派的夢囈，胡適《紅樓夢考證》和俞平伯《紅樓夢辨》是「新紅學」的代表作。「新紅學」使《紅樓夢》的評論獲得了學術的品格。一九四九年以後，「紅學」得到突飛猛進的發展，逐漸形成版本

研究、思想藝術研究、後四十回研究、續書研究、文化研究、曹雪芹生平家世研究、紅學史研究等多種課題，學術格局愈臻於完備。

　　《紅樓夢》的影響超出了國界，從一八四〇年代至今，已有美國、德國、法國、日本、俄羅斯、義大利、匈牙利、羅馬尼亞、朝鮮、越南、泰國等譯本，有的國家還不止一種譯本。《紅樓夢》已成為世界文學寶庫中的珍品。

第六章

宗教小說

第六章　宗教小說

　　中國古代小說在它的萌芽階段便與宗教結下不解之緣，志怪之祖《山海經》即原始宗教巫術之書，魏晉南北朝時期道教、佛教發展起來，北齊顏之推《冤魂記》、宋劉義慶《宣驗記》、齊王琰《冥祥記》等，我們視為志怪小說，其實是釋家輔教之書，而東晉《神仙傳》等，則為道家輔教之書。宗教自有它的經典著作，但宗教經典文義深奧，不識字和識字不多的大眾難以登堂入室，於是普及宗教思想的輔教之書便應運而生。這類著作採用說故事的方式，用較易曉的語言向人們宣傳教義。壁畫、寶卷、善書、小說等，皆可以作為宣教的工具。明代佛教小說就有《二十四尊得道羅漢傳》、《南海觀世音菩薩出身修行記》、《達摩出身傳燈傳》、《輪回醒世》等，道教小說有《北方真武玄天上帝出身志傳》、《五顯靈官大帝華光天王傳》、《八仙出處東遊記》、《鐵樹記》、《韓湘子全傳》等。

　　宗教小說的宗旨是闡揚教義，與那些以宗教人物故事為題材、主題思想非宗教的小說，如《西遊記》之類，不能混為一談。《西遊記》寫玄奘西天取經，但它是以魔幻的情節反映現實，描寫的是俗世的真實人性，可稱之為神魔小說，不能與宗教小說為伍。此外，滲透有宗教意識的小說普遍存在，諸如因果報應、輪回轉世、地獄天堂等，常常在一般小說的情節架構、人物命運安排上都有所體現，只要小說的主旨不是宣教，亦不可視為宗教小說。由於宗教與小說的親緣關係和觀念上有

著千絲萬縷的聯繫，在宗教小說和非宗教小說之間有一個灰色地帶，斷然劃定一條楚河漢界不大可能，鑑別一部小說的性質也只能根據其主要傾向。清代描述濟顛大師的作品，有的就有濃厚的娛樂性和諷喻性，把他們放在宗教小說範疇內，也正是著眼在作品的主要傾向。

第一節　　《醉菩提全傳》與濟公系列作品

　　清代佛教小說以演述濟公和尚事蹟的系列作品最具影響。濟公，又稱濟顛大師，宋釋居簡《北澗文集》卷十〈湖隱方圓叟舍利塔銘〉題下側注「濟顛」，即為濟公而作。濟公俗姓李，南宋天臺縣人，出家靈隱寺，卒於淨慈寺，時人稱「湖隱」。關於濟公的傳說很多，明嘉靖時田汝成《西湖遊覽志餘》卷十四記有他的事蹟，說他「風狂不飾細行，飲酒食肉，與市井浮沉，人以為顛也，故稱濟顛」[01]。明英宗時楊士奇等編《文淵閣書目》卷十七佛書類著錄有《濟顛語錄》一部一冊，今存《錢塘湖隱濟顛禪師語錄》（簡稱《濟顛語錄》）一書，不知是否為同一書。《濟顛語錄》隆慶三年（西元一五六九年）四香高齋平石監刻本署「仁和沈孟柈敘述」，不分卷回，敘濟公為紫腳羅漢後身，投胎天臺縣李家，俗名修元，父母雙亡後在杭州靈隱寺出家，不守清規戒律，放浪近於瘋癲，混跡市井坊曲，嗜酒吃肉，能知

01　田汝成：《西湖遊覽志餘》，浙江人民出版社 1980 年版，第 244 頁。

第六章 宗教小說

因果禍福，屢創奇蹟。全書流水帳式地記錄濟公的傳奇經歷，敘事簡略，文字樸拙。刊刻在明代中葉，其中顯然有宋元時代的遺存。

「語錄」是古代的一種文體，專以記錄某人或多人的言論。佛教入於中土，記錄高僧的禪機言辭之書亦稱「語錄」。清錢大昕《十駕齋養新錄・語錄》說：「佛書初入中國，曰經、曰律、曰論，無所謂語錄也。達磨西來，自稱『教外別傳直指心印』。數傳以後，其徒日眾，而語錄興焉。支離鄙俚之言，奉為鴻寶，並佛所說之經典，亦束之高閣矣。」楊士奇把《濟顛語錄》歸入「佛書類」是有依據的。《濟顛語錄》一書，是清代演述濟公事蹟的小說的起點。

《醉菩提全傳》二十回，署「天花藏主人編次」。今存本以康熙六十年（西元一七二一年）刊本為早。此本不是原刊本，「天花藏主人」是順治、康熙年間著名才子佳人小說家，雖然不能斷定這署名屬實，但此本序文用舊板刷印，且不避諱「玄」字，因此成書不會晚於避諱尚不嚴格的康熙初年。據日本《商舶載來書目》（藏日本國會圖書館）著錄，此書於日本寶永四年（清康熙四十六年，西元一七〇七年）引進日本，足證康熙六十年刊本不是初刻本。此書據《濟顛語錄》修訂潤飾而成，在形式上用章回小說加以包裝。

卷首「桃花庵主人」〈序〉說，本書寫濟顛「極意佯狂，盡

是靈通慧性；任情遊戲，無非活潑禪機」、「或托風痴，庶有以驚其聾瞶，而轉其愚蒙；示以奇怪，而發人深省。其與靜處通神，正容說法，蓋亦無弗同也」。第一回開頭也說，濟顛前身羅漢「雖然上登極樂，無滅無生，但不在人世翻筋斗，弄把戲，則佛法何以闡明，神通難於顯示，那能點醒這濁世一班的愚庸」？全書寫濟顛佯狂瘋痴，任情遊戲，其實是以戲劇性的故事闡明佛法，啟迪愚庸。

　　小說敘濟顛出生在天臺山，出家在杭州靈隱寺，靈隱寺住持遠瞎堂長老知其因緣，為他剃度，法號曰道濟。道濟被長老點悟，明白前因，為掩蓋羅漢轉世的真相，他裝瘋賣傻，任意瘋狂，破衣爛衫，嗜酒吃肉，視清規如無物。他常與孩童嬉戲唱山歌，與坊間平民小販為伍，瘋瘋中多顯神通，庸碌僧人不能容他，紅塵世人卻奉他為活佛。長老遺命傳衣缽給他，他卻視地位、財物為累贅，散盡財物給寺內僧人，仍在市井遊蕩，酒後居然留宿妓家，不知者謂之犯淫，知之者知其「色迷心愈定」，更加敬重他的德行。他的瘋狂為靈隱寺不容，於是轉投淨慈寺，做了書記僧。他化緣為淨慈寺修造大殿，保護了寺前松林免遭官府砍伐，又重修了毀於大火的淨慈寺，並給大佛裝金，為佛寺立下無量功德。濟顛受人敬仰，還在他的佛家眾生平等的精神，他與朝官太尉交往，也與賣餶飿的小販、開餛飩店的小商、酒店老闆、乞兒乃至青樓妓女往來無間。無論什麼

第六章　宗教小說

人，凡有困厄，濟顛總是以他的神奇方式出手相助，故世人稱頌他為現世活佛。

濟顛嗜酒吃肉、不守清規以及扶危濟困的行為，與《水滸傳》的魯智深有某些相似之處，但兩人的氣質、性格和行為方式顯然不同。魯智深因逃避追捕而隱於山林，並非真心出家向佛，他只是披著袈裟的江湖好漢。濟顛是羅漢轉世，他頗似仗義行俠，卻秉持佛家慈悲和靈通慧性，是一個超常態的聖僧。

《醉菩提全傳》在故事內容上全抄明代《濟顛語錄》，但在敘事方面還是盡力向小說靠攏，使情節更加合理可信，語言更加通暢。第五回靈隱寺為施主重病的母親祈保平安，濟顛醉醺醺托著一盤肉攪亂道場，那施主的母親在昏睡中聞得這一陣肉香，大病居然痊癒。由此濟顛名聲大振。這段情節是小說作者加上的，為的是要讓後面情節 —— 十六廳朝官、眾太尉都與這位瘋僧交往，顯得合情合理。此外，「井中取木」、「佛像裝金」這些故事，也寫得較為生動，為全書增色不少。

此後又有《麹頭陀濟公全傳》三十六則問世。今存康熙年間刻本，署「西湖香嬰居士重編」。編者以「居士」自稱，當是佛教信徒。這是一部糾偏之作。卷首康熙七年（西元一六六八年）香嬰居士〈小引〉稱「舊傳」（指《醉菩提全傳》）過於荒誕，有褻瀆濟公之嫌，故而加以「重編」。此書所敘濟顛事蹟大致與《醉菩提全傳》相同，對「舊傳」的某些情節則作了改動。「舊

傳」第十五回「顯神通醉後裝金」，此書斥責濟公吃酒肉吐黃金裝點佛像為妄，改寫成古佛為檀香木雕成，濟公得神諭，用檀香煎湯噴到古佛雕像上，遂成燦燦金光。又「舊傳」第七回寫濟公宿娼，此書第二十八則駁斥說，「濟公雖不破戒，那成佛作祖的，怎肯在煙花紅粉中處此嫌疑之際，沒要緊作此一場，有何意味？卻不使天下墮落妖僧藉口嫖娼」！第二十八則之末總評的一段話，概括了此書編寫的宗旨：「此一則書卻是重編小傳的本意，佛祖聖賢有可傳處俱是有關身心性命及道德倫常之事。若只是吃酒吃肉，隨口答應，著處生根，胡亂作幾句歪詩，拋幾句頌子，則天地間無賴禿廝俱可託名藉口，卻把出家一路倒做了油頭滑腦藏垢納污之藪，佛門從此亂矣，亦從此壞矣，豈可作為典要？」然而，濟顛假若不顛，他的特殊的輔教感染力也就蕩然無存了。

　　濟公的故事含有大量民間傳說的成分，他的邋遢瘋癲的形貌，詼諧戲耍的性格以及濟世助民的方式，都是在民間傳說中漸次定型的，《醉菩提全傳》只是這個傳說的階段性的文本。《麴頭陀濟公全傳》對它的反駁沒有什麼影響力，濟公的傳說在民間仍以其歷史形成的風貌繼續演進，光緒年間北京天橋就有以說濟公著稱的張泰然、雙厚坪等藝人，而小說則有《評演濟公傳》一百二十回，此後又有續書，宣統二年（一九一〇年）石印《濟公傳續集》竟達一千二百回，人們把各種相類的故事都集中

第六章　宗教小說

在了濟公一人身上，使濟公成為家喻戶曉的人物，而這已走出宗教範疇。

第二節　《呂祖全傳》與道教小說

　　佛教在民間有濟公的傳說，道教在民間則有「八仙」的傳說。「八仙」中的呂洞賓，明代有小說〈飛劍記〉演繹其傳奇，清代又有《呂祖全傳》記錄其事蹟。《呂祖全傳》之於〈飛劍記〉，類同於《麴頭陀濟公全傳》之於《醉菩提全傳》，不是向著文學的方向發展，而是努力回歸到宗教本身。

　　《呂祖全傳》不分卷回，康熙元年（西元一六六一年）序刊本署「西陵憺漪子重訂」。卷首有「上清玉虛得道真人白玉蟾」〈純陽呂仙傳敘〉，次〈憺漪子自紀小引〉署「康熙元年初夏西陵奉道弟子汪象旭右子氏書於蝸寄」。作者汪象旭，原名淇，號右子、憺漪，道號殘夢道人。書齋名「殘夢軒」、「蝸寄」、「還讀齋」。「西陵」指西陵湖，在浙江蕭山境內，汪象旭籍貫在蕭山，實際生活在杭州。他是一位「奉道弟子」，曾與明亡後出家為道士的黃周星（太鴻）合作整理評點《西遊證道書》，此書將朱鼎臣《唐三藏西遊釋厄傳》的唐僧出身一段插入《西遊記》，更以道教內丹說詮釋《西遊記》，產生了很大影響。

　　汪象旭《憺漪子自紀小引》自述曾患沉屙，昏睡夢中得呂祖（純陽子）救治點悟，長懷皈依祖師之心。經歷明清鼎革動亂

第二節　《呂祖全傳》與道教小說

後，於順治十八年（西元一六六一年）皈依善長孫師，在誦讀道
藏丹經中，發現呂祖所著本傳，文辭近俗，故付梓印行，「以為
好道者證」。正文卷首署「唐弘仁普濟孚佑帝君純陽呂仙撰」、
「奉道弟子憺漪子汪象旭重訂（原名淇，字右子）」。

　　《呂祖全傳》分為兩個部分，第一部分是呂祖自述傳，第二
部分《附載》，「錄祖師普度古今諸事」。呂祖自述傳用第一人
稱，說是得自「祖師鸞筆」，當然是托詞。呂祖名岩，字洞賓，
關於他的生平事蹟，元代《純陽帝君神化妙通記》以及《歷世真
仙體道通鑑》卷四十五〈呂岩傳〉有載，皆曰呂祖生於唐德宗
貞元年間，而本書則說生於「唐貞觀二年八月初四」；呂祖之入
道，上述道教典籍皆曰受鐘離權點悟，得授金丹煉形之道，小
說〈飛劍記〉亦如是說，本書則寫呂祖應試途中，一全真老道
授以一枕，睡此枕上，即夢得功名，娶相國之女，出為豫州刺
史，累官至節度使，封荊國公，戍邊有功，特進王爵，最後因
為父母舉殯延誤軍機，舉家抄戮殆盡，斬首之時，夢乃驚覺。
世事三十年，富貴榮華、生死哀樂，黃粱一夢而已。接著又就
枕於槐樹之下，夢入地獄，種種狰獰慘狀觸目驚心，醒來便堅
心告別紅塵，尋師問道。這番經歷，顯然脫胎於唐傳奇〈枕中
記〉，是汪象旭的杜撰。此書敘述插入詩歌曲賦乃至偈語不少，
即所謂「文辭近俗」者。

　　《呂祖全傳》僅存原刊初印本，藏美國哈佛大學燕京圖書

館，但此本已殘，《附載》之「神通變化」等皆不存，按其標題，當是呂祖種種神奇傳聞，其所據更不可考。

　　道教小說還有《三教同源錄》（又名《歷代神仙通鑑》）三集二十二卷一百九十四則。前十七卷為徐道撰，卷十八至卷二十二為程毓奇續補。兩位作者生平不詳。徐道於順治二年（西元一六四五年）「籍高抬貴手為本」始撰此書，程毓奇續作，至康熙三十九年（西元一七〇〇年）付梓，前後計五十餘年。卷首有張繼宗（西元一六六六至西元一七一五年）《同源錄序》。張繼宗，字善述，號碧城，為五十四代天師。康熙十八年（西元一六七九年）襲爵，因祈雨應驗而深得康熙帝賞識，曾奉詔進香五嶽，誥授光祿大夫，賜第京師，又賜帑銀修繕龍虎山殿宇。獲此殊榮的張天師為此書作序，可見此書在宣教上的價值。

　　《三教同源錄》首集「仙真衍派」述道，二集「佛祖傳燈」述釋，三集「聖賢貫脈」述儒。二、三集仍以道為主，釋、儒為從，把釋、儒納入道家思想體系。本書宣揚道教思想，但它採用章回小說形式，以講述故事來表現其宗旨。全書以時間為序，連綴自上古以來至明代的道教人物事蹟，把一些並無宗教性質的人物，如諸葛亮、周瑜、李隆基、楊玉環等，也都納入道教體系。書中故事採自道教典籍、志怪小說以及民間傳說，是道教故事之集大成者。

　　光緒年間有《七真祖師列仙傳》二卷出版，不題撰人。光

緒十九年（西元一八九三年）序署「龍門弟子濮炳熷、楊明法謹識」，光緒二十九年（一九○三年）序署「回道人序於鎮邑南屏新院」。此書敘鐘離權、呂洞賓度化王重陽、王重陽又度化丘處機、劉處雲、譚處端、馬玉、郝太古、王處一、孫不二的故事。丘處機等七人號稱「七朵金蓮花」，為道教北派七真。全書據道教典籍和民間傳說敷衍而成。此書後經庵黃永亮修訂和增補，改題《七真因果傳》二卷二十九回。

第三節　《儒交信》與天主教小說

　　中國古代有佛教小說、道教小說，還有天主教小說，至今尚未發現有伊斯蘭教小說。

　　天主教小說，現知最早者為《儒交信》六回。不署撰人。卷首有法國傳教士馬若瑟（西元一六六六至西元一七三五年）拉丁文序，由此可知此書成於康熙、雍正年間。今存抄本，藏法國巴黎國家圖書館。

　　《儒交信》敘康熙年間進士出身的司馬慎致仕回鄉，皈依了天主教，同邑好友楊員外和李舉人聞知驚駭萬分，一位真儒如何加入異教？李舉人為此造訪司馬慎，一探究竟。司馬慎便向他闡明天主教義與儒家義理相通之處，「老兄只顧放心，耶穌不滅孔子，孔子倒成全於耶穌」。還將馬若瑟《信經直解》借給李舉人，李舉人讀完全書十二節，心悅誠服，經司馬慎講解，遂

第六章　宗教小說

生皈依天主之心。李舉人的妻子虔心向佛，此時被她的已信奉天主教的親妹勸導，也改信天主。李舉人隨司馬慎到省城，天主教神父為他洗禮，取聖名保祿。神父又到司馬府上，為司馬夫人洗禮，取聖名亞納；為李夫人洗禮，取聖名保辣。鄉里聞訊，領洗禮者竟有五十餘人。不上三年，那地方天主教徒多達數千，還建起一所大天主教堂。楊員外不信天主，一味佞佛，積財漁色，結果被強盜搶劫，受驚而死。全書完全按章回小說形式，用白話寫成。作者當是傳教士，似有中國人充當助手。

此後，嘉慶二十四年（西元一八一九年）蘇格蘭傳教士米憐（西元一七八五至西元一八二二年）撰《張遠兩友相論》十二回，今存光緒六年（西元一八八〇年）上海美華書館排印本。本書以章回小說的形式，敘述了一個基督教信徒與他的鄰居十二次對談，無知的鄰居對基督教提出種種疑問，基督徒則精闢地一一解答，用通俗易懂的語言闡釋了教義。這種用對話的方式宣傳教義，是傳教士常用的手段。

道光年間英國傳教士郭實獵（西元一八〇三至西元一八五一年）著有多種小說。道光十四年（西元一八三四年）出版《贖罪之道傳》三卷二十一回，小說的主人公是位翰林，卻是一位虔誠的基督徒，為宣傳教義，引述了部分福音書、祈禱文和讚美詩等。同年又出版《常活之道傳》六回，敘述一位自私貪婪、追求享樂的官僚，經歷罷官、充軍的苦難後，才找到上帝，其

子也受了洗禮，死後上了天堂。道光十八年（西元一八三八年）出版《正邪比較》三回，仿米憐《張遠兩友相論》敘三個朋友之間談論基督教義。同年還出版《誨謨訓道》三回，敘一位商人拒絕基督教朋友的規勸，死後三個墮落的兒子瓜分了他的財產，唯幼子悟得教義，懺悔罪惡，成為基督徒。郭實獵曾在英國政府任職，鴉片戰爭後做過香港總督的中文祕書。

光緒八年（西元一八八二年）傳教士楊格非（西元一八三一至西元一九一二年）《引家當道》十六回出版，本書敘李先生在流落外地的困境中到一教堂聽牧師布道，受到感悟，遂懺悔自己的罪惡，受了洗禮，又以教義勸諭家屬親人，使他們都皈依了基督教。光緒三十三年（一九〇七年）上海美華書館出版《五更鐘》二卷二十四回，署「美國亮樂月命意，潤州陳春生編輯」。亮樂月為美國女傳教士，陳春生曾為上海《通問報》主筆。二人曾合作翻譯《獄中花》、《小英雄》、《貧子奇緣》等小說。《五更鐘》原名《五次召》，意謂上帝五次召人回頭。敘富家子林九如初不聽友人勸導入教，流連妓院，酗酒傷身，遂萌皈依之意，不料得官生子，便又沉溺名利場中，至庚子事變，獲罪去官，家境敗落，歷經人生沉浮之後，終於入教信奉了耶穌。

天主教（包括新教）小說的作者皆為傳教士，為達到傳教的目的，除了布道之外，他們認識到中國通俗文學的小說在民間的廣泛影響力，於是認為以小說的形式宣講教義，會有特別的

效果。這些傳教士通常都會流利的漢語，但用中文寫作白話的章回小說，而且在描寫中國社會生活時不出現常識性錯誤，那就是另外一回事了，故而他們通常要找中國人合作。例如楊格非的小說《引家當道》的作序者沈子星，就是楊格非的助手。天主教小說的作者雖然是外國人，但他們是在中國用白話小說的傳統體裁寫出來給中國人讀的，反映的是中國的社會現實，而且這些作品的編撰也有中國人的參與，所以天主教小說可以歸屬於中國小說史序列。

朝廷對傳教士刻書傳教是持嚴禁立場的，嘉慶十年（西元一八〇五年）四月十八日，嘉慶帝據御史蔡維鈺《嚴禁西洋人刻書傳教摺》，指示管理西洋堂務大臣，留心稽查，「如有西洋人私刊書籍，即行查出銷毀，並隨時諭知在京之西洋人等，務當安分學藝，不得與內地人民往來交結，仍著提督衙門五城順天府，將坊肆私刊書籍，一體查銷」[02]。西洋人傳教所刻之書，當包括小說。不過這項禁令的效果甚微。

02　《清仁宗實錄》卷一四二，中華書局 1986 年影印本。

第七章

文言小說的兩大流派

第七章　文言小說的兩大流派

第一節　擬唐派──《聊齋》之餘緒

　　《聊齋志異》是對宋元明傳奇小說漸次俚俗且漸趨綺靡之風的反撥，蒲松齡雖然沒有提出宗法唐代傳奇的理論主張，但他的創作實踐是在追步唐人的高格而有所發展，因而起到了振聾發聵的作用。

　　鈕琇（西元？至西元一七○四年），字玉樵，江蘇吳縣人，康熙十一年（西元一六七二年）拔貢生，做過縣令，是蒲松齡同時代的人，但未必讀過《聊齋志異》，所著文言小說集《觚剩》，初編八卷成書於康熙三十九年（西元一七○○年），續編四卷刊於康熙四十一年（西元一七○二年），全書體例近似《聊齋志異》，傳奇、志怪及雜事筆記匯於一書。傳奇小說的數量約占全書的十分之一。《四庫全書總目》「小說家類存目二」著錄該書曰：「琇本好為儷偶之詞，故敘述是編，幽豔淒動，有唐人小說之遺。然往往點綴敷衍，以成佳話，不能盡核其實也。」[01]

　　所謂「有唐人小說之遺」，當主要指那些文學性較強的敘事作品。其中以明末清初的奇聞逸事寫成的作品，風格略近《聊齋志異》。例如初編卷三〈睞娘〉描寫睞娘善畫工詩，姿體絕麗。甲申戰亂，其家毀於兵燹，無奈寄宿於姑母家。姑母倩娘孀居，與潘生有染，竟設謀將睞娘嫁給潘生。睞娘在夫家受盡

01　《四庫全書總目》卷一四四〈子部‧小說家類存目二〉，中華書局影印本1965年版，第1232頁。

凌辱，自縊而死。同卷之〈河東君〉則記柳如是在明清鼎革中與錢謙益的傳奇經歷，著意表現她的才氣、聰慧和節操。卷四〈碧血〉寫一位不肯出仕新朝的士人死後魂魄附於家廟，以「碧血」二字警告他的幼弟和門人不得應試新朝科舉。續編卷三〈于家琵琶〉以琵琶為關目，敘述才子佳人在明末戰亂中的悲歡離合。這些作品雖不及《聊齋志異》想像之奇詭和人性刻畫之惟妙惟肖，但面向現實的創作畢竟為明清之際的動亂留下了一些影像。

　　乾隆時代仿《聊齋志異》的作品有《夜譚隨錄》十二卷。作者和邦額（西元一七三六至西元一七九五年後），字齋，號愉園、霽園主人、蛾術齋主人等。滿洲鑲黃旗人。曾任山西樂平縣令。《夜譚隨錄‧自序》云：「予今年四十有四矣，未嘗遇怪，而每喜與二三友朋於酒觴茶榻間，滅燭談鬼，坐月說狐，稍涉匪夷，輒為記載，日久成帙，聊以自娛。」此序寫於乾隆四十四年（西元一七七九年），成書當在此年。全書共一百四十餘篇作品，除少部分記錄異地風物、他族習俗等異聞外，大多為傳奇小說。

　　〈米薌老〉敘康熙十三年（西元一六七四年）陝西提督王輔臣在漢中寧羌叛亂，占據略陽，擄掠婦女貯於布囊售賣，鄉民米薌老年二十未娶，到軍營中以五兩銀子買得一囊負回家中，原盼得一佳麗，打開布囊卻是一位老嫗。失望之際，一老叟攜一妙齡女子來投宿，此女亦為老叟買得。老嫗乘老叟與米薌老

第七章　文言小說的兩大流派

到市上飲酒之機，與少女互換衣裳，李代桃僵囑少女與米薌老趁夜逃遁。天明，老叟追之不及，不得不載老嫗回去。此篇不涉靈異，當據時事傳聞，旨在讚揚老嫗仁厚而善於調停。王輔臣叛亂前後僅月餘，百姓在亂中家破人亡離散之慘狀竟如此之烈，作品主旨雖不在此，但客觀上卻透露出這一殘酷的現實。

〈噶雄〉敘噶雄與河州副將之女兩心相慕悅，然無以通達情愫，一狐精化為此女與噶雄私會。事發，噶雄被逐出府，狐精化為此女與噶雄偕隱西寧。形跡暴露，副將派人擒拿噶雄回府，始知妖物作怪，遂將女兒嫁與噶雄。洞房之夜，狐精來告，撮合此姻緣，實為報噶雄祖父不殺之恩。作者於篇末特別說明故事主人公為自己所親見。袁枚《子不語》（《新齊諧》）卷六〈喀雄〉所敘故事與此篇相同，且文字相近。有學者以為和邦額抄袁枚。實不然。《夜譚隨錄》成書在乾隆四十四年（西元一七七九年），而《子不語》刊刻不早於乾隆五十三年（西元一七八八年）。細校文字，〈喀雄〉顯為〈噶雄〉之簡本。《夜譚隨錄》寫男女愛情婉曲細膩者當屬〈倩兒〉，江澄、倩兒為表兄妹，青梅竹馬，兩人情意深篤，卻為家長所阻，倩兒怨懟至極，投繯自盡。死後魂魄與江澄會聚並告之訪求行乞僧，即可起死回生，後掘塚出棺，倩兒果然復活，與江澄結為夫妻。倩兒為情而死，由情而生，與《聊齋志異》的〈連瑣〉之人鬼戀又有所不同。

第一節　擬唐派─《聊齋》之餘緒

　　和邦額為滿人，刊行者「雨窗氏」（阿林保）、參訂者「用拙道人」（福慶）亦為滿人，篇中評點者多為滿人。〈倩兒〉描寫倩兒清早「亂頭立欄畔，吸煙看花」，女子吸煙，應是滿人習俗。作者鋪敘藻繪，且無甚忌諱，頗有《聊齋》之風。《花朝生筆記》評曰：「乾隆間，有滿洲縣令和邦額者，著《夜譚隨錄》一書，皆鬼怪不經之事。效《聊齋志異》之轍，文筆粗獷，殊不及也。然記陸生柟之獄，頗持直筆，無所隱諱，亦難能矣。出彼族人手，尤不易得。《嘯亭雜錄》云：『和邦額此條，直為悖逆之詞，指斥不法，乃敢公然行世，初無論劾者，可謂僥倖之至。』」[02]

　　《夜譚隨錄》寫「陸生柟之獄」的作品是〈陸水部〉，雍正七年（西元一七二九年）工部主事陸生柟因所著《通鑑論》被指「誣引古人之言論，此泄一己不平之怨怒」，斬於軍前。和邦額在乾隆年間敢為文字獄辯誣，確為難得。

　　乾隆五十六年（西元一七九一年）有《諧鐸》十二卷刊行。書曰「諧鐸」，意謂「諧其口而鐸其心」，以神鬼怪異之談，警醒世人循禮向善。作者沈起鳳（西元一七四一至西元一八〇一年），字桐威，號蘋漁、紅心詞客，江蘇吳縣人。乾隆三十三年（西元一七六八年）舉人，後應禮部試，五薦不售。年未四十，絕意進取，以著書自娛。所作戲曲《報恩緣》、《才人福》、《無

02　轉引自蔣瑞藻編《小說考證》續編卷一，上海古籍出版社1984年版，第399頁。

第七章　文言小說的兩大流派

雙豔》、《書中金屋》等不下五十種，以戲曲家名播天下。《諧鐸》十二卷共一百二十二篇，較少寫到狐精，卷一〈狐媚〉寫到狐精卻存貶義，書生寧某本不好色，也不貪財，唯書是好，然而惑於狐媚，不能自拔，越半載即病重而亡。作者寫狐精，不像《聊齋志異》那樣表現人性善良、多情和優美，而在藉以警醒人們不要被諂媚者所害。以狐精為害人之物，又回到了傳統觀念。卷四〈桃夭村〉敘書生蔣生偕賈人馬某乘船至海外桃夭村，當地習俗仲春男女婚嫁，女科場以容貌定高下，男科場以文章定優劣，然後按男才女貌，次第相配。女科場之日，女子乘車赴場，一富家女醜陋不堪，一窮家女妍麗異常，蔣生與馬某皆屬意窮家女，同赴男科場。試畢歸寓，主試官派人索賄，蔣生文章自信，拒不納賄，而馬某自知無文，出金賄之。放榜時，馬某高居第一，蔣生忝然居殿。按次第婚配，蔣生竟然得配窮家美女，馬某得配富家醜女，原來富家女亦行賄，排名第一，而窮家女則綴名案尾。窮家女得配蔣生，笑曰：「是非倒置，世態盡然。」即此篇寓意所在。《諧鐸》中的作品多含諷喻，理重於情，不及《夜譚隨錄》談鬼說狐之意趣。

　　《耳食錄》初編十二卷，成書於乾隆五十七年（西元一七九二年）。二編八卷，成書於乾隆五十九年（西元一七九四年）。作者樂鈞（西元一七六六至西元一八一四年），原名宮譜，字元淑，號蓮裳，別署夢花樓主。江西臨川人。此書初刻

吳嵩梁〈耳食錄序〉云：「吾友蓮裳，早負雋才，高韻離俗，以絮花之筆，抒鏤雪之思。摭拾所聞，紀為一編，曰《耳食錄》。事多出於兒女纏綿仙鬼幽渺間，以里巷諧笑助其波瀾，胸情所寄，筆妙咸輳。」〈葆翠〉寫人鬼戀頗有特色，葆翠為明朝張總帥之女，夭逝為鬼，與書生相戀。葆翠妍且慧，以弓箭戲弄書生，不愧武官之女。她與書生邂逅，乃由情之所結，這情「山川不能間，死生不能隔，而天帝明神不能禁也」。謳歌超越生死之情，此篇意旨略近《聊齋志異》。〈痴女子〉寫一女子讀《紅樓夢》如痴如醉，因寶、黛悲劇傷心而死，其事哀婉動人。〈龍某〉敘一書生因詩得罪縣令而致禍，「才人綺語，類皆寄託耳，聘花媒月，何所不有。縣君亦惡乎考之，乃欲以影響談說，文致罪名，斯為冤矣」！反映了文字獄盛行時代社會風氣之險惡。《耳食錄》的一些作品模仿《聊齋志異》甚為顯明，如〈綠雲〉之於〈阿英〉，〈南埜社令〉之於〈王六郎〉，〈夕芳〉之於〈賈奉雉〉等。李慈銘《越縵堂讀書記》評曰：「閱臨川樂鈞《耳食錄》，蓋學《聊齋志異》，而作者筆滯而詞陋，間有修潔者，終不免措大氣。」[03]

　　《螢窗異草》三編十二卷，一百三十六篇，作者署「長白浩歌子」。《八旗文藝編目》著錄此書，題下注：「滿洲慶蘭著，

03　李慈銘：《越縵堂讀書記》三〈子部‧小說家類〉，遼寧教育出版社2001年版，第790頁。

第七章　文言小說的兩大流派

庠生，尹文端公子。」尹文端即尹繼善，官至文華殿大學士。慶蘭為尹繼善之第六子，字似村，滿洲鑲黃旗人。約生於乾隆初年，卒於乾隆五十三年（西元一七八八年）。不過，說慶蘭為《螢窗異草》的作者，亦大有可疑。平步青《霞外捃屑》卷六拈出該書二編卷三〈痴狐〉條，文中有云「痴狐者，同郡吳公之寵妾也……公諱畹，戊辰進士」，「同郡」之說，證明作者絕非滿人。《螢窗異草》三編卷四〈蛇媒〉篇末說此事聞自「先大父」，慶蘭大父尹泰卒於乾隆三年（西元一七三八年），時慶蘭不過是牙牙學語的幼兒，尹泰斷不會給幼兒講「蛇媒者媚術也」的故事。

　　《螢窗異草》長期以抄本流傳，曾題《聊齋剩稿》。今所見上海申報館叢書本刊光緒年間，此本有光緒二年（西元一八七六年）梅鶴山人初編序、光緒三年（西元一八七七年）縷馨仙史二編序和悟痴生三編序。梅鶴山人〈序〉曰：「客有以《螢窗異草》抄本三冊見示。款署『長白浩歌子』，未悉為何時人，或稱為尹六公子所著，顧隨園老人評語，的系附會。其書大旨，酷摹《聊齋》，新穎處駸駸乎升堂入室。雖有類小說家言，弗足為文人典要，而以之消長日卻睡魔，固無不可也；賢於近時所刻見聞隨筆遠矣。」此本每篇後有「隨園老人」評語，確為偽託。此書殘存乾隆抄本上的評語署名為「王漁洋」。殘存乾隆抄本的編次亦與光緒印本不盡相同，抄本卷三《天寶遺跡》之前排為《畫廊》，

印本之《天寶遺跡》排為初編卷一的第一篇，也是全書首篇，印本此篇篇末「隨園老人日：刻畫奇詭，幾與《聊齋》相埒」，而抄本則為：「王漁洋日：刻畫奇詭，幾與前傳相埒」，「前傳」即指《畫廊》。印本所據底本無前傳，故重訂者將「前傳」改為「聊齋」。此外，印本正文對抄本文字也有少量改動，亦不能排除有佚文的可能。[04] 後又有《螢窗異草四篇》版行，其中雜有《夜雨秋燈錄》的作品，顯是書賈偽造。

在《聊齋志異》之後，形態最接近《聊齋志異》的當數《螢窗異草》，梅鶴山人說它「酷摹《聊齋》」乃是確論。但這只是就外部形態而論，它所寫的大多是狐魅神鬼的故事，追求故事性，因而鋪張描繪較多，篇幅較為冗長，且模仿《聊齋志異》故事的痕跡亦斑斑可見。如初編卷二〈溫玉〉敘一狐一鬼同事一男子，情節極似《聊齋志異》之〈蓮香〉。三編卷二〈宜織〉的故事梗概與《聊齋志異》之〈嬰寧〉頗為相似。又如三編卷二〈續念秧〉、三編卷四〈續五通〉都標明為《聊齋志異》作品之續篇。然而《螢窗異草》僅得《聊齋志異》之形，而未得其神。〈宜織〉中的宜織如嬰寧亦為狐女，柳生於林間溪旁邂逅宜織，一見鍾情，迤邐尋覓其居，堅心娶之，遂毀棄父母所訂婚姻前盟，終於娶宜織為妻。柳生因以行孝為名毀棄婚盟，於德有虧，竟困於青衿，不克騰達。此篇之境界不足與〈嬰寧〉相比，已然失

04　詳見戴不凡《小說見聞錄》，浙江人民出版社 1980 年版，第 243—248 頁；馮裳、蕭逸《螢窗異草‧前言》（《螢窗異草》卷首，上海古籍出版社 1989 年版）。

去嬰寧的天真爛漫，情節增添旁枝，有如「武夷九曲」之波折，卻難遮其平庸之氣。

第二節 擬唐前派的代表 ——《閱微草堂筆記》

《聊齋志異》問世之後，影響甚巨，乾隆五十七年（西元一七九二年）六月徐承烈（西元一七三〇至西元一八〇三年）《聽雨軒筆記‧自跋》云：「蒲柳泉《聊齋志異》一出，即名噪東南，紙為之貴。而踵而起者，則有山左齋之《夜譚隨錄》，武林袁簡齋之《新齊諧》，稱說部之奇書，為雅俗所共賞。」徐承烈所著文言小說《聽雨軒筆記》在描寫鋪敘方面頗近《聊齋志異》，但意趣境界相去甚遠，其〈新市狐仙〉寫江朴齋居宅後樓為狐仙一家占據，與《聊齋志異》的〈青鳳〉相似，但它只是記異，沒有寫情感糾葛；又如〈桃花源〉簡直就是《搜神後記》中《桃花源記》的續篇，而無後者之寄託。《聊齋志異》的學步者往往未得《聊齋志異》之精神。

批評《聊齋志異》者亦有之，其代表人物就是紀昀。紀昀（西元一七二四至西元一八〇五年），字曉嵐，一字春帆，號石雲，別署觀弈道人。乾隆十九年（西元一七五四年）進士，由翰林院庶起士授編修，歷任福建學政、貴州都勻知府、《四庫全書》總纂官等，官至禮部尚書、兵部尚書、協辦大學士。中間

曾謫戍新疆烏魯木齊三年。紀昀對《聊齋志異》的批評見於盛時彥《姑妄聽之・跋》，其文曰：

> 《聊齋志異》盛行一時，然才子之筆，非著書者之筆也。虞初以下，干寶以上，古書多佚矣。其可見完帙者，劉敬叔《異苑》、陶潛《續搜神記》，小說類也；《飛燕外傳》、《會真記》，傳記類也。《太平廣記》事以類聚，故可並收。今一書而兼二體，所未解也。小說既述見聞，即屬敘事，不比戲場關目，隨意裝點。伶玄之傳，得諸樊嬺，故猥瑣具詳；元稹之記，出於自述，故約略梗概。楊升庵偽撰《祕辛》，尚知此意，升庵多見古書故也。今燕昵之詞，媟狎之態，細緻曲折，摹繪如生。使出自言，似無此理；使出作者代言，則何從而聞見之？又所未解也。留仙之才，余誠莫逮其萬一，唯此二事，則夏蟲不免疑冰。[05]

紀昀批評的要點有二：一是說《聊齋志異》「一書而兼二體」。以事實而論，這個說法不錯。《聊齋志異》近五百篇作品，論篇目，傳奇小說只占近五百篇的三分之一，三分之二的作品為篇幅短小的志怪、雜俎；論篇幅，傳奇小說占了全書之大半。紀昀認為《聊齋志異》中的志怪、雜俎是「小說」，而篇幅冗長的如〈飛燕外傳〉、〈會真記〉是「傳記」。他認為像《太平廣記》這樣「事以類聚」的類書可以將兩種不同文體的作品混編一書，而《聊齋志異》這樣的個人專著卻不可以。二是說「小

05　韓希明譯注：《閱微草堂筆記》，中華書局 2014 年版，第 1475 頁。

第七章　文言小說的兩大流派

說」要據實而錄,「不比戲場關目,隨意裝點」,而《聊齋志異》「燕昵之詞,媟狎之志,細緻曲折,摹繪如生」,顯示出自作者的想像虛擬,因而不合「小說」的寫實原則。

　　乾隆時期樸學興盛,紀昀是一位學者,受此風習染,在小說觀上,追懷古遠,恪守傳統。他在主持《四庫全書》編纂時,對「小說」概念作了正本清源的工作,歸納「小說」為三類:一、敘述雜事;二、記錄異聞;三、綴輯瑣語。其文辭應當典雅簡古,旨在廣見聞、寓勸誡、資考證。唐代以及宋元明傳奇小說基本上被摒除在「小說」之外,他要把小說恢復到魏晉南北朝的樣子。若說蒲松齡和紀昀都是文言小說的復古派,那麼蒲松齡是宗唐,而紀昀是宗唐前。

　　紀昀以他的創作來實踐他的理論主張。從乾隆五十四年(西元一七八九年)至嘉慶三年(西元一七九八年),歷時十載撰成《閱微草堂筆記》。全書包括《灤陽消夏錄》六卷、《如是我聞》四卷、《槐西雜誌》四卷、《姑妄聽之》四卷、《灤陽續錄》六卷,共計一千一百九十六則。如《四庫全書》對「小說」之界定,全部作品分為雜事、異聞、瑣語三類,而以「異聞」即狐魅鬼怪故事(志怪)居多。乾隆五十八年(西元一七九三年)紀昀在《姑妄聽之》卷首說:「余性耽孤寂,而不能自閒。卷軸筆硯,自束髮至今,無數十日相離也。三十以前,講考證之學,所坐之處,典籍環繞如獺祭。三十以後,以文章與天下相馳驟,抽黃

對白，恆徹夜構思。五十以後，領修祕笈，復折而講考證。今老矣，無復當年之意興，惟時拈紙墨，追錄舊聞，姑以消遣歲月而已。故已成《灤陽消夏錄》等三書，復有此集。緬昔作者，如王仲任、應仲遠，引經據古，博辨宏通；陶淵明、劉敬叔、劉義慶，簡淡數言，自然妙遠。誠不敢妄擬前修，然大旨期不乖於風教。若懷挾恩怨，顛倒是非，如魏泰、陳善之所為，則自信無是矣。適盛子松雲欲為剞劂，因率書數行弁於首。以多得諸傳聞也，遂採莊子之語名曰《姑妄聽之》。」紀昀說得很明白，他寫《閱微草堂筆記》乃宗法王仲任（充）、應仲遠（劭）、陶淵明、劉敬叔、劉義慶，王充有《論衡》，應劭有《風俗通》，陶淵明有《搜神後記》，劉敬叔有《異苑》，劉義慶有《世說新語》和《幽明錄》。

　　紀昀創作《閱微草堂筆記》的宗旨，在廣見聞、寓勸誡、資考證，其中「志怪」部分，特別強調「不乖於風教」。「儒者著書，當存風化，雖齊諧志怪，亦不當收悖理之言。」[06]《聊齋志異》寫狐精可愛，而《閱微草堂筆記》所寫狐精無一不有害於人，紀昀認為《聊齋志異》所寫有悖於風教，誤人不淺。《姑妄聽之》（三）敘一羅生「讀小說雜記，稔聞狐女之姣麗，恨不一遇」，往古塚窟穴求娶狐女，狐女冶蕩殊常，蠱惑萬狀，耗盡家財，羅生竟以瘵終。羅生所讀「小說雜記」為何書，雖未明言，

---

06 《閱微草堂筆記·灤陽消夏錄》（六），中國文聯出版公司 1996 年版，第 101 頁。

第七章 文言小說的兩大流派

但《聊齋志異》寫狐女之姣麗多情可愛，乃盡人皆知。《灤陽續錄》（六）紀昀痛惜愛子紀汝佶的早逝，說他的兒子「見《聊齋志異》抄本（時是書尚未刻），又誤墮其窠臼，竟沉淪不返，以訖於亡」[07]。紀昀稱蒲氏為「才子之筆」，乃緣於恕道，絕非讚賞之詞。

《閱微草堂筆記》所寫狐女，大率蠱惑傷人，作者意在訓誡好色佻薄者，切勿墮入其迷魂陣。《槐西雜誌》（三）敍東昌一書生「稔聞《聊齋志異》青鳳、水仙諸事」，夜行郊外忽見一甲第宏壯，知是某氏墓，冀遇青鳳、水仙一類狐女，遂躑躅不行，果有華麗車馬接他進門，其少女妙麗如神仙，原以為與之婚合，不料卻派他作婚儀儐相，被狐精們戲弄一場。作者議曰：「不調少婦，何緣致此？乃謂之自戲可也。」[08]《灤陽消夏錄》（五）記張鉉耳族中有以狐女為妾者，狐女居室陰氣森然，深藏不見外人。其夫問其故，狐女曰：「凡狐之媚人有兩途：一曰蠱惑，一曰夙因。蠱惑者陽為陰蝕，則病，蝕盡則死；夙因則人本有緣，氣自相感，陰陽翕合，故可久而相安。然蠱惑者十之九，夙因者十之一。其蠱惑者亦必自稱夙因，但以傷人不傷人知其真偽耳。」[09]凡見她之外人，不久皆死。

---

07 《閱微草堂筆記》，中國文聯出版公司 1996 年版，第 485 頁。

08 《閱微草堂筆記》，中國文聯出版公司 1996 年版，第 263、264 頁。

09 《閱微草堂筆記》，中國文聯出版公司 1996 年版，第 78 頁。

第二節　擬唐前派的代表─《閱微草堂筆記》

　　紀昀亦如唐前志怪作者，是相信狐精鬼神存在的。《閱微草堂筆記》中多次敘說他家宅樓上有狐仙，言之鑿鑿。至於鬼神，書中亦有大量記載。《槐西雜誌》（四）敘一場有鬼無鬼的辯論，無鬼論者在墟墓中獨宿一夜而一無所見，證明無鬼，紀昀卻辯稱：「重齎千里，路不逢盜，未可云路無盜也；縱獵終日，野不遇獸，未可云野無獸也。以一地無鬼，遂斷天下皆無鬼；以一夜無鬼，遂斷萬古皆無鬼，舉一廢百矣。」[10] 並引經據典，闡發了「不謂無鬼神」之說。當然，紀昀與撰寫《搜神記》的干寶不同，他不是要為神道設教，他是借鬼神告誡世人，不要為惡而要行善。《閱微草堂筆記》寫了大量的入冥、因果、輪回的傳說，橫死厲鬼面目猙獰，陰司地獄黑暗恐怖，鬼神無處不在。人心一動，鬼神知之，不論多麼隱祕之事，人不知而鬼知，作惡者終究逃不脫鬼神的懲罰。

　　《灤陽消夏錄》（六）敘一老僧入冥，看見鬼卒押解數千人，選擇其精粗肥瘠以供諸天魔眾食用，臠割烹炮，如屠羊豕。老僧問被屠之眾悉為何人，鬼吏指稱這些人是最為民害者，一曰吏，一曰役，一曰官之親屬，一曰官之僕隸。「是四種人，無官之責，有官之權。官或自顧考成，彼則惟知牟利，依草附木，怙勢作威，足使人敲髓灑膏，吞聲泣血。四大洲內，惟此四種惡業至多。是以清我泥犁，供其湯鼎。」[11]

10　《閱微草堂筆記》，中國文聯出版公司 1996 年版，第 287 頁。
11　《閱微草堂筆記》，中國文聯出版公司 1996 年版，第 91 頁。

第七章　文言小說的兩大流派

現實生活中此四種人確實怙勢作威，或助紂為虐，為民所痛恨，此篇藉地獄警誡諸人，亦發洩民眾蓄積之怨憤。《灤陽消夏錄》（二）記一老儒被陰司錯拘而被放回的故事，則又另有寓意。老儒被拘到陰司，自念必死，臨案城隍發現因姓同而誤拘，遂杖冥役二十，放老儒回陽間。老儒抗議道：「人命至重，神奈何遣憒憒之鬼，致有誤拘？倘不檢出，不竟枉死耶？聰明正直之謂何！」神笑曰：「謂汝倔強，今果然。夫天行不能無歲差，況鬼神乎！誤而即覺，是謂聰明；覺而不回護，是謂正直。汝何足以知之。念汝言行無玷，姑貸汝，後勿如是躁妄也。」[12]

此顯然是告誡君主專制下的臣民，冤案被昭雪，只能感戴君上聰明正直，若有怨懟便是「躁妄」犯上。其現實的針對性也是明顯的。

紀昀撰寫《閱微草堂筆記》一再申言堅守見聞實錄的原則，不歪曲，不誇飾。至於「見聞」與事實是否相合，他認為就不是他所能把握的了。《灤陽續錄》（六）曾舉張浮槎所著《秋坪新語》為例加以說明。《秋坪新語》記載了紀昀家中二事，其中記他兒子紀汝佶臨死時的事，只有六七分準確，據此他說，「所見異詞，所聞異詞，所傳聞異詞，魯史且然，況稗官小說！」[13]他所著《閱微草堂筆記》很多都是據傳聞寫成，雖然忠實於傳

---

12 《閱微草堂筆記》，中國文聯出版公司 1996 年版，第 27、28 頁。
13 《閱微草堂筆記》，中國文聯出版公司 1996 年版，第 484 頁。

聞，但與事實大概不能無絲毫增減。他自信他的寫作不失忠厚
之意，稍存勸懲之旨，不顛倒是非，不懷挾恩怨，不描摹才子
佳人，不繪畫橫陳。

　　《閱微草堂筆記》在文體風格上追蹤唐前志怪，篇幅一般
較為短小，敘事簡潔，不事誇飾，但其精神旨歸與唐前志怪相
去甚遠。唐前志怪是當時早期宗教和民俗的產物，一千多年之
後的紀昀秉持儒家思想，他是從教人從善的治世功能上接納釋
道的，他寫的神鬼狐魅故事滲透著儒家說教精神，理性色彩濃
厚。《閱微草堂筆記》敘事水準很高，意趣盎然且雍容典雅，它
的尚質黜華的文風恰與當時以乾嘉學派為代表的主流思潮相表
裡，獲得了士人們的更多認同。

　　《閱微草堂筆記》刊行後影響極大，論者常常將它與《聊
齋志異》相提並論。道光年間俞鴻漸《印雪軒隨筆》卷二云：
「《聊齋志異》一書，膾炙人口，而余所醉心者，尤在《閱微草
堂五種》。蓋蒲留仙才人也，其所藻繢，未脫唐宋人小說窠臼；
若《五種》，專為勸懲起見，敘事簡，說理透，垂戒切，初不
屑屑於描頭畫角，而敷宣妙義，舌可生花，指示群迷，頭能點
石，非留仙所及也。微嫌其中排擊宋儒語過多，然亦自有平情
之論，令人首肯。」[14]俞鴻漸之論顯有偏頗，但他指出《聊齋志
異》與《閱微草堂筆記》的差異，卻是切中肯綮的。

14　轉引自魯迅《小說舊聞鈔》，齊魯書社1997年版，第84頁。

第七章　文言小說的兩大流派

第三節　《新齊諧》及其他

《新齊諧》二十四卷，又名《子不語》，刊刻於乾隆五十三年（西元一七八八年）。作者袁枚（西元一七一溜至西元一七九八年）

袁枚卒於嘉慶二年（西元一七九七年）十一月十七日，西曆為西元一七九八年一月三日。，字子才，號簡齋，晚年別署隨園老人。錢塘（今浙江杭州）人。乾隆四年（西元一七三九年）進士，選翰林院庶起士，後出仕溧水、江浦、沭陽、江寧等縣令。乾隆二十年（西元一七五五年）退官寓居金陵隨園。袁枚為乾隆時代著名詩人，文學創作主張「性靈說」，強調個性靈感、情真自然。關於小說創作，袁枚說：「余生平寡嗜好，凡飲酒、度曲、樗蒲，可以接群居之歡者，一無能焉。文史外無以自娛，乃廣採遊心駭耳之事，妄言妄聽，記而存之，非有所惑也。」

袁枚：〈新齊諧自序〉。袁枚的創作緣起和宗旨與蒲松齡不同，蒲松齡的《聊齋志異》寄託著鬱積於胸的孤憤，也寄託著對人性美好的嚮往，而袁枚寫《新齊諧》只是閒適生活中的自娛，是一種遊戲筆墨，憑性情而率意為之。有人認為《新齊諧》是踵《聊齋志異》之後，其實二者精神境界和藝術風格都相去甚遠。《閱微草堂筆記》多處提到《聊齋志異》，而《新齊諧》不著《聊齋志異》一字。然它與《閱微草堂筆記》的尺度和書寫之謹嚴又大有差別。

第三節　《新齊諧》及其他

《新齊諧》書成時初名《子不語》，後見元人說部有雷同者，乃改名。元人《子不語》今已不見。《新齊諧》之後又有續集十卷，正續兩集共作品一千零二十五篇。作者自云「廣採遊心駭耳之事」而成，的確如此。作品取材甚廣，有得自傳聞者，亦有採自他書者，既未提煉，也未雕飾，信筆成篇，得之自然，失之蕪雜。」

袁枚為性情中人，扞格於道學，一些作品對於人性、人欲頗有張揚。卷十一〈妓仙〉記蘇州名妓謝瓊娘受辱跳崖成仙的故事。汪太守為逢迎有理學家之名的撫軍徐士林，對妓女施以杖刑，謝瓊娘自念花玉之姿，竟裸衣受杖，臀肉盡脫，無顏再生，遂跳崖自盡，卻不料未死而成仙。她指汪太守為禽獸：「惜玉憐香而心不動者，聖也；惜玉憐香而心動者，人也；不知玉、不知香者，禽獸也。」又說：「淫蝶雖非禮，然男女相愛，不過天地生物之心。」後汪太守被神懲罰，中風而死。袁枚的見解和對妓女的態度，在道學盛行的時代，頗有叛逆的意味。續集卷二〈沙彌思老虎〉寫一自幼在五臺山出家的小和尚從未見過女人，一日下山，忽見一少女，驚問師父是何物，師父慮其動心，正色告之此名老虎，人近之者，必遭咬死，屍骨無存。晚間回山，小和尚一心只想那吃人的老虎，總覺捨她不得。此篇意在說明男女之欲為人的自然本性，是壓抑不了的。

第七章　文言小說的兩大流派

《新齊諧》記神鬼怪異之事不少，亦有揭露官場吏治黑暗腐朽、譏諷世風澆薄的作品，奇異有之，見解亦有之，但缺乏故事性，不能以情動人。《花朝生筆記》批評曰：「《新齊諧》一名《子不語》，錢塘袁子才（枚）撰。風行一時，至今未替。吾觀其敘徐霞客事（卷十七〈徐崖客〉），以『霞』為『崖』，且謂不得於繼母，欲置之死。竟似並此公遊記，尚未寓目者，可怪也。其餘疵謬，猶不勝指。邵齊熊謂此書大抵道聽塗說，而緣飾以己見，洵然。」[15]

乾隆末期像《新齊諧》這種不類《聊齋志異》，亦不類《閱微草堂筆記》的文言小說集，還有《柳崖外編》、《無稽讕語》、《小豆棚》、《螢窗異草》等。《柳崖外編》十六卷，乾隆五十七年（西元一七九二年）貯書樓刊行。作者徐昆（西元一七一五至西元一七九五年後），字後山，號柳崖。山西平陽人。乾隆四十六年（西元一七八一年）進士。卷首有乾隆四十六年（西元一七八一年）博陵李金枝序。晚清至民國間被截取八卷改名《真正後聊齋志異》、《續聊齋志異》、《聊齋志異外集》流行，實際上與《聊齋志異》文體差異頗大，僅隨筆偶錄奇見異聞而已。

乾隆五十九年（西元一七九四年）《無稽讕語》五卷成書。作者王蘭泚（西元一七四五至西元一八〇九年後），本名王露，號蘭皋居士、蘭皋主人。浙江杭州人。乾隆四十五年（西元

15　轉引自蔣瑞藻《小說考證》續編卷三，上海古籍出版社 1984 年版，第 528 頁。

一七八○年）舉人，乾隆五十年（西元一七八五年）九月任臺灣縣令，任內參與平定林爽文事變，乾隆五十三年（西元一七八八年）被革職，次年復官，後佐理湖南貴州苗族事務，嘉慶三年（西元一七九八年）以病辭官回鄉，嘉慶十四年（西元一八○九年）尚在世。著文言小說《無稽讕語》外，於嘉慶二年（西元一七九七年）著白話小說《綺樓重夢》。《無稽讕語·自序》云：自解組歸田，無計自排解，「爰追憶向年朋儕晤聚，雜以歡笑。其各述所聞見事，有詼詭不經者，有足資大噱者，率隨筆錄之，藉遣永日。積月，得若干條，名之曰《無稽讕語》」[16]。全書五卷共一百零五篇。作者有在臺灣和苗族地區為官的經歷，因此書中除神怪異聞之外，亦記有地方風物，卷四〈臺陽妖鳥〉記林爽文事變，自乾隆五十一年（西元一七八六年）十一月至五十三年（西元一七八八年）三月，頗為詳細，可補史闕。該書各篇作品或旨歸勸誡，或意在消遣，娛樂遊戲風格尤為突出，有民間笑話多則，文字亦涉於穢褻。此書於道光十八年（西元一八三八年）被江蘇按察使裕謙列入淫書之目，後屢被查禁。光緒二十二年（西元一八九六年）有《無稽讕語續編》一卷由杏林山莊梓行，不署作者，並非王蘭沚手筆，亦見《無稽讕語》有相當影響力。

　　《小豆棚》大致結稿於乾隆六十年（西元一七九五年），作

16　《無稽讕語》卷首，傅惜華舊藏本，今藏中國藝術研究院戲曲研究所資料室。

第七章　文言小說的兩大流派

者曾衍東自序於此年。曾衍東（西元一七五一至西元一八三〇年後），字青瞻，號七如。山東嘉祥人。乾隆五十七年（西元一七九二年）舉人，做過湖北江夏縣令。原書八卷。光緒六年（西元一八八〇年）由項震新據鈔本整理，釐為十六卷，共二百零三篇。卷首有作者自序、彭左海《曾衍東小傳》及項震新〈敘〉，上海申報館印行。全書分為忠孝（節烈、貞女附）、義勇（俠附）、報應（善惡並附）、祥瑞、藝文、珍寶（器用附）、僧道（女道士附）、閨閫（姬妾妓女附）、仙狐、神道、鬼魅、怪異、雜技、淫昵（盜騙附）、物類、雜記等十六類，諸事備載，文兼眾體，非單純的小說集。《小豆棚》受《聊齋志異》影響，同時也承襲清初傳記傳統，如〈鄭板橋〉、〈趙孝子傳〉、〈李將軍全城紀略〉、〈袁碩夫〉等，描寫人物較為傳神。記事也很見功力，如〈南中行旅記〉寫作者參觀廣州十三洋行之所見，對洋人房舍、容貌、室內陳設乃至飲食菜肴都進行了繪聲繪色的描寫。作者讀過《紅樓夢》，〈劉祭酒〉篇後云：「近日《紅樓夢》中小兒女情景，有此等別致否？」自以為記事手段不遜於《紅樓夢》，甚而過之。

　　乾嘉之際，選編前人文言小說作品刊刻行世，成為一種風氣。乾隆五十七年（西元一七九二年）挹秀軒刊刻蓮塘居士陳世熙編輯的《唐人說薈》，收唐五代小說一百六十四種，兼收書畫藝術、草木醫藥等雜說。嘉慶十一年（西元一八〇六年）王文誥

改題為《唐代叢書》翻刻再版。嘉慶元年（西元一七九六年）南城（今屬江西）鄧旺編輯《異談可信錄》二十三卷，選有《聊齋志異》、《新齊諧》等作品。嘉慶初年杜延闓所編《閒窗隨筆譚略》八卷，選有《聊齋志異》、《諧鐸》、《夜譚隨錄》等書及杜延闓自己的作品，共三百一十七篇。

第四節　清後期文言小說的走向

　　嘉慶以降，文言小說創作受《聊齋志異》影響而較有特色的作品，道光年間有《啖影》四卷六十六篇。作者范興榮（西元一七八六至西元一八四八年），字仲華，號向村，別署三一溪漁人。貴州盤縣人。十九歲中舉，但會試多次不中，後歷任山東文登、湖北黃岡等知縣。《啖影》況成春〈序〉署「時道光二十一年（西元一八四一年）十二月」，可知此年已成書。此〈序〉稱《啖影》「兼坡仙、留仙之長」，蘇東坡（軾）有《東坡志林》，蒲留仙（松齡）有《聊齋志異》，《啖影》不能與二書比肩，此說有溢美之嫌，不過卻指出了《啖影》之所宗。范興榮熟悉《聊齋志異》，文筆亦效蒲松齡。卷一〈跳神〉開篇云：「甲申（道光四年，西元一八二四年）冬，余旅食覃懷（今河南武陟），閱《聊齋》至〈跳神〉一則，嘆其淋漓盡致，聲態俱有。因憶吾鄉（貴州盤縣）此風尤甚」，於是也撰〈跳神〉以志之。卷三〈令狐超〉寫狐精老叟焚書，所焚之書皆為有害於名教世風的作品，

第七章　文言小說的兩大流派

狐精老叟指責蒲松齡壞了他們狐精的名聲，「吾族行徑苦為蒲留仙所短，不指為奔，即嗤為擾」，看來范興榮並不理解蒲松齡，他把《聊齋志異》中的青鳳、蓮香、嬌娜等狐女等同於〈名山記〉所記狐精淫婦阿紫。卷三〈宦若秋〉寫一書生嫌厭美而慧的妻子宦若秋，一心冀望《聊齋志異》之青鳳、蓮香降臨，特構一小樓名曰「降仙樓」，居於小樓夜夜翹首以待，一夕果有美女姍姍而來，歡會一年有餘，過後方知此狐仙美女乃其夫人宦若秋所喬裝。若秋戲弄其夫，也是戲弄一切痴迷《聊齋志異》之讀者。作者的觀念與紀昀幾乎沒有差別，《唉影》大旨亦在勸善懲惡，以佐教化。卷一〈鄢陵公子〉寫一官宦公子吸食鴉片而敗家下地獄的故事，頗有現實意義，篇末「賞音子」曰：「紈絝公子宜錄一通，以當金鑑。」反映了當時吸食鴉片已成為嚴重的社會問題。

　　成書約在咸豐三年（西元一八五三年）的《道聽塗說》，十二卷共一百零七篇作品，其中傳奇小說四十餘篇。作者潘綸恩（約西元一七九七至西元一八五六年），字煒玉，號葦漁、籜園。涇邑（今安徽涇縣）人。諸生。作者有游幕經歷，深悉社會實情和官場內幕，其傳奇作品多描述現實，寫狐鬼較少。其中公案題材作品，如〈陳定緣〉、〈祝藹〉、〈姚崇愷〉、〈斯斯〉等，不同程度地揭示了現實社會中衰敗、腐朽的狀況。這類作品已失卻了《聊齋志異》的奇幻色彩和典雅風調，趨於寫實和俗化，反映出鴉片戰爭之後社會矛盾日趨尖銳，於是文言小說創作漸

漸傾向於現實題材、趨向寫實。

咸豐六年（西元一八五六年）成書的《益智錄》筆法模仿《聊齋志異》，而意旨卻向《閱微草堂筆記》看齊。《益智錄》有今人整理的十一卷本。[17] 作者解鑑（西元一八〇〇年至西元？年），字子鏡，號虛白道人。濟南歷城人。屢困於場屋，遂絕意功名，以訓蒙為業，《益智錄》是他晚年作品。

《益智錄》今存本十一卷共一百三十餘篇，多有談狐說鬼者。解鑑所寫之狐精，如《聊齋志異》，多不害人，但卻無《聊齋志異》青鳳、蓮香之純真情感和自主意識，卷三之〈蘇玉真〉中的狐精只是蕭培之與蘇玉真婚姻的撮合者。蘇玉真的侍婢春芳奉命女扮男裝往蕭培之處傳遞消息，被蕭培之識破為女身，欲與之歡好，春芳請死不從，作者極力表彰其真義女也，亦見有益於名教之旨。卷五之〈阿嬌〉的狐精亦如是。狐精假冒於自怡的心上人阿嬌與於自怡歡會，實為助成於自怡與阿嬌的婚事，作者所要表現的是於自怡和阿嬌篤於情而不害於義，狐精擔當的是「紅娘」式的配角。卷八之〈瑞雪〉敘殷生不畏鬼狐，先娶鬼女瑞雪，瑞雪又助殷生納狐女三姐入室，殷生病危，三姐盜丹救夫，自己卻被囚於山洞，後仙去。盜丹救夫被囚，頗似白娘子盜仙草被鎮雷峰塔，故事曲折而人物形象並不鮮明。作者推崇一「義」字，與上兩篇意旨相仿。

17　王恆柱、張宗茹校點：《益智錄》，人民文學出版社 1999 年版。

第七章　文言小說的兩大流派

　　解鑑〈自序〉說他編撰《益智錄》,「事關勸懲,有足裨乎世道人心者,廣採旁搜,因端竟委」。寫鬼狐,寫人世,皆以有益於世道人心為旨歸。其境界當然與追求人性真善美的《聊齋志異》大不一樣。書中寫人世的如卷一之〈小寶〉,小寶的母親拾金不昧,積德在小寶身上得報,小寶於窮途中巧得麗女為妻,其妻即為失金者的女兒。卷三之〈聶文煥〉敘聶文煥赴試途中見年少男女二人慟哭路側墓旁,詢問得知二人為夫妻,年凶歲饑,不得不賣妻求存,生離難堪,故悲痛欲絕。聶文煥見狀慷慨解囊,將親友資助之盤纏盡數付給雷某夫婦,不考而歸。待下科再考,坐睡號中夢人提示答卷,鄉試會試皆如此得以中榜。歸途遇雷某,方知考場夢中贈詩文者實為雷某之祖。兩篇皆為勸善。寫決獄者以〈隴州三案〉、〈張春嬌〉較有特色,幾樁公案皆據實事寫成。

　　文言小說內容從虛幻世界轉變到現實世界的過程中,《夜雨秋燈錄》具有代表性意義。作者宣鼎(西元一八三二至西元一八八○年),字子久,號瘦梅、香雪道人。安徽天長人。出身書香門第,青年時家道中落,迫於生計而游幕山東等地,「奔波蹇澀,近於托缽」。他少膺孱弱,壯值太平天國亂離,挾瑟無門,怨憤鬱積,發而為《夜雨秋燈錄》八卷一百十五篇、續集八卷一百十五篇。正集於光緒三年(西元一八七七年)由上海申報館出版,三年後續集出版,時宣鼎已不在人世。

　　《夜雨秋燈錄》正、續集二百三十篇作品中絕大多數是傳奇小說，描摹鋪敘，細膩委曲，文筆猶追《聊齋志異》。搜神志怪的作品甚少，而以描述人事的作品居多。書中所記，皆作者目所見、耳所聞、心所記憶且深諳者，灌注著作者憤世嫉俗之情和懲惡揚善之意。許多故事發生在太平天國運動前後，多方面描摹了當時的社會世態人情。正集卷四〈白老長〉所寫狐女，「著洋紗雪花比甲，滿頭插洋花朵，襟掛洋鋼錶」，勸范生「皈依天主，可禦貧」。此篇敘白老長為西山千餘年之老白蛇精，從不噬人害生物，為范生解除了狐精之困，並懲治了貪官。狐精一身上下以洋貨打扮，為天主教吸納信徒，反映了西方文化滲透之深，亦表現了作者對天主教在中國傳教的排斥態度。續集卷四〈司徒如意郎君〉寫司徒如意從福建出海，流落呂宋，得外國丞相小姐之助而發達，文中對異國民俗的描寫或多出於想像，但也反映了清代後期海外交通發展的情況。

　　《夜雨秋燈錄》描寫女性的作品不少，而且頗有特色。正集卷三〈麻瘋女邱麗玉〉敘淮南書生陳綺不堪繼母虐待，尋舅父至粵，而舅父已死，被人薦至山中入贅邱家，邱家有女麗玉貌極豔冶，麗玉於洞房之中密告陳綺，她實為麻瘋女，與男交則過毒於男，否則自己疾根頓發，膚燥髮卷，生不如死。邱麗玉和衣與陳綺共眠三日，私贈錢物令陳綺逃走。邱麗玉麻瘋果發，被逐出家，往淮南尋到陳綺。陳綺拒絕議婚別娶，一心照顧醫

第七章　文言小說的兩大流派

治麻瘋女。一大黑蛇落入酒甕，邱麗玉以為蛇毒可以致命，遂飲甕中之酒，不料此酒可解麻瘋之毒，邱麗玉很快恢復了當年之花容月貌，與陳綺合巹成婚。後陳綺為官，撫恤流亡與貧病無告者，邱麗玉出蛇酒製藥，設局專治麻瘋病人。此篇據粵西山區麻瘋病患的傳說寫成，刻畫了邱麗玉善良多情而頗具悲情的少女形象。正集卷四〈谷慧兒〉和續集卷三〈秦二官〉都描寫耍弄雜技且有俠氣的少女，她們略無閨閣小姐羞怯忸怩之態，自擇夫婿，個性剛毅。前者谷慧兒與所愛成婚，並為地方消滅群盜，得以善終。後者寇阿良與情人秦二官私奔，她父母已參與白蓮教起義，慮她洩露機密，將她抓回另配夫婿。她殺掉丈夫又與秦二官私奔，秦二官乘隙告官，寇阿良被處死，秦二官亦於刑場引刃自盡。寇阿良為情而殺人，亦為情而死，作者認為她是淫婦，但她出於情的行徑，仍令人噓唏不已。

　　宣鼎擅長編織故事，曲折奇巧而不悖情理，不少作品被搬上戲曲舞臺。正集卷二〈儼然齊人〉、〈捆仙索〉、〈盈盈〉分別被改編成《墻間遘》、《捆仙綯》、《連柯里》，卷三〈麻瘋女邱麗玉〉、〈雪裡紅〉分別被改編成《病玉緣》、《雪裡蕻》，卷四〈谷慧兒〉被改編成《雙仙庵》，續集卷二〈海棠詞〉改編成《香鴛緣》，卷四〈樊惜惜〉、〈賽嫦娥〉、〈司徒如意郎君〉分別被改編成《玉藕珮》、《金釧緣》和《浣花箋》、《七寶鞭》，卷六〈蓮塘春社〉、〈枝娘〉分別被改編成《蓮塘隱》、《黑牡丹》，卷七〈狐

俠〉被改編成《雙珠佩》等。文言小說集中如此多的作品被改編
到舞臺搬演，除《聊齋志異》之外，沒有第二部。《夜雨秋燈錄》
在當時影響之大，由此可知。

　　嘉慶以降至清末的文言小說，可觀者還有《墨餘錄》十六
卷，《里乘》十卷，《客中異聞錄》一卷，《客窗閒話》初集八卷、
續集八卷，《淞隱漫錄》十二卷，《醉茶志怪》四卷，《太仙漫稿》
二卷，《右臺仙館筆記》十六卷等。自《聊齋志異》和《閱微草
堂筆記》之後，繼踵者代不乏人，然未有超越者。《醉茶志怪》
作者李慶辰〈自敘〉說：「一編志異，留仙俊才迥過人；五種傳
奇，文達公言能警世。由今溯古，絕後空前。此外之才人，縱
能燦彼心花，終屬拾其牙慧。蓋創之匪易，捷足者既已先登；
而繼之殊難，後來者莫能居上。」[18]《夜雨秋燈錄》之後，較有
特色的當數《里乘》和《淞隱漫錄》。

　　《里乘》十卷，卷首有同治十三年（西元一八七四年）作者
自序。作者許奉恩，字叔平。生卒年不詳。安徽桐城人。一生
科舉不達，沉淪不遇，遊幕以終。作者謂「近時說部，僉推《聊
齋志異》為巨擘。其所紀載，類皆狐鬼，可憑意造」，而《里乘》
所書，「多系實事」，「自癸卯（道光二十三年，西元一八四三
年）秋試報罷，氍氀無聊，聽客述伊文敏相國言，戲援筆記之，
厥後歲有所增，積久居然成帙。乃迄今三十餘年，所得僅此，

18　《醉茶志怪》卷首，齊魯書社 1988 年校點本。

良以聞見太隘，徵事甚難耳」。作者游幕多年，卷八敘聽訟折獄事十三則，強調折獄一事切不可自恃精明，稍事疏忽，主張「與其殺不辜，寧失不經」。所敘各種案件審理，皆有鏡鑑價值。卷十多記太平天國運動聞見，道聽塗說，有些難免失真，但多少記錄了當時某些實情，聊可補史之闕。《里乘》的一些作品曾被搬上戲曲舞臺，卷三〈仙露〉、〈袁姬〉被合而改編成《雙珠厭》，卷五〈歐公子〉被改編成《演祕圖》，卷七〈某公子〉、〈雄黃彈〉分別被改編成《姊妹華》和《珠彈圖》等等。

《淞隱漫錄》十二卷，初以單篇連載於光緒十年（西元一八八四年）至光緒十三年（西元一八八七年）《申報》刊行的《畫報》，不久由點石齋結集成書。作者王韜（西元一八二八至西元一八九七年），原名利賓，易名瀚，後又易名韜，字懶今，又字仲弢、紫詮，號天南遁叟、弢園老民。江蘇長洲人。王韜一生經歷坎坷，屢試不能中舉，曾在教會書館工作，後因上書太平天國，被朝廷以「通賊」罪通緝，遂逃亡香港，後遊歷英、俄、法、日諸國，光緒十年（西元一八八四年）回到上海，創辦「弢園書局」，主持格致書院，鼓吹變法圖強。光緒十九年（西元一八九三年）會見孫中山。《淞隱漫錄》是他追憶三十年來所見所聞、可驚可愕之事而作。他在該書自序中說：「蓋今之時為勢利齷齪諂諛便辟之世界也，固已久矣。毋怪乎余以直遂徑行窮，以坦率處世窮，以肝膽交友窮，以激越論事窮。困極則思

通，鬱極則思奮，終於不遇，則唯有入山必深，入林必密而已；誠壹哀痛憔悴婉篤芬芳悱惻之懷，一寓之於書而已。求之於中國不得，則求之於遐陬絕嶠，異城荒裔；求之於並世之人而不得，則上溯之亙古以前，下極之千載以後；求之於同類同體之人而不得，則求之於鬼狐仙佛、草木鳥獸。」王韜不信鬼神，《淞隱漫錄》以描狀現實世界的作品為主，但也有談鬼說狐的篇什，誠如作者自言，乃不得已而求之於鬼狐仙佛，寓言之意甚明。王韜是有史料記載的文言小說家中第一位有遊歷歐洲、日本經歷的作者，而且是中國早期報人，他的作品受西方小說的影響和報刊載體的約束，與傳統文言小說風範大有不同。

在題材上，《淞隱漫錄》有些作品描述外國人物風情。古代文言小說有記海外珍稀動物、奇花異草之類的作品，據傳聞撰寫者居多；王韜則以遊歷英、法、俄、日諸國的經驗寫成，則是文言小說史上之首見。卷一之〈紀日本女子阿傳事〉記敘日本農家女子阿傳的悲劇傳奇，阿傳貌美性蕩，所嫁非人，迫於生活而流為娼妓，因手刃仇人而被處決。作者謂「阿傳始末何足論，用寓懲勸箴閨門」，但描述中對阿傳不無同情和哀憐之意。卷七之〈媚梨小傳〉敘英國美女媚梨出身沒落世家，警慧絕倫，與同學約翰相愛甚篤，然約翰之父為樂工，門戶不對，不能聯姻。媚梨被父母嫁與家豪而職貴的西門，成婚之日約翰將媚梨舊日情書付與西門，西門大受刺激舉槍自盡。媚梨幾欲

第七章　文言小說的兩大流派

一死，無以遣懷，遂出海東遊。在船上邂逅中國青年豐玉田，兩人情意相投，私訂終身。媚梨隨豐玉田到上海定居，不料約翰追尋至上海，約翰怒其變心，媚梨恨其計殺西門，雙雙持槍對擊，同時命殞。故事曲折悲愴，饒有異國風情。卷十一之〈東瀛才女〉記上海灘上之日本各色妓女，是為獵豔尋奇之作，無足稱道。寫海外見聞的還有《海外美人》、《海底奇境》、《海外壯游》、《泰西諸戲劇類記》等。

王韜耽於聲色詩酒，流連青樓，描寫上海妓女生活的作品是一大特色。如卷三之〈心儂詞史〉，卷六之〈夜來香〉，卷十之〈丁月卿校書小傳〉、〈清谿鏡娘小傳〉、〈合記珠琴事〉等。其後，光緒十三年（西元一八八七年）又撰《淞濱瑣話》十二卷，亦多寫上海煙花粉黛之事，其旨趣與當時流行的狹邪小說相近，而其中對官場黑暗腐朽的揭露和抨擊，又略似當時流行的譴責小說。

參考文獻

楊伯峻 (1990)。《春秋左傳注》。北京：中華。

[漢] 司馬遷 (1975)。《史記》。北京：中華。

[漢] 班固著 [唐] 顏師古注 (1962)。《漢書》。北京：中華。

[南朝宋] 范曄撰 [唐] 李賢等注 (1965)。《後漢書》。北京：中華。

[晉] 陳壽 (1959)。《三國志》。北京：中華。

[後晉] 劉昫等撰 (1975)。《舊唐書》。北京：中華。

[宋] 歐陽脩 (1975)。《新唐書》。北京：中華。

[宋] 司馬光 (1956)。《資治通鑒》。北京：中華。

吉林出版編 (2005)。《御批通鑒綱目》。吉林：吉林出版

汪聖澤 (1977)。《宋史》。北京：中華。

[明] 宋濂 (1976)。《元史》。北京：中華。

[清] 張廷玉 (1974)。《明史》。北京：中華。

[清] 吳乘權等輯，施意周點校 (2009)。《綱鑒易知錄》。北京：中華。

[清] 趙爾巽等撰 (1977)。《清史稿》。北京：中華。

王鍾翰 (1983)。《清史列傳》。北京：中華。

中華書局編 (1986)。《清實錄》。北京：中華。

[清] 阮元校刻 (1980)。《十三經注疏》。北京：中華。

聞人軍 (1986)。《諸子集成》。上海：上海古籍。

[唐] 杜佑 (1988)。《通典》。北京：中華。

[宋] 馬端臨 (1986)。《文獻通考》。北京：中華。

1965 年。《四庫全書總目》。北京：中華。

[南朝梁] 蕭統 (1986)。《文選》。上海：上海古籍。

陳鼓應注譯 (1983)。《莊子今注今譯》。北京：中華。

陳鼓應編著 (1984)。《老子注譯及評介》。北京：中華。

余嘉錫 (1980)。《四庫提要辨證》。北京：中華。

葉瑛校注 (1994)。《文史通義校注》。北京：中華。

季羨林校注 (2000)。《大唐西域記校注》。北京：中華。

[清] 浦起龍通釋 (1978)。《史通通釋》。上海：上海古籍。

文獻

[清] 趙翼著，王樹民校證 (1984)。《廿二史劄記》，北京：中華。

[宋] 蘇軾 (1981)。《東坡志林》。北京：中華。

伊永文 (2006)。《東京夢華錄箋注》。北京：中華。

[宋] 孟元老 (1998)。《東京夢華錄》（外四種），北京：文化藝術。

[元] 陶宗儀 (1959)。《南村輟耕錄》。北京：中華。

[南宋] 周密 (1988)。《癸辛雜識》。北京：中華。

[唐] 徐堅 (2004)。《初學記》。北京：中華。

[明] 謝肇淛 (2001)。《五雜組》。上海：上海書店。

[明] 胡應麟 (2001)。《少室山房筆叢》。上海：上海書店。

[明] 王守仁 (1992)。《王陽明全集》。上海：上海古籍。

王明編 (1960)。《太平經合校》。北京：中華。

[明] 陸容 (1985)。《菽園雜記》。北京：中華。

[明] 葉盛 (1980)。《水東日記》。北京：中華。

[明] 郎瑛 (1988)。《七修類稿》。北京：文化藝術。

[明] 鄧士龍 (1993)。《國朝典故》。北京：北京大學。

[明] 陸粲撰，譚棣華、陳稼禾點校 (1987)。《庚巳編客座贅語》。北京：中華。

[明] 李詡 (1982)。《戒庵老人漫筆》。北京：中華。

[明] 熊過 (1997)。《南沙先生文集》。《四庫全書存目叢書·集部》第91 冊，山東：齊魯。

[明] 陳洪謨 (1985)。《治世餘聞繼世紀聞》。北京：中華。

[明] 沈德符 (1959)。《萬曆野獲編》。北京：中華。

[明] 余繼登 (1981)。《典故紀聞》。北京：中華。

[明] 田汝成 (1980)。《西湖遊覽志》。浙江：浙江人民。

[明] 田汝成 (1980)。《西湖遊覽志餘》。浙江：浙江人民。

[明] 何心隱 (1981)。《何心隱集》。北京：中華。

楊正泰校注 (1992)。《天下水陸路程（三種）》。山西：山西人民。

[明] 王錡 (1984)。《寓圃雜記》。北京：中華。

[明] 宋懋澄 (1984)。《九籥集》。北京：中國社會科學。

[明] 李清 (1982)。《三垣筆記》。北京：中華。

[明] 鄭曉 (1984)。《今言》。北京：中華。

[南宋] 洪邁 (1994)。《容齋隨筆》。吉林：吉林文史。

[明] 劉若愚 (1982)。《明宮史》。北京：北京古籍。

[清] 錢謙益 (1982)。《國初群雄事略》。北京：中華。

[明] 王應奎 (1983)。《柳南隨筆》。北京：中華。

[明] 湯顯祖 (1982)。《湯顯祖詩文集》。上海：上海古籍。

[清] 王士禎 (1982)。《池北偶談》。北京：中華。

[清] 王定安 (1995)。《求闕齋弟子記》。上海：上海古籍。

[清] 陳田 (1993)。《明詩紀事》。上海：上海古籍。

[清] 錢大昕 (1997)。《嘉定錢大昕全集》。江蘇：江蘇古籍。

[清] 劉廷璣 (2005)。《在園雜誌》。北京：中華。

[清] 劉獻廷 (1957)。《廣陽雜記》。北京：中華。

[明] 姚士麟 (1985)。《見只編》。《叢書集成初編》。北京：中華。

[明] 李贄 (1975)。《焚書》。北京：中華。

[清] 徐鼒 (1957)。《小腆紀年附考》。北京：中華。

[清] 俞樾 (1995)。《茶香室叢鈔》。北京：中華。

[清] 琴川居士編 (1967)。《皇清奏議》。新北：文海。

[清] 余治 (1969)。《得一錄》。新竹：華文。

[清] 張宜泉 (1984)。《春柳堂詩稿》。上海：上海古籍。

[清] 丁日昌 (1969)。《撫吳公牘》。新竹：華文。

鄧之誠 (1996)。《骨董瑣記全編》。北京：北京出版社。

朱駿聲 (1958)。《六十四卦經解》。北京：中華。

李慈銘 (2001)。《越縵堂讀書記》。遼寧：遼寧教育。

上海書店出版社編 (2007)。《清代文字獄檔》。上海：上海書店。

[清] 愛新覺羅敦敏 (1984)。《懋齋詩鈔·四松堂集》。上海：上海古籍。

[清] 繆荃孫 (2014)。《繆荃孫全集》。江蘇：鳳凰。

汪維輝編 (2005)。《朝鮮時代漢語教科書叢刊》。北京：中華。

[清] 董康 (1988)。《書舶庸譚》。遼寧：遼寧教育。

浙江古籍出版社輯 (1992)。《李漁全集》。浙江：浙江古籍。

[清] 丁耀亢 (1999)。《丁耀亢全集》。河南：中州古籍。

文獻

盛偉編（1998）。《蒲松齡全集》。上海：學林。

孫漱石（1997）。《退醒廬筆記》。上海：上海書店。

[清]梁啟超（1989）。《飲冰室合集》。北京：中華。

陶湘編（2000）。《書目叢刊》。遼寧：遼寧教育。

吳熙釗、鄧中好校（1985）。《康南海先生口說》。廣東：中山大學。

中國社科院近代史所等編（1981）。《孫中山全集》。北京：中華。

包天笑（1971）。《釧影樓回憶錄》。香港：大華。

[清]顧炎武（1994）。《日知錄集釋》。湖南：岳麓書社。

[漢]許慎（1963）。《說文解字》。北京：中華。

上海古籍出版社編（1986）。《全唐詩》。上海：上海古籍。

周振甫（1981）。《文心雕龍注釋》。北京：人民文學。

[明]高儒（2005）。《百川書志》。上海：上海古籍。

王重民等編（1957）。《敦煌變文集》。北京：人民文學。

王重民（1983）。《中國善本書提要》。上海：上海古籍。

葉德輝（1988）。《書林清話》。遼寧：遼寧教育。

[清]梁啟超（1985）。《中國近三百年學術史》。北京：北京中國書店。

湯用彤（1983）。《漢魏兩晉南北朝佛教史》。北京：中華。

程千帆（1980）。《唐代進士行卷與文學》。上海：上海古籍。

傅璿琮（1986）。《唐代科舉與文學》。陝西：陝西人民。

陳垣（2001）。《中國佛教史籍概論》。上海：上海世紀。

錢鍾書（1979）。《管錐編》。北京：中華。

錢存訓（2004）。《中國紙和印刷文化史》。廣西：廣西師範大學。

張秀民（1989）。《中國印刷史》。上海：上海人民。

雷夢辰（1989）。《清代各省禁書匯考》。北京：北京圖書館。

陳寅恪（1980）。《柳如是別傳》。上海：上海古籍。

余英時（1987）。《士與中國文化》。上海人民出版社。

戈公振（2003）。《中國報學史》。上海：上海古籍。

長澤規矩也（1952）。《和漢書的印刷及其歷史》。日本：吉川弘文館。

馬祖毅（1999）。《中國翻譯史》。湖北：湖北教育。

吳世昌（1984）。《羅音室學術論著》。北京：中國文聯。

陳耀東（1990）。《唐代文史考辨錄》。北京：團結。

謝國楨（2004）。《明清之際黨社運動考》。上海：上海書店。

蕭一山（1986）。《清代通史》。北京：中華。

中國人民大學清史研究所編（2000）《清史編年》。北京：中國人民大學。

[清] 蟲天子（1992）。《香豔叢書》。北京：人民文學。

周越然（1996）。《書與回憶》。遼寧：遼寧教育。

鄭光主編（2000）。《元刊〈老乞大〉研究》。北京：外語教學與研究。

陳平原、夏曉虹編（1997）。《二十世紀中國小說理論資料》。北京：北京大學。

W・C・布思 (John Wilkes Booth) 著，付禮軍譯（1987）。《小說修辭學》。北京：北京大學。

大衛・利明、愛德溫・貝爾德（1990）。《神話學》（李培茉等譯），上海：上海人民。

[英] 盧伯克（1990）。《小說美學經典三種》。上海：上海文藝。

愛克曼輯錄，朱光潛譯（1978）。《歌德談話錄》。北京：人民文學。

丁錫根編（1996）。《中國歷代小說序跋集》。北京：人民文學。

舒蕪等編（1981）。《中國近代文論選》。北京：人民文學。

侯忠義編（1985）。《中國文言小說參考資料》。北京：北京大學。

中國戲曲研究院編（1959）。《中國古典戲曲論著集成》。北京：中國戲劇。

大連圖書館參考部編（1983）。《明清小說序跋選》。遼寧：春風文藝。

孫楷第（1982）。《中國通俗小說書目》。北京：人民文學。

孫楷第（1958）。《日本東京所見小說書目》。北京：人民文學。

樽本照雄（1997）。《清末民初小說目錄》。日本：清末小說研究會。

石昌渝主編（2004）。《中國古代小說總目》。山西：山西教育。

李劍國（1993）。《唐五代志怪傳奇敘錄》。天津：南開大學。

李劍國（1997）。《宋代志怪傳奇敘錄》。天津：南開大學。

朱一玄、劉毓忱編（1983）。《三國演義資料彙編》。百花文藝出版社。

馬蹄疾編（1980）。《水滸資料彙編》。北京：中華。

劉蔭柏編（1990）。《西遊記研究資料》。上海：上海古籍。

文獻

黃霖編 (1987)。《金瓶梅資料彙編》。北京：中華。

李漢秋編 (1984)。《儒林外史研究資料》。上海：上海古籍。

欒星編 (1982)。《歧路燈研究資料》。河南：中州書畫。

一粟編 (1963)。《紅樓夢卷》(古典文學研究資料彙編)，北京：中華。

北京故宮博物院明清檔案部編 (1975)。《關於江寧織造曹家檔案史料》。北京：中華。

一粟編 (1963)。《紅樓夢書錄》。北京：中華。

魏紹昌編 (1980)。《李伯元研究資料》。上海：上海古籍。

魏紹昌編 (1982)。《孽海花資料》。上海：上海古籍。

蔣瑞藻編 (1984)。《小說考證》。上海：上海古籍。

孔另境編 (1982)。《中國小說史料》。上海：上海古籍。

1994 年。《傳奇匯考》。北京：書目文獻。

莊一拂 (1982)。《古典戲曲存目匯考》。上海：上海古籍。

馮其庸、李希凡主編 (2010)。《紅樓夢大辭典》(修訂本)，北京：文化藝術。

王利器輯錄 (1981)。《元明清三代禁毀小說戲曲史料》。上海：上海古籍。

譚正璧 (1980)。《三言兩拍資料》。上海：上海古籍。

[宋] 李昉等編 (1961)。《太平廣記》。北京：中華。

[元] 陶宗儀 (1986)。《說郛》。北京：北京中國書店。

魯迅輯 (1997)。《古小說鉤沉》。山東：齊魯。

李時人編校 (2014)。《全唐五代小說》。北京：中華。

[元] 陶宗儀 (1988)。《說郛三種》。上海：上海古籍。

李劍國輯校 (2001)。《宋代傳奇集》。北京：中華。

程毅中編 (1995)。《古體小說鈔‧宋元卷》。北京：中華。

喬光輝校注 (2010)。《瞿佑全集校注》。浙江：浙江古籍。

[南宋] 洪邁 (1981)。《夷堅志》。北京：中華。

[明] 臧懋循編 (1989)。《元曲選》。北京：中華。

隋樹森編 (1959)。《元曲選外編》。北京：中華。

北京圖書館出版社著 (1998)。《日本藏元刊本古今雜劇三十種》。北京：北京圖書館。

李佑成、林熒澤編譯 (1997)《李朝漢文短篇集》。韓國：一潮閣。

周欣平主編 (2011)。《清末時新小說集》。上海：上海古籍。

吳組緗主編 (1991)。《中國近代文學大系‧小說集》。上海：上海書店。

劉世德、陳慶浩、石昌渝主編 (1991)。《古本小說叢刊》。北京：中華。

《古本小說集成》編輯委員會著 (1994)。《古本小說集成》。上海：上海古籍。

陳慶浩、王秋桂主編 (2000)。《思無邪匯寶》。臺北：大英百科。

魯迅 (1975)。《中國小說史略》。北京：人民文學。

胡適 (1988)。《胡適古典文學研究論集》。上海：上海古籍。

胡適 (1988)。《胡適紅樓夢研究論述全編》。上海：上海古籍。

鄭振鐸 (1984)。《鄭振鐸古典文學論文集》。上海：上海古籍。

魯迅 (1979)。《魯迅論中國古典文學》。福建：福建人民。

孫楷第 (2009)。《滄州集》。北京：中華。

孫楷第 (2009)。《滄州後集》。北京：中華。

趙景深 (1980)。《中國小說叢考》。山東：齊魯。

袁珂 (1982)。《神話論文集》。上海：上海古籍。

譚正璧 (1956)。《話本與古劇》。上海：上海古典文學。

戴望舒 (1958)。《小說戲曲論集》。北京：作家。

聞一多 (2009)。《神話與詩》。武漢：武漢大學。

胡士瑩 (1980)。《話本小說概論》。北京：中華。

周紹良 (1984)。《紹良叢稿》。山東：齊魯。

阿英 (1985)。《小說閒談四種》。上海：上海古籍。

阿英 (1980)。《晚清小說史》。北京：人民文學。

[清] 王國維 (1944)。《宋元戲曲史》。上海：商務印書館。

吳曉鈴 (2006)。《吳曉鈴集》。河北：河北教育。

周汝昌 (1976)。《紅樓夢新證》。北京：人民文學。

戴不凡 (1980)。《小說見聞錄》。浙江：浙江人民。

馬幼垣 (1980)，。《中國小說史集稿》。臺北：時報。

許政揚 (1984)。《許政揚文存》。北京：中華。

葉德均 (1979)。《戲曲小說叢考》。北京：中華。

文獻

馬幼垣（1992）。《水滸論衡》。新北：聯經出版。

周貽白（1986）。《周貽白小說戲曲論集》。山東：齊魯。

韓南著，尹慧珉譯（1989）。《中國白話小說史》，浙江：浙江古籍。

王秋桂等譯（2008）。《韓南中國小說論集》。北京：北京大學。

李劍國（1984）。《唐前志怪小說史》。天津：南開大學。

李劍國、陳洪主編（2007）。《中國小說通史》。北京：高等教育。

李豐楙（1996）。《誤入與謫降》。臺北：學生書局。

徐志平（1988）。《清初前期話本小說之研究》。臺北：學生書局。

陳益源（1997）。《元明中篇傳奇小說研究》。香港：學峰文化。

黃仁宇（2001）。《十六世紀明代中國之財政與稅收》。香港：三聯。

吳晗（1956）。《讀史劄記》。香港：三聯。

鄧廣銘（2007）。《岳飛傳》。香港：三聯。

徐復嶺（1993）。《醒世姻緣傳作者和語言考論》。山東：齊魯。

周建渝（1988）。《才子佳人小說研究》。臺北：文史哲。

胡萬川（1994）。《話本與才子佳人小說之研究》。臺北：大安。

韋鳳娟（2014）。《靈光澈照》。河北：河北教育。

王瓊玲（2005）。《夏敬渠與野叟曝言考論》。臺北：學生書局。

路大荒（1980）。《蒲松齡年譜》。山東：齊魯。

陳美林（1984）。《吳敬梓研究》。上海：上海古籍。

時蔭（1982）。《曾樸研究》。上海：上海古籍。

陳大康（2014）。《中國近代小說編年史》。北京：人民文學。

梅節（2008）。《瓶梅閒筆硯》。北京：北京圖書館。

陳益源（2003）。《王翠翹故事研究》。北京：西苑。

張愛玲（2012）。《紅樓夢魘》。北京：北京十月文藝。

鄭明娳（2003）。《西遊記探源》。臺北：里仁書局。

磯部彰（1993）。《西遊記形成史研究》。日本：創文社。

王三慶（1981）。《紅樓夢版本研究》。臺北：石門圖書公司。

陳平原（1997）。《陳平原小說史論集》。河北：河北人民。

胡從經（1988）。《中國小說史學史長編》。上海：上海文藝。

林明德編（1988）。《晚清小說研究》。新北：聯經出版。

後記

　　寫完最後一節，長長吁了一口氣。終於到達了終點。

　　想要做這個課題很久了，但遲遲未能完成。並非不用功，提筆方知讀書少，若東拼西湊草率成篇，就有違當年的初心，故不能不潛入文獻浩瀚海洋，同時對小說發展進程中許多問題進行反覆思考，完成的日子就這樣延宕。這是我深感愧疚的。其間研究《清史》。花去了五年時間，當然，在研究〈典志·小說篇〉，對於撰寫小說史清代部分大有助益，但畢竟使小說史的寫作中斷。隨著時間推移，更加覺得重要的歷史應該被看見，這樣的信念使我不能不竭盡全力，完成了這部書。

　　且不論這部書品質如何，但我必須感謝許多學界友人對我的幫助，也令我難以忘懷。在日本訪學期間，磯部彰教授不辭辛苦和繁難，幫我聯繫並陪我到宮城縣圖書館、內閣文庫、尊經閣文庫、東京大學圖書館及東京大學東洋文化研究所圖書館等日本著名的各公私圖書館查閱文獻資料。在東京和京都的訪書，還得到大塚秀高教授和金文京教授的大力協助。在荷蘭萊頓大學訪學時，承蒙漢學院圖書館館長吳榮子女士特許，利用高羅佩特藏室，此時已在哈佛大學執教的原漢學院院長伊維德（Wilt L.Idema）教授從美國回來，在高羅佩特藏室與我討論小說版本與《水滸傳》成書年代問題，使我受益良多。

後記

　　書稿中引用前輩和時賢的研究成果頗多，有的已加注標明，也有未盡注明者，他們的成果都是我今天賴以向上攀登的基石，在此，謹向他們表示崇高的敬意。

電子書購買

國家圖書館出版品預行編目資料

文字獄下小說轉向人性的開掘：從《儒林外史》
到《紅樓夢》，從時事政治的諷刺到禮教世俗的
批判 / 石昌渝著 . -- 第一版 . -- 臺北市：崧燁文
化事業有限公司 , 2022.06
　　面；　公分
POD 版
ISBN 978-626-332-392-6(平裝)
1.CST: 清代小說 2.CST: 文學評論 3.CST: 中國
文學史
820.97　　111007477

文字獄下小說轉向人性的開掘：從《儒林外史》到《紅樓夢》，從時事政治的諷刺到禮教世俗的批判

臉書

作　　　者：石昌渝
封面設計：康學恩
發 行 人：黃振庭
出 版 者：崧燁文化事業有限公司
發 行 者：崧燁文化事業有限公司
E - m a i l：sonbookservice@gmail.com
粉 絲 頁：https://www.facebook.com/sonbookss/
網　　　址：https://sonbook.net/
地　　　址：台北市中正區重慶南路一段六十一號八樓 815 室
Rm. 815, 8F., No.61, Sec. 1, Chongqing S. Rd., Zhongzheng Dist., Taipei City 100,
Taiwan
電　　　話：(02) 2370-3310　　傳　　真：(02) 2388-1990
印　　　刷：京峯彩色印刷有限公司（京峰數位）
律師顧問：廣華律師事務所 張珮琦律師

定　　　價：320 元
發行日期：2022 年 06 月第一版
◎本書以 POD 印製